녹을 먹는 비스코
엽화(葉花)의 제관(帝冠), 꽃다발의 검
4
코부쿠보 신지
SHINJI COBKUBO PRESENTS

SABIKU

THE WORLD BLOWS THE WIND ERODES LIFE.

BISCO
저승의 죄는
저승의 물로 씻어낼 수 없으니
육도윤회의 끝에서만
죄업은 무구함을 되찾는다
A BOY WITH A BOW RUNNING THROUGH THE WORLD LIKE A WIND.

나의 꽃은, 백성을 위해 피어난 꽃…….

나는 비스코만큼,
무르지 않아.
코피 한 방울도 없이
결판이 나겠냐!
여자로서의
크기가 달라.

바보구만.
막다른 길로
도망치다니.
멍청하기는.
술래잡기는
여기까지다.
이 육도재판, 그리 간단히 끝날 것이 아니다!

왕이 된 자, 자신을 죽이고
백성의 행복을 위해서만
그 꽃을 바쳐야 한다.

SABIKUI BISCO 4

[일러스트] 아카기시K

[세계관 일러스트] mocha (@mocha708)

DESIGNED BY AFTERGLOW

The world blows the wind erodes life.
A boy with a bow running
through the world like a wind.

기나긴 겨울은 끝났다

그대들, 땅속에 숨은 씨앗이 아니라

지표를 물어뜯고 피어나는 자이니

=현 이름
=현 경계
=검문소
=통행 금지
사라쿠라산
규슈 버섯지기의
숨겨진 마을
소메 대교
해상 빌딩군
후쿠오카
텐라이텐 본존
사가
육도수옥
카소
오이타
하토호텐 본존
구 아소산 정상
(현 육도문)
나가사키
쿠마모토
료텐 본존
녹해안
주탄(朱灘)
미야자키
카고시마
N
전체 조감도
일본 지도
MAP OF JAPAN
※전체 조감도는 2019년 시점의 일본 전도에서 인용.
현재는 버섯과 녹의 작용으로 지형이 변했다.

끈적하고 따스한, 진흙탕 같은 것에 잠겨있다.

살짝 숨을 들이쉬자 농밀하고 달콤한 죽음의 냄새가 시시의 코를 찔렀다. 무의식으로 눈썹을 오므리며 경구 호흡을 반복하자, 진흙이 꾸물꾸물 입 안으로 들어오며 녹슨 철 같은 맛이 나서 시시는 곧바로 기침했다.

'…………'

몇 번이고 눈을 뜨려던 시시의 사고는 그때마다 진흙 냄새와 함께 사라졌고, 바닥으로 바닥으로 끌려가듯이 죽음의 안녕 속으로 잠겨갔다.

시시의 마음이 이윽고 모든 것을 내던지고 의지를 포기하려던…….

바로, 직전에.

슈우욱!!

"……우와아앗!!"

뭔가 강렬한 열이 시시의 발끝에 닿자, 무거웠던 눈꺼풀이 단숨에 뜨였다.

"여기는……?!?! 앗, 뜨거, 우와아앗, 뜨거워!"

눈을 뜬 시시의 몸은 몇 겹이나 겹친 고기 같은 것에 메워져 있었고, 손끝에 닿는 진흙 밑에서는 뜨거운 열이 덮쳐오고 있었다. 시시는 필사적으로 고기의 바다를 헤치며 헤엄쳐서 겨우 표면으로 고개를 내밀었다.

"푸하앗! 헉, 헉……. ……아, 아……!"

그 끈적한 진흙 수면에서 시시는 허덕이듯이 숨을 내쉬었고, 그리고…….

"우와아아앗—!!"

주변의 참상을 목격하고는 반광란 사태가 되어 외쳤다.

시시가 지금까지 잠겨있던 진흙탕 같던 곳은, 무수한 시체가 떠오른 피바다였다.

남녀노소의 구별 없이 목을 베인 새하얀 몸이 그 단면에서 폭포수처럼 피를 흘렸다.

그것들이 선혈의 바다에 비좁게 떠오른 모습은 그야말로, 과장 없이 「지옥」으로 보였다.

"히이아아악, 아, 우아, 아……."

피바다 표면에서 이쪽을 바라보는 생기 없는 목과 눈이 마주치고, 시시는 몸을 떨면서 쉬어버린 비명을 질렀다.

그러나 시시의 새하얗고 매끄러운 소녀의 몸도 지금은 엄청난 선혈에 물들어서, 악귀조차 움츠러들 처참한 몰골이었다.

'가, 가마야. 여기는, 죽은 죄인을 태우는 지옥 가마야! 나는, 산 채로 가마에 던져진 거야!'

공포에 휩쓸릴 것 같은 마음을 필사적으로 타이른 시시는 가까스로 생각할 힘을 되찾았다.

『지옥 가마』라는 그 거대한 화로는 어마어마한 열을 발하며 오렌지색으로 빛났고, 피투성이인 시시의 몸을 가차 없이 불태우려 하고 있었다.

'주, 죽는 건가…… 여기서, 나는, 산 채로…… 잿더미가 돼서…….'

싫어! 시시는 필사적으로 고개를 흔들며 공포를 마음에서 쫓아내고, 긴 앞머리 틈에서 엿보이는 홍색의 눈을 지옥 밑바닥에서 번뜩 빛냈다.

'아버님이 말씀하셨어. 왕이라면! 사지(死地)에서도 승산을 찾아내야 한다고!'

시시는 허파를 태우는 열풍에 맞아 피를 토하면서도, 굉음을 내며 열기를 발하는 가마 속에서 지글지글 끓기 시작한 피바다 속을 헤엄쳤다.

'재나 쓰레기를 버리는 배출구가 있을 거야. 어떻게든, 거기로……!'

첨벙! 피바다 속으로 들어가서 가마 바닥을 살피자, 이윽고 오렌지색 열기에 비치는 배출구 같은 곳을 발견했다. 그러나 당연하게도 그 문은 굳게 닫혀있어서, 열릴 기색은 어디에도 없었다.

'아아, 아버님!'

피바다에서 한 번 고개를 내민 시시가 깊은 한숨을 내쉬었다.

'부디, 저에게 아버님의 힘을. ……저에게 아버님과 같은 「꽃」의 힘을!'

시시가 두 눈을 확 부릅뜨자, 의지력에 응하듯이 왼쪽 귀 뒤편에서 선명한 겨울 동백꽃이 꽃잎을 활짝 펼쳤고, 반짝이는 꽃가루를 흩날리며 지옥 가마를 비췄다.

시시는 갑자기 샘솟은 정체 모를 힘에 의지하여, 다시 가마 밑바닥으로 들어가 뜨거운 배출구 뚜껑을 향해 양손을 쾅!

후려쳤다.

시시가 양손에 전력을 담자, 머리털이 두둥실 떠오르더니 반짝이는 두 눈이 드러났다. 그러자 어떤 주력(呪力)의 기술인지, 양쪽 손목에서 파릇파릇하게 자라난 덩굴이 차례차례 뻗어서 뜨거운 열기도 아랑곳하지 않은 채 배출구 안으로 파고들었다.

'자물쇠를, 빨, 리…… 이제, 의식이……!'

시시의 몸은 끓어오르는 피바다에 익어가서 이제 한계였다. 그 의식이 마침내 끊어지기 직전, 「찰칵」, 「찰칵」 연쇄적으로 자물쇠가 삐걱이는 소리가 나더니 배출구의 문이 소리를 내며 크게 열렸다.

'앗! 열렸…… 우와, 아아앗!'

시시는 그대로 굴러가듯이 구멍 안으로 떨어져서 냉각 풀장의 물속에 풍덩 들어갔다.

"푸하앗!"

크게 숨을 내쉰 시시의 머리 위에서, 가마 안에서 끓어오르던 피의 물대포가 폭포수처럼 떨어졌다. 시시는 피와 물에 휩쓸리면서도 필사적으로 헤엄쳐서, 풀장 난간에 달라붙어 계단을 올라와 겨우 그곳에서 기어 나올 수 있었다.

"허억! 허억! 우웩, 쿨럭, 쿨럭!"

시시는 거친 숨을 내쉬면서 차가운 바닥에서 피와 물이 뒤섞인 것을 콸콸 토해냈다.

"도망……칠 수 있어. 지금이라면."

팔로 입가를 닦으며 굉음을 울리는 피의 폭포를 돌아봤다. 화상과 혈액에 젖은 처참한 몰골의 소녀는 비틀거리는 몸으로 어찌어찌 일어나서 홍색의 눈동자를 번뜩였다.

"나는, 약한 채로…… 죽지 않아. 강한, 『왕의 후계자』가, 될 때까지……."

냉각실에서 울리는 범상치 않은 굉음을 들었는지 파수꾼들이 고함을 치면서 바깥이 소란스러워졌다. 시시는 바로 주변을 돌아봤고, 쓰레기를 한꺼번에 쏟아내는 배출용 슬로프를 보고는 피로 물든 몸을 그곳으로 미끄러뜨려서 그대로 암흑의 터널로 굴러떨어졌다.

The world blows the wind erodes life.
A boy with a bow running
through the world like a wind.

녹을 먹는 비스코

SABIKUI
BISCO

4

업화(業花)의 제관(帝冠), 꽃다발의 검

코부쿠보 신지

SHINJI COBKUBO PRESENTS

[일러스트] 아카기시K

[세계관 일러스트] mocha (@mocha708)

DESIGNED BY AFTERGLOW

1

카소(華蘇)현.

규슈 아소산의 분화, 소화 후 평평해진 재투성이의 토지에서 부흥한 이곳은 오이타, 후쿠오카, 쿠마모토 같은 강호 현을 상대하여 마침내 현으로서의 통치를 획득한, 일본 전체를 돌아보더라도 꽤 새로운 부류에 속하는 자치단체다.

그러나 카소현의 재투성이 땅은 원래부터 녹이 심하고, 토지로서의 메리트도 적기에 주변 현에서 그냥 넘어가 줬다는 견해도 있다.

그럼 작물의 결실을 바랄 수 없는 현이 어떻게 경제를 돌리고, 자치를 유지하고 있는가?

그건 카소현이 이른바 『감옥 도시』이기 때문이다.

카소현이 보유한 거대 감옥 『육도수옥(六道囚獄)』은 난공불락의 감옥으로 전국에서도 정평이 나 있고, 또한 이곳을 지배하는 철의 재판관 『사타하바키 카소노카미 소메요시』의 절대 중립, 그러면서도 용서를 모르는 재판은 룰이라는 게 없는 현대에서 유일한 규범으로 존중받고 있다.

법이 법의 힘을 제대로 행사하지 못하는 현대에서, 그 어떤 흉악범도 수용을 거부하지 않는 육도수옥은 매우 중요하게 이용되었다. 막대한 돈을 줘서라도 늘어나는 죄인을 자기 현에서 쫓아내고 싶다…… 이것이 일본 각지의 현이 가진 공통적인 견해다.

결국 카소현의 산업이라는 건…….

『죄인에 관한 모든 것을 떠맡고, 돈을 받는다』라는, 이른바 감옥 비즈니스이며, 그렇기에 오늘도 전국에서 수송되어 오는 흉악범이 끊이지 않는다.

“죄인 양도, 말인가요오?”

재판을 기다리는 죄인을 수용하는 일시 수감소, 그 접수대.

건네받은 죄인의 사진과 교토부경(京都府警)의 수첩을 자세하게 살피던 일시 수감소 관리인은 카운터 너머의 형사 두 명을 수상쩍게 바라봤다.

두 명은 2인 1조라는 것을 가리키는 검은색과 흰색의 트렌치코트. 팔에 금각(金閣) 인장 배지를 찬 모습은 경찰 관계자라면 잘 알고 있는 교토부경의 정장이라, 의심할 일은 전혀 없었다.

“여기에 있습니까? 버섯지기 출신의 죄인.”

“……리스트를 보지 않으면 모르겠군요. 하지만, 그건 그렇고, 말이죠…….”

깊이 눌러쓴 모자와 입가를 가리는 검은 마스크도 고도의 기밀을 유지하는 에이전트라면 드문 일이 아니지만, 그렇다고 해도…….

“재판을 끝내지 않은 죄인을 멋대로 넘겨드리는 건…….”

카소현으로서도 체면이 서지 않는다는 뜻이리라.

“물론, 신속하게 재판, 수감이 이루어졌다면 일부러 나오지 않았습니다."

하얀 트렌치 쪽이 싸늘한 목소리로 말했다.

"하지만 현재 법무를 담당하는 사타하바키 공은 일본 각지를 도느라 바쁘신 모양이더군요. 재판을 기다리는 죄인도 지체되고 있다던데……. 우리도 사타하바키 공의 인품을 믿고 죄인을 맡겼습니다. 빠르게 재판을 진행해주시지 않는다면, 우리에게 돌려주셨으면 하네요."

"우리는, 일류라고 판단한 상대 말고는, 재판을 맡기지 않아."

검은 트렌치가 어두컴컴한 목소리로 관리인에게 따졌다.

"수감된 버섯지기가 있다면 닥치고 이리 내놔. 교토와 전쟁할 생각이라면, 그래도 좋다고."

"으윽……."

'교토부경도 한 번 망하고 나서 굉장히 과격해졌어.'

수감소 관리인은 중얼중얼 투덜대면서 리스트를 넘기고는 잡혀있는 죄인들의 노성이 울리는 안쪽 방으로 사라졌다.

그 뒷모습을 지켜보던 두 형사가 작은 목소리로 속삭였다.

"정말로 이런 후줄근한 곳에 잡혀있기는 한 거야?"

"육도수옥에 들어갔다면 반드시 재판을 받았을 거야. 요 일주일간의 공판 기록에 버섯지기의 흔적은 없었어. 있다면 이런 일시 수감소가 틀림없어."

"흐으응?"

검은 트렌치는 따분함을 주체할 수 없는지 고개를 뚜둑 꺾으면서 창밖을 바라봤다.

맑은 봄인데도 창밖에는 관공서나 경찰서 같은 차가운 콘크리트 건물이 늘어서 있을 뿐, 포근한 경치라고는 할 수 없었다.

유일하게 멀리 거대하게 치솟은 칠흑의 문…… 『육도수옥』의 입구만이 이 우울한 거리에서 철의 위엄을 유지하고 있었다.

"카소현, 감옥의 도시라……. 여기도 저기도 음울하고, 살풍경한……."

검은 트렌치는 창가에 몸을 기댔고, 시시해 보이던 눈을 서서히 크게 키웠다.

"……왜 그래?"

"엎드려!"

두 사람이 엎드린 직후, 쨍그랑! 하는 굉음을 내며 하얀 사람 그림자가 스스로 창문을 깨고 방 안으로 뛰어들었다.

'……어린애?!'

하얀 트렌치는 곧장 몸을 날려서 바닥에 격돌할 뻔한 사람을 가까스로 끌어안고 데굴데굴 굴렀다. 끌어안은 양손에서 끈적한 피의 감촉을 느낀 하얀 트렌치는 저도 모르게 침을 삼켰다.

"너, 괜찮아?! 들려?!"

"죽을 수, 없어…… 이런, 곳에서……."

긴 보라색 앞머리에서 엿보이는 눈동자가 눈물에 젖은 채 비통하게 호소했다.

"부탁, 합니다. 누가 좀, 살려주세요……."

"심하게 다쳤잖아……! 기다려, 바로……."

하얀 트렌치가 아이를 격려했지만, 그 목소리를 지우듯이.

"멍청하기는. 술래잡기는 여기까지다, 시시!"

"바보구만. 막다른 길로 도망치다니. 아직 어린애야."

걸걸한 여자 목소리와 조소하는 여자 목소리가 현관에서 울렸다.

허둥대는 직원들을 난폭하게 밀쳐낸 2인조 여자가 현관을 성큼성큼 걸어와서 트렌치 일행을 향해 거만하게 다가왔다.

"가마에 처박았는데도 도망친 멍청이는 처음이라고. 어떤 마술을 부렸는지는 모르겠지만, 저 꼬마 탓에 가마가 엉망진창이 됐잖아! 나에게 창피를 주다니……!"

"확실히 죽이고 나서 가마에 넣지 않아서 그렇지. 바보는 하는 일이 조잡하다니까."

"저 꼬마, 심장이 멈췄었다고. 죽었다고 생각했단 말이야!"

또각, 또각, 힐 소리가 들렸고…….

고함치듯이 중얼거린 한 사람은 화려한 붉은 드레스에 가슴팍을 크게 열고, 어깨에는 소머리 장식을 달았다. 웨이브가 진 윤기 나는 금발 롱 헤어에, 한눈에 봐도 사디스트라는 걸 알 수 있는 오만한 얼굴. 코 한쪽에는 반짝반짝 빛나는 피어스를 했다.

다른 한 명은 남색에 침엽수처럼 뾰족한 모발을 가진, 역시 장발의 여자였다. 안경을 번뜩 빛내고, 귀에는 편자를 모방한 피어스가 흔들린다. 옆에 있는 여자와 한 쌍을 이루는 파란 드레스 위에는 청결한 백의를 걸쳐서, 슬쩍 봐도 무슨 연구자라는 걸 알 수 있다.

"……지금부터 여기는 육도수옥이 맡는다. 뭘 멀뚱히 서 있어? 감옥 안에 처박히고 싶지 않으면 당장 꺼져. 멍청이들아!"

금발이 일갈하자, 직원들은 귀찮은 일은 사양이라는 듯이 거미 새끼처럼 흩어져서 도망쳤다. 두 여자 뒤에는 검은 로브에 복면을 쓴 사형집행인 같은 간수들이 대거 모여있었고, 벚꽃 문양을 새긴 왜도(倭刀)를 각각 허리에 찼다.

트렌치 2인조는 그 간수들에 둘러싸였고, 그들에게서 정체 모를 아이를 지키는 구도가 되었다.

"……어라아? 물러나지 않는 바보가 있나 했더니만…… 키시시싯, 귀한 손님이네."

"……멍청이 부경의 에이전트인가? 어째서 이런 곳에……."

육도의 간수들도 눈앞에 있는 교토부경의 존재는 예상 밖이었는지, 어떻게 해야 좋을지 몰라서 지시를 기다리는 모양이었다.

잠시 뒤, 헛기침을 한 번 한 금발이 목소리를 높였다.

"무능 부경이 카소에 무슨 볼일인지는 모르겠는데, 마음에 안 드는 태도야."

금발은 거친 발언과는 반대로, 상대가 다른 현이라서 손댈 수가 없는지 가죽 채찍을 한 손에 들고 초조한 모습을 보였다.

"나는 육도수옥 부옥장 고피스. 이 음침한 여자는 조수인 메파오샤."

"천연덕스럽게 부하 취급하지 마, 바보. 나도 부옥장이야."

"쓸데없이 끼어들지 마! 이봐, 하얀 옷. 네가 안고 있는 그 걸레짝은 시시라는 중죄인이다. 즉각 이리로 넘겨주시지."

"물론이죠."

하얀 트렌치가 태연하게 말했다.

"우리의 호송이 끝나는 대로, 이 아이…… 시시의 죄상 증명서 및 여러분의 신분증명서를 교토부경으로 보내주세요. 1개월 후에 넘겨드리죠."

"웃기지 마, 멍청아!"

부옥장 고피스는 이를 갈면서 채찍을 지면에 후려쳤고, 리놀륨 바닥에 금이 갔다.

"카소현이 잠자코 죄인을 다른 곳에 넘길 것 같으냐. 다른 현 소속이라고 해도 이 이상 공무를 방해하면 그 목을 날려버릴 거다!"

"곤란하네요. 공무의 방해를 할 생각은 없지만…… 이쪽도 이게 공무인지라."

"뭣이이이……?"

"설명해줘."

"으응?!"

한가해 보이던 검은 트렌치는 하얀 트렌치의 시선에 기습을 당해서 순간 놀란 듯이 눈을 크게 떴고…… 자기 수첩을 뒤집더니 후리가나로 범벅이 된 조문을 읽었다.

"교토부경, 마음가짐, 제2조. 어떤 때, 어떤 곳에서도 시민이 위기에 처했을 때…… 으~음? 부경은 그 방패가 되어야만 한다."

"잘 읽었습니다."

"부경의 신념 따위 알 바냐, 멍청아! 너희하고는 아무 상관도 없는 일이야!"

"확실히 우리하고는 상관없는 일이지. 꼬마 한 명쯤 넘겨줄 수도 있어…… 보통은 그렇게 생각하겠지만 말이지."

검은 트렌치는 수첩을 팔랑팔랑 넘기면서 고피스의 위압에도 아랑곳하지 않고 말을 이었다.

"대단히 중립적인 시점에서 판단해보니까, 그러지 못하게 됐어."

"이 자식. 꼬마 한 명 때문에 카소와 전쟁을 할 셈이냐!"

"호들갑 떨지 마. 그저 예의 이야기일 뿐이야."

모자 안에서 꿰뚫어 보는 듯한 눈동자가 번뜩이며 검은 옷 간수들을 움츠러들게 했다.

"너는 꼬마 한 명도 못 잡는 얼간이 주제에, 우리를 네 번 『멍청이』라고 불렀어."

고피스의 관자놀이에 빠직, 혈관이 떠올랐다.

"이 꼬마는, 적어도…… 『부탁합니다』라고 말했다고."

"죽어!!"

고피스의 채찍이 울리며 검은 트렌치의 안면을 후려쳤다. 손에 들었던 수첩과 눌러쓴 모자가 멀리 날아갔고, 마스크가 찢어지며 피가 뿜어져 나왔다.

뼈조차도 절단할 듯한 예리한 일격이었다.

"아~ 바보바보. 또 다른 현의 공인을 죽였잖아. 무마하는 거 귀찮단 말이야아."

"핫! 너의 일 따위 알 바 아냐. 교토부경이라고 거만하게 구니까 그렇지…… 사타하바키가 없을 때는 내가 카소의 법이라고!"

"**우리**가, 라고 했잖아아?"

고피스는 거만하게 채찍을 손으로 되돌리려고 했고…… 그것이, 바이스처럼 강력한 힘에 막혀서 꿈쩍도 하지 않는다는 걸 깨달았다.

"……뭐, 뭐, 야……?!"

검은 트렌치의 안면에는, 여전히 채찍이 휘감겨 있다.

그러나, 찢어진 마스크 안쪽에서 번뜩이는 맹수와 같은 이빨이…….

채찍 끝을 꽉 물어서 그 움직임을 완전히 봉쇄하고 있었다.

"이, 이 녀석. 뭐 하는 놈이야아?!"

고피스의 비명과 함께 관리들이 일제히 칼집에 손을 댔다.

그에 호응하듯이, 모자로 가려져 있던 새빨간 얼굴이 타오르듯이 곤두섰다.

"베어버려! 죽여…… 와아악?!"

검은 트렌치가 회오리처럼 휘날렸다. 이빨과 목 근육으로 채찍을 확! 당겨버린 붉은 머리는 날아온 고피스의 옆구리를 공중 뒤돌려차기로 있는 힘껏 날려버렸다.

"커허어억!"

고피스의 몸은 그대로 관리들과 함께 벽에 부딪쳐서 실외로 날아갔다.

"빙빙 돌아가는 녀석이구만. 싸우고 싶다면 처음부터 그렇게 말하라고."

"이…… 이 녀석, 힘이 왜 이렇게 세?!"

"방심하지 마라, 둘러싸라!"

"키, 키시시시……."

일제히 발도한 간수들 뒤에 숨은 부옥장 메파오샤의 얼굴에 경악이 섞인 웃음이 떠올랐다.

"이, 이거, 바보 같은 이야기가 돼버렸잖아…… 어째서, 하필이면 이런 녀석이 지금 튀어나오는 거야?!"

"메파오샤 님. 이 녀석을 알고 계십니까?!"

"너, 감봉이야. 바보. 명색이 간수라면 저 낯짝을 잊어버리지 말라고."

벽조차도 뚫어버릴 듯한 안광, 오른눈 가장자리를 따라 그려진 새빨간 문신을 손으로 가리킨 메파오샤가 침을 꿀꺽 삼켰다.

"새빨간 머리에, 오른눈의 붉은 문신. 전 현상금 300만 닛카, 세상과 대적하던 대악당……."

"……그, 그건, 설마……."

메파오샤의 말과 함께 관리들의 시선이 일제히 쏟아졌다. 그 너머에서…….

"내가 누구인지 알고 있다면. 꼬마보다는 거물을 노리라고, 얼간이들아."

목을 뚜뚝 꺾으며 관리들을 도전적인 시선으로 바라보는

비취색 안광. 그 패기에 슬금슬금 물러나던 관리들에게서 신음하듯이 목소리가 새어 나왔다.

"아, 아카보시다. 저건 진짜다! 식인버섯, 아카보시다아!"

"식인귀 아카보시가, 아카보시가 카소에 나타났다아아아!"

입을 모아 떠들어대는 관리들 뒤편에서, 고피스가 입에서 피를 흘리며 외쳤다.

"닥쳐어! 멍청이들아! 고작 버섯지기 한 명이 어쨌다는 거야아! 카소 육도수중(六道守衆)의 무서움을 보여줘라. 둘러싸! 적은 한 명이라고오!"

"바보, 목적을 잊어버리지 말라고. 저 하얀 옷을 죽이고 꼬마를 되찾아오란 말이야아."

고피스와 메파오샤의 지시를 받은 간수들이 차례차례 검은 트렌치…… 아니, 아카보시 비스코를 둘러쌌다. 하얀 트렌치는 못 말리겠다는 듯이 한숨을 내쉬고는 비스코에게 원한 섞인 말을 던졌다.

"결국 이렇게 되어버렸잖아. 말로 잘 구슬릴 수 있을지도 몰랐는데."

"평소보다 세 배는 참았다고. 그럼 어쩔까? 도망칠까?"

"그러고 싶지만. 이 아이의 상처가 너무 심해. 지금 당장 조치를 취하고 싶어."

하얀 트렌치는 코트를 홱 벗고는 안주머니에 꽉꽉 모여있던 의료기구 몇 개를 재빨리 꺼냈다.

"금방 끝낼게. 응급조치가 끝날 때까지 녀석들을 우리에게

오지 못하게 해줘."

"애매한 말이잖냐. 얼마나, 어디까지 지켜주면 되는 건데?"

하얀 트렌치는 허리에서 도마뱀 발톱 단도를 꺼내서 공중에서 몸을 휘리릭 날렸다.

모자가 날고, 하늘색 머리가 공중을 춤췄다. 간수들이 저도 모르게 그 아름다움에 시선을 빼앗긴 사이, 누워있는 아이 주변 바닥에는 단도로 그린 깔끔한 원이 그려져 있었다.

"5분간. 이 원 안으로 누구도 들어오지 못하게 해줘."

"5분?"

"이 아이의 상처에 포자가 묻으니까, 버섯도 금지. 가능해?"

얕잡아보는 듯한 판다 멍의 말을 듣자, 비스코가 혀를 차며 답했다.

"캑. 깔보기는."

"바보바보! 뭘 멍하니 있는 거야. 덮쳐, 덮쳐~!"

"거기서 보고나 있어. 3분 안에 정리해줄 테니까!"

전후좌우에서 일제히 베고 들어오는 간수들 앞에서 비스코가 검은 트렌치코트를 던졌다. 그것에 시선을 빼앗긴 간수를 한꺼번에 걷어차서 쓰러뜨린 뒤, 그대로 한 명의 몸을 망치처럼 휘둘러서 원 반대편의 적에게 던졌다.

트렌치코트에서 풀려나 바람을 맞으며 휘날리는 버섯지기의 외투가 뒤에서 베고 들어온 한 명에게 휘감겼다. 재주 좋게 외투를 조종해서 휘감은 적을 그대로 벽으로 내던져버린 비스코는 빼앗은 왜도의 칼등으로 세 번째, 네 번째 간수를 쓰러뜨리고는 오랜만에 벌어진 싸움이 기분 좋다는 듯 웃었다.

"이거, 외날이라 다행이었구만. 칼등치기로 해주마!"

간수들의 노성과 비명이 간헐적으로 울려 퍼지는, 그 대소동 속에서…….

바닥에 그려진 원 안쪽만이 신기할 정도로 평온함을 유지하고 있었다.

시시는 짧은 기절에서 눈을 떴고, 그 눈앞에서 펼쳐지는 광경을 보고 한동안 넋을 잃었다. 새빨간 전신(戰神) 같은 소년이 얼굴에 미소를 지으면서 날뛰어댔고, 한편으로 자신을 치료해주는 눈앞의 소녀은 간수의 몸이 머리 위에서 계속 날아다니고 있는데도 아랑곳하지 않고 있다.

"아. 정신이 들었어?"

하늘색 머리가 흔들렸다. 그 판다 멍의 소녀은 무서운 듯 움츠러든 시시를 보자 입가에 쓴 마스크를 풀며 방긋 웃어줬다.

"우, 우와아! 간수들이…… 빨리 도망쳐야……!"

"가만히 있어. 지금 마취가 돌고 있거든. 나는 네코야나기 미로, 의사야. 너는 심한 전신 화상에 더해서 깊은 열상이 몇 개씩이나 있어. 중상이지만, 꼭 구해줄 테니까 안심해."

"그래도. 이, 이럴 때가……!"

"괜찮아. 이 원 안에 있으면 너는 절대 상처 하나 입지 않아."

벌집을 쑤신 듯한 이 소동 속에서, 미로의 말대로 마치 마술처럼 그 무엇도 안으로 들어오지 못했다.

시시에게는 도저히 산 것 같지 않은 광경이었지만, 점차 그 눈은 간수를 상대로 날뛰는 불꽃의 전사가 싸우는 모습에 매료되었다.

강하고 유연한 근육에서 뿜어져 나오는 박력 넘치는 체술. 조금만 늦었다면 목이 날아가는 참격도 아랑곳하지 않는 어마어마한 집중력, 순발력. 무엇보다 이렇게나 살기등등한 상대 앞에서도 씨익 웃는, 그 초인적인 대담함이 시시의 마음속 화로에 단숨에 불을 지폈다.

'……저, 붉은 사람은…… 뭐지?! 강해! 강하고…… 아름다워, 굉장히……!'

"가슴이 찢어졌네…… 심한 상처잖아. 꿰맬 거야. 아프면 말해줘."

"…………."

아픔도 잊을 만큼 파트너의 싸움에 매료된 소녀를 보며, 미로는 미소를 짓고 경이로운 의술을 구사하여 놀라운 속도로 치료를 끝냈다.

"비스코! 응급조치 끝났어, 이제 괜찮아……."

그렇게 말하며 몸을 돌린 미로의 눈앞에, 날아간 기세로 벗겨진 간수의 가면이 빙글빙글 돌면서 다가왔다.

미로의 손이 그걸 쳐내기 직전.

파아앙!

섬광처럼 날아온 화살이 그 가면을 뚫고 맞은편 벽에 바로 꿰어버렸다.

"와오."

"야! 지금 만졌냐?!"

"어? 뭐가?!"

"그거 만졌냐고. 원 안에 뭔가 들어간 건가 묻는 거잖아!!"

몰려오는 간수를 걷어차면서 성실하게 그런 걸 묻는 파트너를 보고, 미로는 웃으면서 자기도 등에서 에메랄드 활을 꺼냈다.

"괜찮아, 안 만졌어! 임무 클리어, 비스코의 승리."

"……응? 내 승리? ……흐으응. 그럼 됐어."

사정을 거의 이해하지 못한 채 만족스럽게 끄덕인 비스코의 주변에는 쓰러진 간수들의 몸이 산더미처럼 쌓였고, 다들 고통스럽게 신음하고 있었다.

"너무 지나쳤잖아~. 저기, 요청해놓고 미안하지만 조금 봐주지 그랬어?"

"한 명도 안 죽였어. 평화적으로 하고 싶었으면 처음부터 그 꼬마를 넘겨줬으면 됐잖아."

"궤변만 잘한다니까. 한자도 못 읽으면서."

"지금 그게 상관있냐. 인마!"

시시껄렁한 말다툼을 시작한 두 사람을 바라보던 메파오샤가 일그러진 얼굴로 웃었다.

"키, 키시시시…… 이만한 부하들을 마치 어린애처럼 다루다니. 듣던 그대로의 대악당. 아직 꼬마인 주제에, 어떻게 해야 저런 무식한 힘을……."

"그런 말이나 할 때, 멍청아! 저 꼬마를 놓쳤다가는 우리가 무슨 꼴을 당할지 모른다고오!"

"너 때문이야, 바보! 아무튼 증원은 불렀어. 다섯 배의 숫자로 둘러싸면 아카보시라도……."

메파오샤의 말대로, 이미 검은 로브의 간수들이 이 수용시설 주변을 가득 메우듯이 몰려오고 있었다.

"이제 붙잡으려고 생각하지 마. 죽여, 죽여버려!"

메파오샤의 지시에 맞춰서 간수들이 칼을 휘두르며 비스코 일행을 덮쳐왔다.

"슬슬 진지하게 나서야겠네."

"이 정도가 딱 좋아. 야, 원 하나 더 그려. 아까는 너무 간단했어."

"바보 같은 소리 하지 말고 도망치자!"

미로는 반짝이는 하늘색 머리를 흔들면서 바닥에 깐 하얀 코트를 뒤집어 공중에 던지고는, 빠르게 단궁을 당겨 펄럭이는 코트를 향해 화살을 쐈다.

빠훔, 빠훔!

순식간에 피어난 황토색 버섯에서 뭔가 자극적인 냄새가 나는 노란색 포자가 폭발하듯이 퍼져서 간수들을 덮쳤다.

"으아악— 가려워, 가려워어—! 뭐야 이 가루는—!"

전신을 뒤덮는 간지럼버섯의 맹렬한 가려움에 버둥거리는 간수들을 곁눈질한 미로가 말했다.

"이 아이를 안전한 곳까지 데려가야 해. 가자, 비스코!"

"너 아까 버섯 금지라고 말하지 않았냐?!"

"나는 괜찮아. 조절할 수 있으니까."

미로가 천장을 향해 화살을 날리자 뽕! 하고 만가닥버섯이 피어나 천장을 무너뜨렸고, 방 안에 햇살이 들어왔다. 소녀를 안은 미로와 비스코 두 명은 그대로 구멍으로 도약해서 지붕으로 올라가 텐구와 같은 속도로 그 자리를 떠났다.

"아앗. 놓치지 마, 멍청아! 쫓아, 쫓아아—!"

"핫! 숫자에 의지해서 버섯지기를 잡을 수 있을 것 같냐?"

뒤에서 들리는 고피스의 노성을 들은 비스코가 웃었다. 두 버섯지기의 외투가 봄바람을 맞으며 두둥실 휘날렸다.

"그나저나 묘한 방해가 들어왔네. 저곳에 후쿠오카의 버섯지기가 있을지도 모르는데."

"어쩔 수 없잖아. 이 아이, 상처가 굉장히 심했어. 어서 본격적으로 치료하지 않으면 위험해."

미로는 현재 마취가 완전히 돌아서 눈을 감고 잠든 소녀의 숨소리를 들으며 중얼거렸다.

"저 여간수, 채찍의 위력이 상당했어. 나도 귀와 코가 찢어졌으니까. 그걸 꼬마의 몸이 몇 대씩 받아냈다면……."

"너무한 녀석이네. 저게 육도수옥의 부옥장이라고? 엉망진창이잖아. 결국 이 현도 부패한 거야……!"

"어? 아, 뭐. 그러게."

"응? 뭐 따로 할 말이라도 있어?"

"아니, 그냥…… 이 꼬마 근성 있구나 싶어서."

버섯지기 두 사람은 그대로 폴짝폴짝 지붕에서 지붕으로 뛰어서 검은 바다처럼 몰려오는 육도수옥의 간수들을 순식간에 따돌려버렸다.

2

두 소년의 이 기묘한 잠입극의 이유를 설명하려면…….

조금만 시간을 돌아갈 필요가 있다.

사태의 발단은 『아카보시 1호』. 일찍이 《도쿄》와의 결전을 위해 길을 가던 중 만들어버린 인간형 로봇이며, 비스코의 혈액을 매개로 한 프로그램이 탑재되어 있다.

비스코의 피를 이어받아서 그런지 성질이 매우 흉포했다. 그 남아도는 파워를 휘두르며 마을에서 날뛰는 바람에 전국구에서 대대적인 뉴스가 되었다. 그 모습은 그야말로 식인귀 아카보시, 한창 날뛰던 시절의 비스코를 방불케 했다.

반면.

"피를 나눠 준 이상, 로봇이든 뭐든 그 녀석은 친척이야."

그런 비스코의 신조에 따라 날뛰는 동생을 어떻게든 해결하고자 머나먼 규슈까지 찾아왔다…… 그게 당초 목적이었지만.

규슈 후쿠오카에 상륙한 즈음에서, 일행은 규슈 전체에 감도는 기묘한 기운을 조금씩 느끼게 된다.

"푸하앗, 공기가 맛있네. 파우!"

"음. 경치도 아름답군…… 규슈 북부는 흉포한 생물이 적은 걸로도 유명하고, 인기 많은 관광지니까. 음식도 충실하다고

들었다…… 특히 물소 훠궈가 일품이라던데."

아쿠타가와의 안장에 올라탄 파우와 백팩에서 고개를 내민 미로는 따스한 봄바람 속에서 즐겁게 대화를 나누고 있었다.

이미하마에서 나와 답답한 현지사 정장에서 해방된 파우는 이때라는 듯이 사복으로 갈아입었다. 사복이라고 해도 파우의 것이라 상당히 돈이 들어가서, 심플하지만 기품 있는 하얀 드레스에 장식을 넣은 넓은 모자, 하얀 이구아나 장갑 등등, 마치 아카데미상 시상식에 나오는 여배우 같은 차림새였다.

"물소 훠궈라니! 저기, 비스코. 들었어? 오늘은 그걸로 하자!"

"평화롭구만, 이 자식들아!"

큰소리로 외친 비스코의 눈은 네코야나기 남매와는 정반대로 핏발서 있었다.

"뭘 보든 먹든 상관없지만! 전부 1호 그 바보를 붙잡고 나서야!"

비스코가 혈안이 되어 쫓아다니는 아카보시 1호는 버섯지기의 신, 야타나텐의 본존을 이미 불태워버렸다. 남들보다 훨씬 신앙심이 깊은 비스코는 그 이후 밤이면 밤마다 신벌을 당하는 꿈을 꾸는지, 일단 벌 받을 짓을 한 동생을 빨리 붙잡아서 신불에게 용서를 구하는 것으로 머릿속이 가득했다.

"이 산 안쪽에 들어가면 숨겨진 마을이 있어. 그곳에서 독하고 화살 보급을 하자."

"마침 잘됐군. 옷이 조금 더러워졌으니까 새 걸로 갈아입고 싶었거든."

"아니. 너, 대체 옷만 몇 벌을 가지고 있는 거야?! 전부 게에 실을 수 있는 옷이 아니잖아. 왜 평소 같은 라이더 슈트 차림은 안 되는 거냐고?!"

"촌스러운 소리를! 그런 세련되지 않은 차림으로 부부 여행을 갈 수 있을 것 같으냐!"

머리가 확 휘날릴 정도의 패기에 얻어맞은 비스코는 진저리가 난다는 듯이 눈가를 실룩거렸고…… 이윽고 산꼭대기에 보이는 분홍색으로 만개한 꽃에 시선을 빼앗겼다.

"……으응? 뭐야 이거……."

"와아, 이거 굉장하군! 근사하잖아. 비스코, 이 꽃은 뭐냐?"

"꽃……? 이 산, 꽃 같은 게 피었었나?"

비스코가 고삐를 조종해 아쿠타가와를 서둘러 몰자, 산꼭대기에서 숨겨진 마을로 이어지는 짐승길에 분홍색 꽃을 가진 나무가 드문드문 보였다. 그리고 드디어 숨겨진 마을에 도착하자, 그 마을을 가득 뒤덮을 만큼 꽃이 활짝 피어 있었다.

"예쁘군…… 이런 곳에 숨겨진 마을이라니, 아까운데."

"……이상한데. 버섯지기가 마을을 이렇게 화려하게 내버려 둘 리가 없어."

반쯤 멍하니 마을을 바라보던 두 사람보다 먼저 아쿠타가와에서 스르륵 내려온 미로가 근처에 난 꽃나무로 달려갔고, 하늘하늘 흩날리는 꽃잎 하나를 가만히 살폈다.

"……틀림없어. 이건 『벚꽃』이야. 비스코."

"벚꽃? 벚꽃이 야생에서 피는 꽃이었어? 처음 보는데."

"아니. 지금은 교토의 자연보호 센터 말고는 살아있지 않아. 녹바람 때문에 자연에서 살아가던 건 전부 메말라버렸을 거야. 그런데 어째서……?"

"도쿄와의 결전 이후, 일본 각지에서 녹바람의 영향이 약해졌다고 들었다."

파우가 비스코 다음으로 아쿠타가와에서 내려와 동생에게 걸어왔다.

"어쩌면 그로 인해 식물도 본래의 힘을 되찾은 게 아닐까?"

"그렇다고 해도 이상해."

미로가 미간에 주름을 잡으며 엄지손톱으로 입술을 긁었다.

"이런 메마른 땅에 이렇게 활짝 피어나다니. 대체 뭘 영양분 삼아 피어난 걸까……?"

그렇게 말한 미로가 외투를 확 펄럭이며 벚꽃이 가득 피어난 마을 안으로 달려갔다. 비스코와 파우는 얼굴을 마주 봤고, 곧바로 「아쿠타가와, 거기서 기다리고 있어!」라고 애완 게에게 한 마디 던지고는 황급히 미로의 뒤를 쫓았다.

"이게 어떻게 된 거야……!!"

마을 중앙까지 와서 주변을 돌아본 비스코의 눈초리가 사냥꾼처럼 변했다.

버섯지기의 가옥은 모두 잡아먹힌 것처럼 벚꽃에 뒤덮였고, 게다가 뭔가 거대한 힘에 쓰러진 듯한 대게들의 잔해에서 갑각을 뚫고 훌륭한 벚나무가 피어나 있었다.

"벚꽃 때문에 마을이 엉망진창이야. 무언가에 습격을 받은 거야!"

"보면 알아! 근데 대체 뭐가……?!"

이 마을은 집버섯이라는 단단한 섬유질의 버섯을 크게 피워낸 뒤에 안을 뚫어서 거주지로 삼은 게 특징이다. 파릇파릇하고 아름답게 늘어선 집버섯은 버섯지기 가운데서도 꽤 명물이었지만, 그것도 지금은 벚꽃과 나무에 영양을 빨려서 마치 버섯 미라가 늘어선 꼴이 되어버렸다.

"앗! 비스코, 비켜라!"

그늘에서 살기를 느낀 파우의 핀 힐이 번뜩이며 비스코를 향해 날아온 화살 한 발을 예리한 발차기로 날려버렸다. 화살은 비스듬히 날아가더니 그곳에서 뽕! 하고 작은 만가닥버섯을 피웠다.

파우는 두둥실 날아간 모자를 공중에서 잡은 뒤에 착지하면서, 다시 쓰고 외쳤다.

"누구냐! 모습을 드러내라!"

"질리지도 않고 나왔느냐~~!"

"……으응?!"

"이 할망구의 활, 얕보지 마라. 아들을, 손주를 돌려줘~~!"

휘익! 하고 텐구처럼 몸을 날리며 나타난 것은 버섯지기 한 명…… 그것도 노파였다. 노파는 파우의 위용에도 겁먹지 않고 노구로 보이지 않는 민첩함으로 푸슝, 푸슝! 버섯 화살을 날렸다.

"오해에요, 할머니! 저희는 지나가던 길이라……!"

"신벌, 초래~~!"

미로의 목소리를 듣자마자 그곳을 향해 활을 당긴 노파 옆에서.

쾅! 하고 건물을 걷어차며 삼각으로 뛴 비스코가 그 몸으로 달려들어 노파의 몸을 잡아 지면에 데굴데굴 굴렀다.

"으으으~~~! 네 이노오옴. 다, 단번에, 죽여라아."

"진정해, 할망구! 우리는 아군이야, 버섯지기라고!"

"하…… 하에~~?"

노파는 비스코의 말을 듣자 얼빠진 소리를 내고는 자신에게 달려든 비스코의 얼굴을 찰싹찰싹 만졌다. 아무래도 꽤 중증 노안인 것 같은 노파는 그제야 긴장을 풀고 한숨을 내쉬었다.

"아, 악귀가 아니라 인간이구나. 하아. 뭐냐. 놀라게 하기는……."

"그건 우리가 할 말이야. 제대로 눈으로 보고 쏘라고!"

"노인장, 여기서 무슨 일이 있었지? 사람의 기척이 전혀 없어. 그리고 애초에 이 상황은……."

"……으, 으으. 으으으~~~!!"

노파는 조금 전까지의 전의를 잃고는 갑자기 떨리는 목소리로 비스코의 팔에 매달리고는 엉엉 눈물을 흘렸다.

"아오오니(青鬼)가. 아오오니가 나타났어어어어."

"……오, 오니라고……?"

“커다란, 아오오니가 갑자기 마을에 쳐들어와서…… 마을의 게를 전부 쓰러뜨리고는 젊은이들을, 모두 데려가버렸어어.”

비스코는 미간에 주름을 잡으며 파우와 얼굴을 마주 보고는, 노파를 흔들며 물었다.

“그 녀석이 누군지 몰라? 규슈의 버섯지기는 강호들이 모여 있었을 텐데. 총출동했는데도 당해내지 못한 거냐고!”

“안 돼 안 돼. 다들 버섯 화살로 그놈을 쐈어. 하지만 먹어버렸다고.”

“먹었다……? 게를? 버섯지기를?”

“아오오니에, 꽃이…… 꽃이, 꽃이 화아알짝 피더니 전부 먹어치웠어. 젊은이들도 당해낼 수 없었다고…… 모오두 끌려가버렸어~!”

듣는 것도 고생할 정도로 울먹이는 노파의 목소리를 들은 파우가 「으으응?」 하고 신음했다.

“아무래도 영문을 모르겠는데. 무리도 아닌가…… 굉장히 혼란스러워하고 있군.”

“응. 그래도 끌려갔다는 건 죽지는 않았다는 뜻이야. 이봐, 할머니. 심호흡해봐…… 하나, 둘, 그래. 진정하고 떠올려봐. 젊은이들이 어디로 끌려갔는지 알고 싶어. 당신, 뭔가 알겠어?”

노파는 비스코의 품에서 지시에 따라 천천히 숨을 내쉬면서 호흡을 가다듬었고…… 때때로 무시무시한 기억이 떠올랐는지 움츠러들면서도 어찌어찌 말을 토해냈다.

“유, 육도. 육도야. 아오오니가 말했어. 육도윤회에 집어넣는다. 그렇게 말했다고."

"이봐! 그건 결국 죽었다는 게……."

"비스코"

파우가 비스코의 어깨를 두드리며 고개를 내저었다.

"짐작 가는 게 있다. 아마 육도수옥을 말하는 거겠지. 남쪽 카소현에 있는 거대한 감옥 시설 말이다."

"감오옥?"

"음. 무뢰한인 버섯지기들을 한꺼번에 끌고 갔다면, 카소의 감옥 말고는 없겠지. 어딘가의 비밀경찰이 모종의 신병기를 사용해서 버섯지기를 일제 검거했다…… 그런 줄거리도 부자연스러운 이야기는 아니야."

"……흐으응. 그래?"

비스코는 잠시 고민하고는 파우의 말에 고개를 끄덕이며 노파를 업고 일어섰다.

"그렇다면 계속해서 다른 취락을 덮칠 가능성이 있겠어. 아쿠타가와에게 심부름을 시키자. 이 할머니를 데려가는 겸…… 시코쿠의 버섯지기에게 경고해야겠어."

"우리는 카소로 가야겠군. 1호는 괜찮은 거냐?"

"동족을 구하는 게 먼저야. 미로! 가자!"

두 사람과는 약간 떨어져서 벚꽃의 모습을 가만히 지켜보던 미로는 파트너의 목소리를 듣더니 몸을 돌려서 「지금 갈게—!」라고 대답했다.

그리고 그 자리를 단념하고 발길을 돌리려 했을 때, 문득…….

조금 전 노파가 지면에 피운 만가닥버섯들을 향해 벚꽃잎이 차례차례 몰려드는 걸 목격했다. 고작 수십 초도 지나지 않아 만가닥버섯에 나뭇가지가 생겨나더니 조그만 벚나무로 변해갔다.

"…………윽!"

눈살을 찌푸린 미로의 등골에서 차가운 것이 흘렀다.

『버섯을, 먹어버렸다고오오.』

노파의 오열이 사고 속에서 맴돌았다. 미로는 그 안에서 뭔가 힌트를 찾아보려 했지만…… 한숨을 내쉬고는 이 자리를 단념하고 파트너와 누나를 쫓아서 달려갔다.

3

시간을 되돌려, 카소현 서쪽 상업구.

다친 소녀를 안은 비스코 일행이 도망친 곳은 초라한 역참 마을이었다.

카소에서 장사하는 사람은 대부분이 이른바 『집행 유예』를 당한 죄인이며, 겉으로는 일반 시민과 다름없어도 뒤에서는 무슨 짓을 꾸밀지 알 수 없기에 일반인이 지내기에는 굉장히 어려운 마을이라 표현해도 지장이 없다.

그러나 뒤집어보면 악인에게는 악인의 방식이 먹힌다는 뜻. 비스코에게는 오히려 제어하기 쉬운 사람들이라 할 수 있어서, 식인귀 아카보시의 간판이 크게 도움이 되었다.

상대가 역전의 버섯지기인 데다 정가 그대로의 돈을 받을 수 있다면, 일부러 세상을 위해 사람을 위해 위에다 일러바치는 녀석들은 없다.

그런고로 문신투성이 점주가 경영하는 그야말로 수상쩍은 여관방이 비스코, 미로, 파우가 한동안 머물 곳이 되었다.

"음. 추격자의 기척은 없군. 잘 뿌리친 모양이야."

"나를 누구라고 생각하는 거야?"

"하지만 모처럼 내가 준비했던 교토부경 세트 1식을 못 쓰게 되어버렸군."

파우는 거친 일을 대비하여 평소의 라이더 슈트(도쿄의 유산!)로 갈아입고 활을 손질하는 비스코 옆에 앉았다.

"뭔가 도움이 되지 않을까 해서 가져왔는데. 그걸 비밀리에 들여오는 건 꽤 힘들었다고. 시시한 곳에서 걸렸다가는 실각할지도 몰라."

"잃어버린 건 어쩔 수 없잖아."

비스코는 필요경비라고 말하려는 듯이 태연했다. 천연덕스러운 이 소년과 정면에서 맞붙을 수 있는 건 기껏해야 스승 자비 정도이리라.

"스파이 놀이에 나선 것치고는 대단한 성과도 없었어. 이봐, 파우. 정말로 여기에 버섯지기 녀석들이 있긴 한 거야? 특기인 고릴라과의 감도 의심스러워졌다고."

"뭐, 뭣……!! 이 자식, 말투가 그게 뭐냐!!"

파우는 남편의 불손한 태도에 분노했는지 바로 머리를 찰싹 때렸다.

파우 본인은 가볍게 때릴 작정이었겠지만, 아무래도 힘이 센지라 비스코는 주먹에 얻어맞은 듯한 충격을 느끼며 바닥에 이마를 콱 처박았다.

“아, 아야앗—! 너, 너. 뭐야 갑자기!”

“이렇게나 너를 위해 헌신하고 있는데…… 아니, 애초에!! 나의 마음을 배신하는 거짓말을 해서 데려와 놓고서는 잘도, 잘도 그런 말을 할 수 있구나!! 뭐가 절을 도는 신혼여행이냐! 조금이라도 기대했던 내가 바보였다!”

“아니, 그치만 어쩔 수 없잖아. 강한 녀석이 필요해서…… 와앗! 철곤 들지 마! 위험하잖아!”

“걱정하지 마라. 나도 금방 뒤를 쫓을 테니까.”

“응. 이건 진심인 눈이네. 우와앗, 그렇게 즉석에서 동반자살을 노리는 게 어딨어. 그, 그만둬어어!”

“시끄러워—!! 치료 중이야!! 싸움은 돌아가서 해!!”

미로가 일갈하자 열화처럼 불타오르던 아내의 분노가 순식간에 사그라들었고, 파우는 조금 부끄러운 듯이 「어흠」 헛기침을 했다.

미로의 눈앞, 치료대에 누워있는 건 조금 전 구출한 하얀 피부의 아이다. 여느 때라면 바로 끝났을 미로의 치료도 생각보다 난항을 겪고 있었다.

‘……이 아이는, 인간이 아니야. 정석대로의 치료로는 좋아지지 않아.’

미로가 놀란 건, 몸에 박힌 탄환을 빼내기 위해 메스를 들었을 때 소녀의 피부를 둘러싼 덩굴 같은 식물이 몰려와서 메스를 막아냈기 때문이었다.

'무의식인데도 몸을 지키려 하는 건가…….'

하얀 피부를 채색한 문양 같은 덩굴이 움직이며, 청렴한 소녀의 몸에 요사한 아름다움을 채색하고 있다. 더욱이 특징적인 건 왼쪽 귀 뒤편, 머리카락 속에서 엿보이는 붉은 꽃봉오리다. 백전연마의 판다 의사도 고개를 갸웃할 정도로 수수께끼가 많은 환자였다.

'……악성은 아닌 것 같지만. 이 꽃봉오리, 대체 무슨 의미가 있는 거지……? 앗, 안 돼 안 돼…… 연구가 아니라 치료를 해야지.'

어떻게든 탄환을 적출하고, 혈액도 적합률이 높은 유사 혈액을 수혈한 미로는 일단 한숨을 내쉬며 이마의 땀을 닦았다.

"웬일이야? 네가 버거워하다니."

"응. 찡그림버섯 앰플이 생각처럼 듣질 않아서."

미로는 파트너의 질문에 대답했다.

"체질 때문인지, 포자가 이 덩굴 같은 기관에 흡수되어버려. 천천히 할 수밖에 없는 것 같아. 다음은 화상을 봐야……."

"찡그림버섯이 안 통한다고? 바보 같은 소리 하지 마. 그걸로 어지간한 상처는……."

"앗! 야!"

상반신을 벗은 아이를 들여다보려던 비스코의 이마를 미로가 손바닥으로 찰싹! 밀어냈다.
"으갸악?! 너, 너까지! 대체 뭐냐고!"
"여기 보지 마!"
미로가 비스코의 두 눈을 누르면서 달래듯이 말했다.
"소녀의 알몸을 보면 안 된다고 했잖아! 유부남이라는 자각을 가지라고."
"여…… 여자라고오?! 그 꼬마가?! 아니, 기척이 완전히 남자……."
"쉿쉿! 아직 안 끝났어."
미로는 파트너를 한 손으로 쫓아내고는 다시 붕대를 감아줬고…… 그때, 보라색 머리 안쪽에서 보이는 홍색의 눈동자와 눈을 마주쳤다.
호흡이 딱 멎고, 몇 초 뒤.
'이, 이 아이, 깨어났…….'
"우와아아아악!!"
하얀 피부의 소녀는 거기서 공포로 가득한 비명을 내지르더니 가느다란 몸을 끌어안고 창문 밖으로 도망치려 했다. 억누르려던 미로가 놀랄 만큼 힘이 셌다.
"잠깐, 잠깐만! 우리는 관리가 아니야. 지금 너의 부상을 치료해주고 있다고!"
"이거 놔아아—! 얼마나 더, 나를 모욕해야, 직성이 풀리는 거냐! 이 손을 치워어—!!"
소녀의 화상 입은 다리가 미로의 안면을 계속 걷어찼고, 그

때마다 미로는 당황했다. 설득하려고 해도 입을 열 때마다 얼굴을 걷어차여서 말할 수가 없었다.

그때.

"야, 인마!!"

비스코의 입에서 예리한 일갈이 날아오자, 소녀의 몸이 저도 모르게 움츠러들었다.

"명색이 생명의 은인인데 얼굴을 걷어차지 마. 불만이 있는 건 좋은데, 고맙다는 한마디 정도는 하고 나서 하라고."

자신에 대한 건 완전히 제쳐버린 채 그런 말을 늘어놓은 비스코는 소녀 앞에 성큼성큼 걸어와서 앞머리를 치우고, 안쪽에 있는 홍색의 눈동자와 눈을 맞췄다.

"……으, 아……!"

소녀는 비스코의 비취색 눈동자에 꿰뚫리자 조금 전의 대소동을 떠올린 모양이었다.

왼쪽 귀 뒤에 있던 동백꽃 봉오리가 『퐁!』 하고 단숨에 개화했다.

그리고 공포와 불안감이 달라붙어 있던 표정도 반짝반짝 빛나는 웃음으로 변하더니…….

"『형님』!!"

""""뭐어?!""""

일동이 예상치도 못한 말이 갑작스럽게 튀어나왔다. 비스코, 미로는 물론이거니와 벽에 기대서 지켜보던 파우마저도 얼빠진 소리를 내질렀다.

지금까지의 불신감 어린 표정은 어디로 갔는지, 소녀는 동경으로 얼굴을 반짝이면서 깜짝 놀란 미로의 손을 스르륵 빠져나갔다. 그리고 눈앞에 있는 비스코에게 달려들어서 가는 팔에 힘을 가득 담아 비스코를 끌어안았다.

"형님—!!"

"꺄악—?! 이 녀석은 뭐야?!"

"당신은 전신(戰神)이에요. 저를 왕의 길로 인도해줄 진정한 전사! 당신 같은 사람을 계속 찾아다녔어요……! 아아, 이제 잠시도 떨어지지 않겠어!"

"잠까아안—! 기다려, 옷, 옷!!"

미로와 파우가 얼굴을 새빨갛게 물들이며 허둥대면서 나신인 시시에게 붕대를 감아줬지만, 시시의 시선은 잠시도 비스코에게서 떨어지지 않았다.

"그 수많은 이들을 상대로 엔비텐(炎彌天)과 같은 대활약. 사신조차도 달아날 듯한 그 얼굴도, 줄곧 꿈꿔왔던 『사나이』 그 자체. 오늘부터 제가 당신의 동생입니다. 형님, 뭐든지 분부해주세요!"

"느닷없이 멋대로 떠들지 마! 나랑 너는 아무런 관계도……!"

"저는 시시라고 합니다!"

비스코의 어이없어하는 말도 전혀 개의치 않고, 상처도 아랑곳하지 않은 채 소녀는 빙글 공중제비를 돌고는 비스코의 앞에 섰다.

보라색 쇼트헤어는 손질에는 별로 관심이 없는지 앞머리로 눈을 가리고 있지만 아름답고 윤기가 흘렀고, 가늘지만 유연한 몸은 새하얀 피부와 어우러져서 청결하고 아름답다. 덩굴 문양과 합쳐서 보면 마치 소형 범고래 같았다.

본연의 아름다움이 온몸을 내달리는 채찍이나 화상 흉터를 한층 아파 보이게 하는 것도 사실이지만, 무엇보다도 왼쪽 귀 뒤편에 만개한 새빨간 동백꽃이 소녀의 젊은 생명을 과시하듯이 선명하게 빛나며 비스코의 시선을 빼앗았다.

"신분이라면 걱정하실 것 없습니다! 저는 호센 왕의 친자식…… 미숙하지만 어엿한 왕자의 몸이니까요."

"호, 호센……? 그게 누구야?"

"아버님의 가르침입니다. 계승자라면 왕의 길과 동떨어진 곳에서 스승을 찾아야만 한다. 너의 마음에 불을 붙이는 진정한 사나이가 나타난다면…… 반드시 그를 형으로 따르고, 모시고, 삶을 배우라고요. 자, 형님. 무엇이든 분부하시죠. 이 시시, 형님의 손발이 되겠습니다!"

"그럼 앉아서 미로의 치료나 받아! 너는 전신 화상을……."

비스코는 소녀 시시의 기세에 밀리면서도 어떻게든 위엄을 유지하고자 말을 꺼냈지만…….

그 직후.

『꼬르르륵.』

배가 성대하게 울렸다.

생각해보면, 구출극 이후 추격자를 뿌리치는 사이 아무것도 먹지 못했다.

"……배가 고프신 거군요, 형님!"

"아니, 지금 이건…… 야, 너. 어딜 가는 거야!"

"형님은 여기서 기다리세요! 배급 간수에게 가서 밥을 받아오겠습니다!"

"아앗, 기다려. 너, 잠깐마안!"

미로의 손을 스르륵 빠져나간 시시는 큰 부상을 당한 것으로 보이지 않는 잽싼 움직임으로 방 문을 힘차게 열어젖히며 바로 옆에 있던 계단에 발을 내밀었고…….

우당탕, 쾅, 와장창!

그대로 발이 미끄러져서 운석처럼 계단 밑으로 굴러떨어졌다.

"저런……!"

얼굴을 찌푸리며 고개를 수그린 미로 앞에서 파우가 재빨리 계단 밑으로 내려가, 시시를 들쳐메고 돌아와 기절해버린 몸을 눕혔다.

"흠. 굉장히 기운찬 아이군. 마취가 아직 돌고 있으니까 잘 움직이지 못한 거겠지."

"애초에 일어난 게 이상해. 기절한 사이에 약을 잘 발라줘야……."

"미로. 충고하는데, 너의 오른눈 주변에도 약을 발라라…… 그리고, 내가 메이크로 감춰줄 테니까 그대로 비스코 쪽을 바라보지 마."

"……파우, 갑자기 무슨 소리야?"

"꺄하하하하!!"

"늦었나."

미로가 어리둥절하며 비스코를 돌아보자, 파트너가 자기 얼굴을 보며 낄낄 웃어댔다.

파우가 슬쩍 내민 손거울을 보자, 조금 전 시시의 발차기에 얻어맞았는지 건강한 오른눈 주변에 푸른 멍이 생겼고, 왼쪽의 멍과 합쳐서 완벽한 판다를 형성하고 있었다.

"파, 판다가, 판다가 나왔잖아! 이거 무료로 봐도 괜찮은 거냐?!"

"너 이 자식—!!"

뒤엉켜서 날뛰는 평소의 두 사람을 바라보던 파우는 한숨을 내쉬고는 밑에서 편안하게 잠든 소녀를 내려다봤다.

그 몸 여기저기에 있는 상처가 소녀가 넘어온 수많은 수라장을 알려주고 있어서, 파우는 한동안 시선을 뗄 수가 없었다.

"미안, 미로. 치료까지 해줬는데. 그거, 내가 걷어찬 거지……?"

"신경 쓰지 마! 마취가 끊어지기 직전의 기억 혼탁과 패닉은 자주 있는 일이니까. 그만큼 강한 강박관념이 있었다는 뜻이야."

"그래도 아팠잖아? 그 두 눈의 멍……."

"아, 아하하. 이건……."

"괜찮아. 한쪽은 천연이니까. 네 덕분에 겨우 두 개 모였거든."

"비스코는 입 다물고 있어!!"

"…………. 그래도, 다행이야. 형님 일행을 만나지 못했다면 나는 지금쯤……!"

가느다란 몸을 부여잡으며 살짝 몸을 떠는 시시를 본 세 사람은 서로 얼굴을 마주 봤다.

비스코를 향한 이상한 경애는 변함없지만, 시시도 얼추 치료를 마치자 겨우 정신이 안정을 찾았는지 말이 통하게 되었다.

그리고 새삼스럽지만, 종이 한 장 차이로 살아난 자신의 운명에 몸을 떨고 있는 그녀의 처절한 과거가 신경 쓰였다.

"그만큼 운명이 너를 구해주고 싶었던 거겠지. 우리는 여행자라서 이 카소현과는 아무런 연결도 없어. 마음의 정리가 되면 뭐든지 말해주면 된다."

"고마워, 파우……!"

시시는 현재 가장 딱 맞는 미로의 튜닉을 입고 거리에서는 너무 눈에 띄는 하얀 피부를 최대한 감추고 있다. 그래도 선명한 보라색 머리에서 감도는 요사한 꽃 같은 향기가 지나가는 사람들의 주목을 모으고 있었다.

"여기요. 네 분, 오래 기다리셨습니다."

"간단한 요리치고 너무 오래 기다리게 하는 거 아냐?"

시시도 물론이고 일동 모두 굉장히 배가 고팠기에, 네 사람은 함께 죄인들로 떠들썩한 식당으로 가서 적당히 요리를 시켰다.

비스코가 입을 크게 벌려서 된장국을 먹는 걸 지켜보던 시시가 즐거운 듯 다가갔다.

"형님. 배고프시죠? 여기 제 몫도 드세요!"

"아, 안 돼. 시시! 우선 네가 먹어야지!"

"그래, 이 얼간아. 너한테 주려고 시킨 거라고."

"……형님이, 저를, 위해서……?!"

시시의 얼굴이 또다시 기쁨에 물들어 화악 밝아졌고, 봉오리로 돌아왔던 귀의 동백꽃이 순식간에 퐁! 하고 피었다.

"기뻐요, 형님……! 그래도 역시 형님보다 먼저 입에 넣을 수는 없어요. 형님도 앞선 전투로 피곤하시잖아요! 제가 먹여드리겠습니다!"

"너, 머릿속까지 꽃이 피어버린 거냐?!"

"자, 아~앙!"

"그만둬어! 달라붙지 마!"

'……쟤는 대체 뭐야~!'

비스코에게 완전히 심취해버린 시시가 때때로 노골적으로 비스코에게 찰싹 달라붙는 모습을 바라보던 미로의 눈가가 꿈틀거렸다. 의외로 아내인 파우는 냉정하게, 신기한 듯이 시시의 동향을 관찰하고 있었다.

"시시. 너의 말처럼 비스코가 진정한 사나이라면 오히려 그렇게 돌봐주지 않아도 된다. 네가 제대로 된 식사를 하는 건 미로의 치료를 돕는 일환이니까, 우선 네가 그걸 먹어라."

"괜찮아! 나는 이 정도의 상처로……."

"너를 살린 건 내가 아니야, 미로지. 우선은 저 녀석에게 경의를 보이라고."

비스코가 단호하게 말했다.

"그리고 순순히 그걸 먹어. 알겠냐?"

"네, 네에. 죄송합니다, 형님……."

시시는 비스코의 말을 듣자 곧바로 얌전해지고는 미로를 보면서 꾸벅 고개를 숙였다.

"미로, 미안해. 폐를 끼쳤는데 멋대로 말해서."

"아, 아냐. 전혀 상관없어! 건강한 건 물론 좋은 일이니까, 딱히 사과할 건……."

미로는 지금까지의 퉁명스러운 표정을 황급히 미소로 되돌리며 대답했지만, 시시가 보여주는 웃음과는 정반대로 귀의 동백꽃이 바로 닫혀버린 걸 알아챘다.

"미로의 말대로, 이거 제대로 먹을게. 그러면 되지?"

"어, 아. 응……."

"형님! 미로가 용서해줬어요! 이제 괜찮은 거죠?!"

미로가 당황하면서 응, 이라고 말하기도 전에 비스코를 돌아본 시시는 바로 동백꽃을 활짝 피우면서 터질 듯한 미소로 비스코에게 다가붙었다.

"너 말이야. 딱히 용서하고 용서 못하고 그런 이야기가……."

"그럼 다시. 자, 아~앙…… 형님, 입을 열어주셔야죠!"

"너 하나도 모르고 있잖아?! 그만둬, 네 걸 먹으라고 인마!"

파들파들, 입가의 경련이 한층 심해진 미로 옆에서 파우가 재미있음 절반, 어이없음 절반인 느낌으로 웃고는 동생의 어깨를 두드렸다.

'미로, 알아챈 거냐? 시시의 저 귀의 꽃…… 꽤 흥미로운데. 마음이 움직일 때만 열리게 되어있는 것 같더군. 선천적으로

거짓말을 할 수 없는 체질인 모양이야.'

'파우, 왜 그렇게 냉정한 거야?! 명색이 남편인데, 저런……!'

'하하. 미로, 저런 걸로 일일이 질투할 만큼 나는 미숙하지 않아.'

파우는 손을 들어 긴 흑발을 뒤로 넘기고는, 가슴을 강조하듯이 의기양양하게 팔짱을 꼈다.

'시시는 아직 아이. 여자로서의 **크기**가 달라.'

카소현에 나오는 요리는 대부분 간소한 것들이다. 아무래도 식료품 대부분을 죄인이 만들고 있는지라 그건 어쩔 수 없다고 할 수 있다.

쌀가루와 투구감자를 버무려서 구운 『카소떡』이라는 음식이 현의 명물이며, 퍼석퍼석하고 소박한 식감의 떡 안에는 잘게 부순 콩이 들어있다. 결코 맛이 없는 건 아니지만, 시마네의 호화로운 요리의 맛을 아는 소년들에게는 역시 뭔가 부족했다.

"응? 아얏."

"왜 그래? 비스코."

"뭐야 이거…… 캑. 떡 안에 이빨이 들어있잖아."

"아하하! 꽝을 뽑으셨네요, 형님! 여기, 제 거랑 바꾸……."

"닥치고 먹어! 근데 이빨? 밥맛 떨어지게 왜 이빨이……."

"떡을 만드는 현장에서는 일하기 전에 식사가 나오는데, 밥을 배급할 때는 반드시 싸움이 벌어져요. 그때 날아간 이빨이 떡에 들어간 걸지도 몰라요."

"그런 걸 손님에게 내지 말라고! 불평해주고 오겠어."

"함께하겠습니다, 형님!"

비스코가 분연히 자리에서 일어나자 시시가 쫄래쫄래 따라붙었다. 그 타이밍을 계산한 파우가 낮은 목소리로 미로에게 물었다.

"미로. 새삼스럽지만, 시시는 인간이 아니겠지?"

"응."

미로는 카소떡을 조심조심 씹으면서, 거기에 이빨이 들어있지 않은 걸 확인하고는 입에 넣고 차를 마셔서 흘려보냈다.

"시시는, 베니비시(紅菱)야……. 딱 한 번, 비합법 베니비시를 판다 의원에서 진료한 적이 있어. 신체 특징적으로 거의 일치해."

『베니비시』란…….

일본이 지금만큼 형태를 잡지 못한, 그야말로 부흥에 한창이었을 때 (주)베니비시 바이오닉스가 인원 부족을 보충하기 위해 만든 인조인간의 통칭이다.

그 성질은 얌전하게 조정되었고, 본능적으로 인간에게 복종해야 한다는 의무를 지고 만들어졌다. 체내에 식물 유전자를 가지고 있어서 광합성을 하며 적은 식사로 일할 수 있었기에, 인원 부족이었던 일본에 널리 유통되어 예전에는 많은 현에서 노예로 중용되었다.

그러나 부흥이 진척되어 점점 공업용 중장비 등이 충실해지자, 근육질이지만 사고 능력이 떨어지는 베니비시는 필요성이 줄어들었다. 베니비시 바이오닉스는 인공 노예 비즈니스의 방향을 전환하여, 이번에는 외모가 아름다운 애완용 베니비시를 만들게 되었다.

“거기서부터 베니비시는 점점 아름다운 외모가 되었고, 춤이나 악기로 호사가들을 즐겁게 해주는 노예가 주류가 되었어. 최종적으로는 창녀나, 남창으로…….”

“미로. 시시가 돌아온다.”

“앗. 미, 미안…….”

“미로, 파우! 이거 봐봐!”

시시의 희색 넘치는 목소리가 네코야나기 남매의 밀담을 중단시켰다.

“여기, 뼈 붙은 고기가 이렇게 많아. 형님이 노려보니까 점주가 줬어!”

“또 비스코가 선량한 시민을 협박했구나! 안 된다고 했잖아!”

“떡에 이빨이 들어가 있었다고 말했을 뿐이야.”

비스코는 미안한 척도 없이 시시의 손에서 뼈 붙은 양고기 하나를 들고 뜯어먹었다.

“애매한 대답이나 늘어놓길래 면상을 들이밀고 쳐다보니까 주더라고. 돌려주는 게 더 미안하잖아.”

“비스코의 그 눈으로 상대를 쳐다보는 것 자체가……!”

"역시, 형님은 굉장해요."

시시의 황홀한 목소리가 미로의 설교를 가로막았다. 피어난 동백꽃이 그 자리에서 향긋한 향기를 풍겼다.

"왕의 그릇을 가진 자는 말을 하지 않아도 상대를 움직인다. 아버님의 말씀이에요. 그게 나아가서는 쓸데없이 검을 뽑지 않는 것으로 이어진다고……."

"이 녀석의 아버지는 현명한 남자네. 너희도 그 말을 본받으라고."

'쓸데없이 검을 뽑은 건 비스코 쪽이라고!'

미로는 비스코가 던진 양고기를 받고는, 자랑스러워하는 그의 눈앞에서 뾰로통한 표정을 지으며 뜯어먹었다.

"그래서, 시시. 너, 앞으로는 어쩔 셈이냐? 어디 갈 곳은 있나?"

"앞으로……?"

"네 가족이나, 돌봐줄 사람이 있으면 거기에 바래다줄 거다. ……가족이, 있으면 말이지만."

"……가족은, 있어. 딱 한 명……."

"호오."

파우가 뜻밖이라는 듯이 끄덕였다.

"그거 다행이군. 우리는 틀림없이 가족이 없는 줄 알았는데. 그래서, 그 가족은 어디에?"

"……저기."

시시가 가리킨 곳은, 창문 너머…… 살풍경한 거리 안에 검게 우뚝 솟은 거대한 감옥의 문이었다.

"저기……라니, 시시. 저건……!"

"육도수옥. 저 안에, 아직 아버님이 붙잡혀 있어."

시시는 약간 딱딱한 양고기를 바로 먹어치우고는 검은 문을 노려보면서 두 번째 고기를 물어뜯었다

"나 혼자 염치도 없이 살아남아봤자 의미는 없어. 다른 베니비시 중 누군가가 똑같은 일을 겪을 테니까…… 상처가 나으면, 다시 저곳으로 들어가서…… 아버님을 만날 생각이야."

"육도수옥에 숨어들 셈이야? 그런 무모한……!"

"시시. 네 행동을 보니 말인데."

미로의 말을 가로막은 파우가 시시에게 물었다.

"네 아버님이라는 건, 혹시 이름 있는 인물 아닌가?"

"우리 베니비시 사이에서 아버님을 모르는 녀석은 없어."

시시는 조금 자랑스럽게 표정을 풀었다.

"베니비시의 왕, 호센. 일찍이 베니비시를 이끌고 노예 지배에 맞섰던 영웅. 다들 언젠가는 아버님이 우리를 해방시키고 자유를 줄 거라고…… 믿고 있어."

시시는 귀의 동백꽃을 하늘하늘 흔들면서 말을 이었다.

"나의, 소중한 아버님. 위대한 왕, 베니비시의 리더야……."

"시시의 아버지가, 베니비시의 임금님……!"

"그럴 것 같더군. 시시의 의지력은 노예로 만들어진 베니비시치고 너무 강해. 하지만, 그건 그렇다 치고…… 베니비시 호센이라면 확실히……."

파우의 말을 미리 예견한 시시의 표정이 흐려졌다.

“바로 얼마 전, 사형 집행 예정 리스트에 이름이 올라왔었지. 옥중 생활로 미쳐서 주변 간수를 베어 죽이고…… 처형장에 묶여서 처형을 기다리고 있다던데.”

“……그건, 그 고피스가 날조한 헛소리야!”

어금니를 으득 간 시시가 가슴의 상처가 아팠는지 저도 모르게 신음했다. 황급히 다가간 미로에게 달라붙은 시시는 거친 숨을 몰아쉬며 말을 이었다.

“악랄한 여자 같으니. 그 녀석은 아버님이 굴복하지 않으니까 죄를 날조해서 죽이려 하고 있어. 베니비시들의 희망을 꺾고 희열에 잠기기 위해서……!”

분노에 몸을 떠는 시시의 목소리를 듣자, 미로도 파우도 말을 걸지 못하고 침묵했다.

“……나는, 아버님의 처형을 취소해달라고 그 녀석에게 필사적으로 부탁했어. 그리고 채찍을 수도 없이 맞아서 정신을 잃고…….”

“시체 소각로에서 기적의 탈출을 이뤄내고, 지금에 이른다. 그런 건가.”

파우는 시시가 쥐어 짜낸 말을 듣고는 턱을 누르며 생각에 잠겼다.

“파우. 뭔가 방법이 있을까?”

“흠. 호센 정도로 주목받는 죄수를 정치력으로 석방시키는 건 악수야. 육도수옥이 오히려 더 고집을 부릴 수도 있지…… 하지만.”

파우는 시시를 안심시키려는 듯이 일단 웃었다.

"부옥장 고피스는 육도수옥의 임시 주인. 본래의 옥장, 사타하바키 씨는 그 어떤 권력, 뇌물에도 꺾이지 않는 철의 남자로 이름을 떨치고 있다. 여기서는 고피스로 인해 부패한 옥의 실태를 사타하바키 씨에게 호소해서 사형을 취소해달라고 하는 게 상책이야."

파우는 시시의 눈을 응시하며 손을 잡았다. 시시의 긴장감이 약간 풀렸다.

"사타하바키 씨는 일본 전역에서 초빙받는 인물이지만, 마침 지금은 규슈로 돌아왔다고 들었다. 접촉해서 직접 이야기를 해보자."

"나와 함께 아버님을 구해줄 거야?!"

"너희는 뭘 멋대로 이야기를 진행하는 거야."

점주에게서 추가로 받아온 여섯 번째 양고기를 먹어치우던 비스코가 파우를 노려봤다.

"정이 들어서 옆길로 빠지려고 하지 말라고. 알겠냐! 남을 돕는 건 먼저 이쪽의 문제를 해결하고 나서야! 우선은 후쿠오카의 버섯지기, 다음으로 1호! 가뜩이나 바쁜데 쓸데없는 것까지 끌어들이지 말라고!"

비스코의 말을 듣자 시시가 슬픈 듯이 시선을 내렸다.

"그래도 비스코! 어쨌든 사타하바키 씨를 만난다면……."

"굳이 이 꼬마를 도와주고 싶다면 마음대로 해. 나는 혼자 움직이겠어."

"정말! 마지막까지 이야기를 들어야지!"

파트너를 어떻게든 타이를 계산을 세우기 시작한 미로의 눈에, 저도 모르게 고개를 들이밀고 싶어지는 영상이 날아들었다.

"……비스코. 비스코. 저거 봐봐! TV!"

"스모 따위는 흥미 없어! 어차피 또 이카루파의 승리잖아."

"이제 뉴스로 바뀌었어! 됐으니까 TV 봐봐!"

미로가 허둥대자 비스코는 마지못해 몸을 돌려서 식당에 설치된 TV로 시선을 돌렸고…….

『대스모 도중입니다만, 긴급 속보입니다. 오랫동안 전국 출장을 나갔던 사타하바키 카소노카미 소메요시 님이 바로 조금 전, 카소현으로 돌아오셨습니다! 관문으로 중계를 연결하겠습니다…… 현장의 야마노 씨?』

약간 흥분한 듯한 아나운서의 목소리와 함께, 화면 아래에는 《카소노카미 님 귀환, 반년 만에 육도수옥으로》라는 자막이 표시되어 있었다.

TV에 비친 것은 전신을 두꺼운 푸른색 갑옷으로 감싼, 신장이 3미터는 되어 보이는 거한이었다. 얼굴을 완전히 가리는 거창한 투구에서는 하얀 기둥처럼 멋들어진 이빨이 가지런히 굳게 닫혀있고, 공도를 쿵쿵 밟으며 걷는 모습은 TV 너머에서도 몸을 떨 정도의 위압감이 전해졌다.

"사타하바키다…… 저게 사타하바키에요, 형님!"

"……저게 재판관~? 처형인을 잘못 말한 게……."

거기까지 말하던 비스코는 그 사타하바키가 한 손에 끌고

다니는, 흑연을 피워올리는 실루엣을 보고는 입을 쩍 벌렸다.

『네. 여기는 현 북부 관문입니다, 네! 보이십니까! 카소노카미 님께서 팔에 안고 있는 건 카소 북부에서 날뛰어대던 화제의 흉악범, 붉은 갑옷의 거인으로 보입니다! 그는 규슈 북부에서도 화제가 된 무차별 파괴 사건의 범인으로 지목되었으며…….』

""1호!!""

경악해서 무심코 큰소리를 낸 비스코와 미로의 입을 시시와 파우가 막았다.

『카소노카미 님, 공무 수고하셨습니다! 현민 일동, 귀환을 기다리고 있었습니다!』

『…………….』

『혼자서 화제의 흉악범을 붙잡으시다니. 이것 참, 역시 대단한 힘이시군요~!』

『…………….』

『저, 저기~이…….』

사타하바키는 현장의 신인 아나운서에게는 눈길도 주지 않은 채 지면을 밟으며 걸었다. 애초에 터무니없는 거구라서 마이크가 입까지 닿지도 않는다.

사타하바키가 쿵쿵 걸어갈 때마다 카메라가 마구 흔들려서 정말 보기 힘들었지만, 아무래도 옆구리에 끼고 있는 1호 말고도 등에 거대한 보퉁이를 메고 있는 모양이었다. 그것도 터무니없이 거대해서 카메라가 전부 담지 못하고 있었다.

『괴, 굉장한 짐인데요. 이건 대체…… 저기, 잠깐만 기다, 와앗!』

마이크를 들고 열심히 사타하바키의 옆을 달려가던 신인 아나운서가 길가의 돌멩이를 잘못 밟아서 무심코 그 커다란 보퉁이를 붙잡고 말았다.

넘어진 신인 아나운서와 동시에 거대한 보퉁이가 풀리며 스르륵 지면에 떨어졌고…….

그곳에서, 안에 사람이 들어간 감옥이 산더미처럼 쌓여있는 모습이 화면에 비쳤다.

『캑!』

"캑!"

신인 아나운서와 화면 앞의 비스코 일동이 완전히 똑같은 리액션을 보였다.

카메라가 그대로 위를 비추자, 쌓여있는 감옥의 높이는 거의 10미터 정도. 사타하바키는 그걸 튼튼한 사슬로 자신과 묶어서 짊어지고 걷고 있었다.

그 하나하나 안에는 쓰러진 전사들이 축 늘어져서 사타하바키의 걸음에 맞춰 흔들림에 몸을 맡기고 있었다.

"버섯지기……! 저건 다들 버섯지기야. 비스코!"

"보면 알아!"

『……이들은, 후쿠오카 북부에 잠복한 도적 무리. 인심을 위협하기에 포박했다.』

그제야 사타하바키가 입을 열어 카메라에 두꺼운 목소리를 내뱉었다.

『함부로 죄인을 비추다니. 분별없는 놈.』

『앗, 아뇨. 저기, 이건…… 우와아앗!』

사타하바키의 수갑에 뒤덮인 두꺼운 손가락이 카메라를 탁 튕기자, 카메라맨의 비명과 함께 화면이 노이즈로 뒤덮였고, 바로 아무것도 보이지 않게 되었다.

『…………. 어, 어어—. 네, 야마노 씨. 감사합니다…… 육도에서의 공무는 이르면 내일부터 재개된다고 합니다. 방청을 희망하시는 분은…….』

화면은 스튜디오로 돌아왔고, TV는 계속 떠들어댔다.

“…………. 아오오니라. 과연.”

잠시 뒤, 비스코가 신음했다. 화면에 비친 사타하바키의 푸른 투구가 뇌리에 되살아났다.

“할머니의 망언이 아니었다는 거지. 마을이 총출동했는데도 못 이겼고, 1호가 일대일로 붙었는데도 못 이겼다면, 저 박력도 TV의 과장이 아닐지도 몰라.”

“하지만 버섯지기를 향한 오해는 《도쿄》와의 싸움에서 풀렸을 텐데. 사타하바키 씨는 어째서 지금에 와서……?”

“글쎄다. 그것도 직접 물어보는 게 빨라.”

“시시! 비스코도 사타하바키에게 볼일이 생긴 것 같아. 같이 이야기를 하러 가자!”

“형님!”

시시가 눈물마저 보이며 비스코의 허리에 매달렸다.

“다행이에요……! 동료분의 불행은 죄송하지만, 그래도 이건 인도예요. 아버님을 위해 하늘이 저를 탈옥하게 해주고 형님에게 인도해준 거예요. 형님, 제발 힘을 빌려주세요……!"

"우연히 길이 겹쳤을 뿐인데 호들갑 떨지 마!"

파트너가 내심 시시를 도울 구실을 손에 넣은 것에 마음을 놓고 있다는 건 미로도 잘 알고 있었지만, 그걸 입 밖으로 꺼내면 귀찮아질 게 뻔해서 침묵했다. 성가신 건, 최근의 파트너는 표정도 읽는지라 동시에 철가면을 유지할 필요가 있다는 거였다.

4

"고피스—! 고피스, 우와앗, 큰일이야!"

"시끄러워, 멍청아! 상처에 울리잖아!"

육도수옥, 현관 광장.

메파오샤의 비명 같은 목소리가 고피스의 부러진 갈비뼈에 울려서 욱신욱신 아팠다. 저도 모르게 고함을 친 고피스의 가슴팍을 붙잡은 메파오샤가 마구 흔들어댔다.

"와아앗. 그만둬 멍청아. 드, 드레스가 늘어나잖아. 가슴팍이……!"

"너의 계곡이 보이는 건 아무래도 좋다고! 바보 소야!"

평소에는 오만하게 사람을 깔보기만 하던 메파오샤는 안경이 흐려질 정도의 땀을 전신에서 흘리고 있었다.

"이, 이럴 때가 아니야. 도, 돌아와. 그 녀석이 돌아온다고!!"

"너를 버린 남자가 몇 명이 돌아오든 내가 알 바 아니야. 두 번 다시 말 걸지 마. 나는 노예를 괴롭히느라 바쁘다고."

"아니야아아아아! 사타하바키야, 사타하바키가 이제 곧 여기로 돌아온다고!"

"……에에엑?!"

메파오샤의 가느다란 팔을 튕겨내고 걸어가려던 고피스는 그 다섯 글자를 듣자마자 저도 모르게 메파오샤를 돌아봤다.

"마, 말도 안 돼. 그 멍청이 옥장, 다음은 카고시마현에 출장일 텐데……."

"그게. 도중에 흉악범 무리를 붙잡았다고 해서, 콜록, 콜록."

메파오샤는 기침을 참으면서 어떻게든 말을 이었다.

"직접 그 녀석들을 여기에 수감하러 왔대. 어, 어쩌면, 얼마 전 아카보시를 놓친 것도 들었을지도……."

"그, 그걸 왜 지금까지 입 다물고 있었던 거야, 멍청아! 아무튼 시시가 탈주한 사실만큼은 숨기지 않으면 큰일이……."

"카소노카미 님, 돌아오셨습니다——!"

"대문, 개방——!"

""으에에엑—!""

현관 대문 앞에서 울리는 목소리와 함께 문이 끼이이익 열렸다. 고피스와 메파오샤는 그저 공포로 얼굴을 일그러뜨리며 그 모습을 지켜봤다.

"…………."

거대한 갑옷으로 무장한 거대한 남자가 남색 투구를 기울이며 천천히 열리는 대문을 노려봤다.

"옥장님! 오랜 여행, 수고하셨……."

카소노카미의 갑작스러운 귀환을 맞이하여 허둥지둥 뛰쳐나온 간수는 우뚝 솟은 그 모습을 올려다보며 입을 벌리고 굳어져버렸다.

산더미처럼 쌓인 감옥을 사슬로 하나로 묶고 그걸 짊어지고 있는지라 박력이 굉장하다. 철창의 산 안에서는 「꺼내줘어」, 「족쇄 풀라고, 빌어먹을」 등등, 사로잡힌 죄인들의 원성이 들려왔다.

"이자들은, 후쿠오카 북부에서 붙잡은 버섯지기 일족."

육도옥장, 사타하바키의 짓누르는 듯한 두꺼운 목소리가 철창을 찌릿찌릿 흔들며 죄인들의 입을 다물게 했다.

"괘씸한 놈들이지만, 모두 강자. 간수의 소질이 있어 보여 조치를 취했다. 벚꽃 눈보라가 몸에 스며들 때까지 수감하라."

"네, 네에. 하지만, 저기……."

간수는 사타하바키를 올려다보고는 약간 겸연쩍은 듯 말을 이었다.

"한두 개라면 집어넣을 수 있습니다만, 이 정도로 많은 죄인이라면 방이 부족합니다…… 보시는 대로 이미 수감된 죄인이 너무 많은지라……."

간수의 말대로, 육도의 대문 양옆에는 수옥에서 넘쳐 나온 감옥이 산더미처럼 쌓여있었다. 지난 몇 달 동안 사타하바키가 전국에서 닥치는 대로 붙잡아온 죄인들의 숫자가 엄청나서, 이미 수옥의 용량을 초과해버렸기 때문이다.

"흐으음."

사타하바키가 두꺼운 손가락으로 투구의 턱을 어루만졌다.

"그럼 됐다. 이자들도 마찬가지로 쌓아놔라."

"아, 알겠습니…… 와아앗!"

콰아아아아앙! 철창의 산을 힘껏 지면에 떨어뜨리자, 그 쇼크로 버섯지기들이 모두 실신해버렸다. 현관 대기소에서 우르르 튀어나온 간수들이 분담해서 철창을 옮겼지만, 하나당 열 명이 붙어서 겨우 옮기는 모습을 보면 육도옥장의 힘이 어느 정도인지 쉽게 상상할 수 있었다.

"……옥장님. 저기, 옆구리에 끼고 계신 것도 죄인 아닙니까? 맡아두겠습니다."

사타하바키는 간수의 말을 듣고는, 자기가 안은 죄인(그것도 상당한 거구였다)을 내려다보고는 천천히 고개를 내저었다.

"됐다. 이자는 너희에게는 버겁다."

"하지만, 옥장님……."

"변함없이 열리는 게 느리군."

고, 고, 고, 하고 천천히 열리는 대문은 죄인을 가로막는 것 말고도 육도수옥의 위엄을 나타내는 의미도 있기에, 어마어마한 무게로 만들어졌다.

"아시는 대로, 육도옥의 문은 무거운지라…… 지금 100명이 붙어서 서두르고 있습니다."

"이제 됐다. 밀고 지나간다."

"네……?"

의아한 표정을 지은 간수를 슬쩍 밀쳐낸 사타하바키는 거대한 문에 한 손을 올리고는 기합 소리 한 번 내지 않고 그 터무니없는 힘으로 흑철로 된 문을 밀어젖히기 시작했다.

문은 고고고고, 하는 굉음을 내며 지금까지와는 비교도 되지 않는 기세로 열렸다.

"이, 이게 법의 파수꾼, 사타하바키 님의 힘!!"

"귀화아안, 사타하바키 소메요시 님의 귀화아안——!"

간수들이 차례차례 외치는 가운데, 육도수옥의 거대한 철문을 자신의 힘만으로 열어젖힌 육도 재판관 사타하바키 카소노카미 소메요시가 그 본거지로 돌아왔다.

사타하바키가 고명한 옛 에도 봉행(奉行)[#1]들에게 강한 동경, 존경을 품고 있다는 건 유명했다. 입고 있는 거대 갑옷의 감색과 하늘색을 기조로 한 배색은 봉행의 예복을 의식한 것이리라.

그러나 사타하바키 자신의 거구를 눈앞에서 보게 되면 아무래도 위압감이 앞서는지라, 그 섬세한 에도 정서는 조금도 느껴지지 않게 된다.

그걸 지금 목격하게 되자…….

'크, 크다…… 저, 저 사람. 정말 인간 맞아?'

'이빨이 엄청나잖아. 저 입, 안 닫히는 건가?'

사타하바키 앞에 엎드린 상태에서 속닥속닥 중얼거리는 두

#1 봉행 일본의 행정과 사법을 담당하던 관직.

명의 간수.

물론 그들은…….

'비스코. 만약을 위해 말하는데, 어디까지나 정찰이거든. 흥분해서 뛰쳐나가면 안 돼.'

'내가 무슨 개냐?! 그 정도는 알고 있어.'

간수 두 사람을 몰래 기절시켜서 옷을 빼앗고 무리 속에 끼어든 비스코와 미로 두 사람이었다.

쿵, 쿵! 땅울림을 일으키며…….

눈앞을 지나가는 사타하바키를 본 두 사람은 숨을 삼켰다.

그 손에는 묵직한, 일반인이라면 들기만 해도 뭉개질 듯한 자, 그리고 다른 손에는 달그락달그락 날뛰는 아카보시 1호를 안고 있었다.

'저 녀석, 1호를……!'

아카보시 1호는 괴력의 목인이며, 다소 이름이 알려진 수준의 전사라 해도 도저히 당해낼 수 없다. 그걸 격파했다면, 육도옥장의 위용이 허세가 아니라는 것을 인정하지 않을 수 없었다.

"꽤 『기세』가 좋군."

1호가 『바르르』 하고 으르렁댔다.

"판결에 납득이 가지 않나."

『바우.』

"그럼, 다시 한 번 시험해봐라."

사타하바키가 그렇게 말하며 1호를 내던졌다. 간수들이 놀라는 사이, 1호는 거구와는 어울리지 않는 민첩함을 발휘해서 몸을 돌리고는 버니어를 힘차게 뿜어내며 사타하바키에게 달려들었다.

『바우르아—!』

"법 앞에에——!"

1호가 내지른 주먹이 사타하바키의 배에 강하게 꽂혔다. 그러나, 그 어마어마한 위력의 스트레이트는 사타하바키의 갑옷에 금 하나 만들지 못했다.

"죄는, 무력하다는 걸 깨달아라아!"

콰, 직!!

사타하바키가 팔을 망치처럼 내려치자, 1호의 무거운 몸이 땅울림을 일으키며 지면에 꽂혀버렸다.

불똥이 터지고, 나사 등의 작은 부품이 사방으로 날아갔다.

"아직도, 납득이 안 가나."

『바르, 르…….』

"단죄——!"

빠각! 빠, 캉!

심판의 자리이기도 한 감옥 안의 현관 광장에는 벚꽃이 활짝 피어 있었다. 그곳에서 팔을 붙잡힌 1호의 거구가 좌우 교대로 내리꽂혔고, 그때마다 꽃잎이 휘날렸다.

'저 자식!'

'기다려, 비스코!'

머리에 피가 몰린 비스코를 미로가 필사적으로 만류했다.

그러나 주변 간수들도 눈앞의 광경에 겁을 먹어서, 두 소년을 수상하게 보는 낌새는 없었다.

사타하바키는 주변 벚나무에서 꽃잎이 완전히 떨어질 무렵, 그 손을 멈췄다.

"아직도, 납득이 안 가나."

『…………….』

"……여기까지인가. 간수. 이걸 가마에……."

『……바, 르…….』

"……음."

반파되어 불똥을 튀기면서도 이를 갈듯이 으르렁대는 1호를 본 사타하바키는 고개를 끄덕였다.

"목숨보다 의지를 우선하는 그 마음가짐. 훌륭함·6할 개화이다."

사타하바키는 팔을 크게 들어서 1호의 몸을 하늘 높이 내던졌다.

"이 녀석을 아귀도(餓鬼道)에 수감하라!!"

무식하게 큰 사타하바키의 목소리가 터져 나오자, 어딘가에서 새된 울음소리가 대답했다.

이윽고 훈련된 독수리가 날아와서 1호의 몸을 잡고 끝없이 이어진 감옥 안쪽으로 그 몸을 옮겼다. 그쪽을 바라보며 반사적으로 로브 속에서 활을 꺼내려던 비스코를 미로가 필사적으로 제지했다.

그런 조그만 소동에는 아랑곳하지 않은 채, 사타하바키는 근처에 있던 간수에게 외쳤다.

"세뇌 개조를 진행하면 우수한 강철의 간수가 되겠지. 녀석은 아무래도 기계인 것 같으니, 현 내에 있는 프로그래머를 불러와라."

"하, 하지만 사타하바키 님. 녀석의 재판이 아직……."

"본관이 이미 도중에 재판을 마쳤다. 죄상은 여기 있으니, 엄중하게 보관하라."

사타하바키가 던진 두루마리에는 아카보시 1호의 죄상이 붓글씨로 주르륵 적혀있었다. 그 필적은 달필이면서도 독창적이라 읽으려면 고생깨나 할 것 같았지만, 아무튼 간수는 고개를 숙이며 재빨리 안쪽으로 물러났다.

"……오랜만의 귀환이니, 옥을 돌아보려고 했다만."

사타하바키는 엎드린 간수들 앞에 서서 스르륵 일동을 돌아봤다.

"이 안에서, 죄의 냄새가 나는구나."

'……앗!'

"그것도, 2인조로 보이는군."

두 소년은 사타하바키의 짓누르는 듯한 목소리에 민감하게 반응했다. 그림자처럼 기척을 죽이고, 동요를 들키지 않기 위해 꿈쩍도 하지 않았다.

"지금, 두려움에 몸을 웅크린 자는……."

사타하바키가 팔짱을 끼고, 그 거대한 몸으로 간수들을 노려봤다.

"일반인. 무죄. 오히려, 악행에 뛰어난 달인일수록 기척을 죽이는 게 능숙한 법이지."

'……이 녀석……!'

'비스코, 움직이지 마!'

"포기가 느리군. 이제 그만, 포기하지 못할까—!"

비스코와 미로의 목에 땀이 흐르는 그 위에서, 사타하바키의 거대한 손이 스르륵 뻗더니…….

꽉, 소년들의 바로 뒤에 있던 로브 두 개를 잡아서 광장 중앙에 내던졌다.

""꺄아아앗!!""

로브가 벗겨지며 안에서 모습을 드러낸 것은…….

화려한 드레스를 입은 부옥장 고피스와 백의를 입은 부옥장 메파오샤였다.

"부옥장의 지위에 있으면서, 어째서 몰래 숨어있느냐."

"으, 으으……."

넙죽 엎드린 두 여자를 눈앞에서 바라보던 미로는 하아, 숨을 내쉬었다.

'위, 위험했어…… 들킨 줄 알았잖아.'

'저 녀석들, 얼마 전에 본 부옥장들이잖아. 설교를 당하려는 것 같은데.'

"부재중에, 문제가 생겼다고 들었다. 고피스, 메파오샤."

사타하바키는 덜덜 떠는 두 사람은 쳐다보지도 않은 채, 그대로 계단을 올라 육도 재판관이 앉는 무지막지하게 호화로운 검은색 의자에 앉았다.

고피스는 다쳐서 감은 붕대가 흠뻑 젖을 만큼 땀으로 범벅이 되어 떨고 있었다.

"우선 너부터다. 여기에 무릎을 꿇어라. 부옥장 고피스."

"오, 옥장님. 들으신 것에는 사정이……."

"여기에 와서, 무릎을 꿇으라 하지 않았나──!"

"네, 네에엣. 가겠습니다!"

고피스는 비명 같은 대답과 함께 의자 앞에 굴러와서 사타하바키 앞에 엎드렸다.

"그 부상, 어찌 그런 꼬락서니인가. 죄인을 체포하러 나갔다가 갈비뼈가 부서졌다고? 법의 파수꾼인 네가, 죄인 앞에서 위엄 없는 모습을 보였단 말이냐."

"예, 예엣……!"

"이것을 감점 2점으로 한다. 이어서, 부하에게 지나친 지도를 가해서 어리석게도 그들을 상해했다. 이것을 감점 2점."

"……네? 예, 예엣……!"

"불만인가?"

"처, 천만의, 말씀입니다……."

엎드린 고피스의 얼굴에서 약간 핏기가 돌아왔다.

'……이상해. 엄청 사소한 것들만…… 혹시, 드, 들키지, 않은 건가? 시시에 대한 건, 아직 귀에, 들어가지 않았나?!'

"이러한 초심을 잊은 행동, 용서할 수 없으나…… 본관의 부재를 지킨 공이 있으니 죄를 묻지는 않겠다. 한동안 외출을

금하니, 명심하고 법 아래에서 노력하라."

"예, 예엣—!"

고피스는 이마를 땅에 박으면서 외쳤다. 땀범벅이지만, 그 빨갛게 칠한 입가에서는 살며시 미소가 떠올라 있었다.

한편, 사타하바키는 자로 무릎을 찰싹 두드리고는 고개를 끄덕였다.

"이것으로 심판은 끝났다. 그럼, 다음으로……."

"오, 옥장님. 잠시 기다려주시지요."

허파에 다음 숨을 토해내고 안도하던 고피스의 뒤에서 메파오샤의 목소리가 들렸다.

"고피스는 가장 무거운 죄를 묵묵히 숨기려 하고 있습니다. 이 여자가 저지른 악행의 본질은, 그런 사소한 것으로…… 키시시시, 끝나지 않습니다."

"……메파오샤, 이 년이—!!"

혈안이 되어 달려든 고피스를 간수 몇 명이 틀어막았다. 메파오샤라 불린 안경녀는 그 기세를 타고 침엽수 같은 머리를 흔들면서 「히히, 무섭잖아. 바~보」라며 살며시 웃었다.

"주, 죽여버리겠어…… 이 멍청한 년! 나는 한다면 해. 너의 사지를 잘라서 굶주린 남자들 속에 던져버릴 거야!!"

"해보시지, 바보 소야. 잘난 듯이 귀찮은 일만 떠넘기기는. 이제 너의 뒤나 닦아주는 건 사양이야. 좋은 기회니까, 부옥장 의자에서 물러나 줘야겠어."

고피스의 살기등등한 시선을 깔보듯이 바라본 메파오샤가

말을 이었다.

“이 고피스 녀석. 옥장님이 부재중일 때는 사람이 달라진 것처럼 제멋대로 굴어서요……. 특히 죄수인 베니비시 중에서 눈에 띄는 소녀를 골라서는 신발을 핥게 하고, 채찍질하고…… 이 신성한 수옥을 음란한 사욕을 위해 이용하고 있었습니다.”

“진실로, 그러한가?”

“키시시시…… 옥장님의 눈은 진위를 쉽게 간파하시죠. 저는, 어떻게 비치는지요?”

“으음.”

사타하바키가 이를 갈면서 으득, 하는 소리를 냈다.

“네, 네년도, 네년도~! 실컷 미형의 베니비시를 늘어놓고……!”

“문제는 지금부터입니다. 옥장님.”

메파오샤의 말과 함께, 고피스의 얼굴이 새파래졌다.

“바로, 얼마 전. 이 고피스가 마음에 들어 하던 베니비시 노예, 시시가 지옥 가마를 산 채로 빠져나가 이 육도옥에서 도망쳤습니다.”

“그만둬…… 그만둬어. 이 년, 그 이상……!”

“본래 난공불락인 이 육도도, 부옥장이 죄수를 곁에 놔두고 있어서야 감옥의 역할을 할 수가 없죠. 그 시시라는 베니비시는 감쪽같이 고피스를 따돌리고…….”

자랑스럽게 떠들던 메파오샤가 고고고고, 하고 떨리는 대기를 느끼고는 말을 멈추고, 저도 모르게 땀을 흘리며 침을 삼켰다.

“이, 육도수옥에서, 《탈옥자》가.”

떨리는 대기의 중심, 전신을 갑옷으로 무장한 사타하바키의 갑옷 틈새에서 뿅! 뿅! 하고 왕벚나무의 꽃이 피면서 꽃잎이 주변에 흩날렸다.

“《탈옥자》가 나왔다. 그렇게 말한 것인가.”

“오, 옥장님!”

바닥을 기어서 다리에 매달린 고피스가 호소했다.

“아, 아직, 그 멍청한 꼬마는 카소에서 나가지 못했습니다! 베니비시가 관문을 빠져나갈 수 있을 리 없어요. 지금 온갖 수를 써서 찾고 있습니다. 반드시 저희가…….”

“탈옥을 허용한 경우, 감점, 1000이다.”

“앗…….”

“어리석은 거어어엇——!!”

사타하바키는 하늘조차 깨버릴 듯이 외치면서 두려움에 빠진 고피스의 노출된 다리를 붙잡더니, 조금 전 아카보시 1호에게 했듯이 힘껏 지면에 내리쳤다.

“사, 사, 사타하바키 님—!”

“자비를. 고피스 님이 죽습니다.”

그대로 두 번째 제재를 가하려던 사타하바키를 향해 간수들이 간원했다. 사타하바키는 「카앗!」 하고 분노인지 짜증인지 모를 소리를 내뱉고는 완전히 기절한 고피스를 대충 내던졌다.

뿅, 뿅! 사타하바키의 분노를 그대로 분출하듯이 벚꽃이 갑옷 속에서 계속 피어났고, 거구가 그 충격에 떨렸다. 하늘하늘 흩어지는 꽃잎은 화사하지만, 그 아름다움에 넋을 잃을 때는 아니었다.

"불찰이로다."

그는 분노를 죽인 두꺼운 목소리로 말했다.

"고피스가 이렇게나 부패했을 줄이야, 눈이 어두웠다……. 치료해줘라. 아직 녀석에게는 할 일이 있다. 마땅할 때, 다시 재판을 열겠다."

"키, 키시시. 옥장님. 설마 직접 체포에 나서실 생각이신가요?"

메파오샤가 안경 위치를 고치면서 사타하바키에게 다가갔다.

"부하의 실수는 본관의 실수. 자신의 잘못은 스스로 매듭을 지어야만 한다."

"마, 마음가짐은 훌륭하시지만…… 그래도 고작 어린 베니비시 한 명, 옥장님이 번거롭게 나서실 건 없지 않을까요. 고피스는 해고하시고, 이 메파오샤 한 명에게…… 지휘를 맡겨주세요. 뭐어, 고작 2~3일 정도라면 탈옥한 꼬마 정도쯤……."

메파오샤의 나불거리는 혀가 말을 맺기도 전에, 세타하바키의 거대한 손이 그 가느다란 몸을 붙잡았다. 빠직빠직빠직, 뼈가 삐걱거리는 소리가 나며 메파오샤의 목구멍 속에서 비명이 새어 나왔다.

"꺄, 아, 아아—! ……오, 옥, 장님……."

"어째서, 고피스의 부패를 알면서도, 방치했나."

"히, 에에엑…… 요……용서,를…… 부디, 목숨만은……!"

"너희 한 명 한 명으로는 부족하기에, 서로를 도우라고 두 명이 있는 거다. 다음에 또 고피스가 불상사를 일으킨다면, 메파오샤. 너의 목숨도 없다고 생각해라."

지면에 풀썩 떨어져서 아픔에 신음하는 메파오샤를 향해.

"본관의 말을, 알겠느냐아아——!!"

"네, 네에에엣!"

대지를 가를 듯한 사타하바키의 노성이 터지자, 메파오샤도 완전히 위축되고 말았다.

사타하바키는 황급히 움직이는 육도수옥을 돌아보며, 노출된 하얀 이빨을 악물었다.

"본관이 초래한 부패. 기울어진 천칭은 반드시 고쳐야만 한다."

사타하바키는 그렇게 중얼거리고는 숨을 들이쉰 뒤.

"칸히(寒緋)! 오너라—!"

하늘조차 깨버릴 듯한 목소리로 외쳤다.

사타하바키의 목소리에 응하여 주홍색으로 물든 털을 가진 거대한 말이 문을 지나 나타났다. 사타하바키가 훌쩍 올라탔는데도 그 중량에 꿈쩍도 하지 않는, 어마어마하게 튼튼한 말이었다.

"탈옥자의 냄새를 쫓아라, 칸히. 절대로 놓치지 않겠다!"

명마 칸히는 크게 울고는 육도수옥의 문을 넘어서 불덩이처럼 카소의 거리를 내달렸다.

허둥대는 육도옥 현관에서, 변장한 두 사람은 내달리는 거대한 실루엣을 한동안 지켜봤다.

"직접 보니까 더더욱 터무니없는 녀석이잖아."

비스코가 어이없다는 듯이 중얼거렸다.

"저런 거랑 어떻게 교섭하려는 거야. 초밥이라도 대접하려고?"

"그 히든카드를 손에 넣으려고 여기에 잠입한 거잖아. 마침 지금의 소란 때문에 내부는 혼란스러워. 작업에 들어가려면 지금이야!"

"작업? 저 염라대왕님을 보러 온 거 아니었어?"

"잊어버릴 것 같더라! 됐으니까 따라와!"

아무튼 이대로 가면 사타하바키가 과도하게 격양해서 시시를 죽일 수도 있다. 버섯지기 두 사람은 공기에 녹아들듯이 기척을 감추고는 허둥대는 육도수옥의 간수 대기소에 안개처럼 숨어들었다.

5

『카소노카미·사타하바키 씨, 이례적인 100인 동시 처형!』

『육도수옥의 죄수 숫자, 전년 대비 8.5배 증가』

『노인에게 자리를 양보하지 않아 사형! 카소현·폭주하는 법』…….

뒤숭숭한 제목이 춤추는 교토신문을 넘기면서 걷자, 하얀 코트와 검은 롱헤어가 아름답게 휘날렸다.

이 시골 거리에서 파우가 흩뿌리는 선명한 아름다움은 고개를 숙이고 지나가는 통행인조차도 일제히 고개를 들 정도였다.

그러나 파우 본인의 표정은 별로 좋아 보이지 않았다.

'사타하바키 씨는 확실히 엄격, 가혹한 성격으로 알려져 있었지만…… 신문의 말처럼 《도쿄 전쟁》 이후의 그는 너무나도 과격해졌어. 일본의 법을 관장하던 철의 남자가 이렇게 변해버린 건…… 대체 어떻게 된 거지?'

열심히 신문을 읽으면서 걷던 파우는 눈앞의 전신주에 이마를 「콩」 박아버렸고, 황급히 주변을 돌아보고는 아무도 없다는 걸 확인하자 어흠, 헛기침했다.

"고민해봤자 소용없나. 역시 직접 만나봐야겠어."

파우는 한숨을 섞어 중얼거리고는 거리의 골목들을 어찌어찌 돌아서…… 겨우 깔끔한 모습의 화과자점을 찾을 수 있었다.

'흠. 여기라면 조금은 나을지도 모르겠군.'

깔끔한 포렴을 보고 고개를 끄덕인 파우는 그것을 걷으며 가게로 들어와서 안쪽에 가지런히 놓인 다양한 화과자를 물색했다.

"어서 오세요……."

"이거 좋은 가게를 찾았군. 거리가 너무 살풍경해서 곤란하던 참이라."

"그러셨군요. 이런 거리에서 과자 가게를 여는 건 바보 같다고 생각한 적도 있지만…… 그렇게 말씀해주시다니 일하는 보람이 있네요."

초로의 여자 점주가 지팡이를 짚고 일어나서 고개를 숙였다.

파우는 웃으면서 만류하고는 진열된 과자 하나를 가리켰다.

"벌꿀 절임을 주겠나."

"네. 지금은 불딸기, 토마토, 돌기감자가 있습니다."

"각각 하나씩. 그것 말고…… 뭔가 추천할 건 있나?"

"마침 갓 만든 게 있지요."

점주는 안으로 들어갔고, 잠시 뒤 뭔가 격자 모양의 모나카 안에 팥을 채운 과자를 가져왔다.

"뭔가 신기한 모양의 과자인데."

"면옥(免獄) 모나카라는 명과입니다."

"면옥 모나카?"

"이 격자형 모나카가 감옥처럼 보이지요? 팥 안에는 붙잡힌 사람 모양을 한 떡이 들어있답니다."

"캑……."

"이걸 단숨에 먹으면 그해에는 감옥에 들어가지 않는다는, 카소에서는 유명한 행운의 과자이지요."

파우는 가게 안의 분위기에 안심하고 있었기에, 갑자기 튀어나온 과자의 고약한 취향에 놀라고 말았다. 그렇지만 눈앞에서 방긋 웃는 점주의 얼굴에 악의는 없어서, 아무래도 점주의 말대로 이 주변에서는 흔한 모양이었다.

"그, 그럼…… 이, 이걸 하나……."

"하나면 될까요?"

"으, 응. 이거, 잔돈은 됐고…… 그, 그럼, 신세를 졌다!"

"또 오세요."

파우는 식은땀을 흘리면서 가게를 나와 포장을 풀고 면옥 모나카를 빤히 바라봤다.

“쓸데없이 리얼한 조형이잖아. 정말로 감옥 그 자체…… 모처럼 시시의 기운을 북돋아 주려고 했건만. 이런 걸 보여줄 수는 없지.”

걸어가던 파우는 면옥 모나카를 꽉 뭉개고는 단숨에 입 안에 집어넣었다.

“……응. 맛은, 나쁘지 않군.”

의도치 않게 면옥의 행운을 받게 된 파우는 빠른 걸음으로 왔던 길을 되돌아가서 서둘러 거점인 싸구려 여관으로 향했다.

“시시! 지금 돌아왔다. 밖에 나가지 못해서 지루하겠지만, 과자를 사왔…….”

싸구려 여관방을 들여다본 파우는 저도 모르게 숨을 삼켰다.

시시의 하얀 몸이 햇살이 들어오는 방 안에서 땀에 젖어 빛났다.

손에 든 부채를 화려하게 다루며, 가늘고 유연한 몸으로 아름다운 춤을 추고 있다. 그 무도 스타일은 어느 나라의 것인지도 모를 만큼 격렬함과 우아함을 겸비하고 있었고, 시시의 몸은 부채의 궤적에 맞춰서 몇 번이고 뛰어올라 공중을 빙글빙글 돌았다.

놀라운 점은, 이렇게나 아크로바틱한 움직임인데도 불구하고 전혀 발소리가 나지 않는다는 것이다. 이건 무예 전반, 곤술과도 통하는 몸놀림이라서, 파우의 눈은 이게 대단한 달인의 영역이라는 것을 간파했다.

'근사한, 춤이야…….'

시시는 마지막으로 크게 숨을 내쉬면서 부채를『탁』닫고는, 다리를 크게 벌리며 착지해서 마무리 동작을 보였다.

마침 그 눈앞에…….

놀라는 파우의 얼굴이 있었다. 파우는 저도 모르게 과자 봉지를 떨어뜨리고 양손으로 짝짝 손뼉을 쳤다.

"아…… 아앗?!"

의연했던 시시의 얼굴이 점점 새빨갛게 변했다.

"파, 파우……! 어, 언제부터 거기에?!"

"대단한 춤이었다, 시시! 너, 이런 특기가……."

"우와앗! 드, 들켰다!!"

시시는 부채로 얼굴을 가리며 데굴데굴 굴러서 방구석에 움츠러들었다. 아무래도 앞선 춤을 들킨 게 어지간히도 부끄러웠던 모양이다.

"왜 그렇게 부끄러워하는 거냐? 근사한 춤이었는데."

"저, 정말?"

시시는 부채에서 살짝 눈만 내밀고 어깨에 손을 올린 파우를 올려다봤다.

"저, 저기…… 제대로, 강해 보였을까? 상대를 움츠러들게 하는…… 그런 박력이, 확실히 나왔어?"

"상대를, 움츠러들게 하는 춤??"

파우는 시시의 질문이 조금 곤란해서 저도 모르게 되물었다.

"아니. 그렇게 상대를 위압하는 기색은 없었는데. 유연하고, 가련한…… 예술에는 어두운 나라도 넋을 잃을 듯한 춤이었다."

"……유연하고, 가련, 이라……."

하아— 깊은 한숨을 내쉰 시시는 다시 몸을 웅크렸다.

"흠. 복잡한 사정이 있나 보군."

"역시, 미숙한 거야. 왕의 춤이 가련하게 보인다니……. 강한 『사나이』의 춤이 아니면, 아버님을 이을 왕의 그릇과는 거리가 멀어."

파우는 시무룩해진 시시의 몸을 어루만지며 불딸기 벌꿀 절임을 하나 꺼냈다.

"뭐, 진정해라. 달콤한 거라도 먹고…… 감동했던 건 사실이야. 우리는 너를 얕보지 않았어."

"……."

시시는 권유한 대로 불딸기 벌꿀 절임을 입 안에 넣고 데굴데굴 굴리더니…… 이윽고 굵은 눈물을 또르륵 흘리고는 황급히 손으로 닦았다.

"……맛있어."

"그래. 다행이구나. 거리에서 찾은 보람이 있었어."

"고마워, 파우. ……카소에서 과자 가게를 찾는 건 힘들었을 텐데."

"뭘. 남편과 동생을 돌보는 것에 비하면 귀찮은 부류에도 안 들어간다. ……딱하게도. 그렇게 상처투성이가 되다니. 예

뿐……."

'여자의 몸을' 이라는 말을 하려던 파우는 직전에 삼켰다.

파우가 시시와 함께 보낸 시간은 잠깐이지만, 그래도 시시가 「소년」이라는 것을 점점 이해하게 되었다.

때때로 말버릇처럼 나오는 「강한 사나이」, 「왕의 그릇」이라는 말이 시시의 콤플렉스를 단적으로 드러낸다. 경애하는 부왕(父王)의 후계자가 되려면 강한 남자의 육체여야 한다…… 그런 마음이 시시의 마음속에 강하게 자리 잡은 것 같았다.

파우 입장에서는.

'사소한 일. 현대 일본에서 전사에는 남자든 여자든 상관없어. 정신의 강인함만 있으면 돼.'

그렇게 생각하긴 해도…….

시시와 같은 사춘기 「소년」이라면, 시기적으로는 역시 고민이 깊어진다.

'몸은 역시 소녀야. 이상적인 『사나이』라는 것에서 멀어지는 기분이 들겠지.'

눈물을 닦은 시시는 평소와 달리 시무룩해져서 파우에게 기대며 약한 소리를 했다.

"……사실은, 아버님도 자주 말씀하셨어. 여자로 태어났으니 후계자가 되는 건 잊고 행복해지라고. 하지만, 나는 그게 싫었어. 아버님의 모습을 동경해서 오늘까지 살아왔으니까. 왕에 어울리는 힘을 손에 넣어서 어엿하게 아버님의 뒤를 잇겠다고, 다짐했었어……."

“……”

“하지만, 역시 무리인 걸까? 결국, 이런 몸으로는……”

“시시. 네가 말하는 강함이란, 그저 남자의 몸만을 말하는 거냐?”

“어?”

시시가 고개를 들자, 파우는 미소를 보였다. 그리고 벽에 놔둔 자신의 철곤을 손에 들고 부우웅! 하고 한 번 휘둘렀다.

바람이 시시의 앞머리를 들췄고, 놀란 눈이 드러났다.

“아까의 답례로, 나도 잠깐 춤을 보여주마.”

파우는 특기인 철곤을 마치 나무막대기처럼 가볍게 휘두르며 싸구려 여관방 안을 풍압으로 삐걱삐걱 뒤흔들었다.

부우웅, 부우웅! 철곤이 번뜩일 때마다 시시의 머리털이 돌풍에 맞은 것처럼 날아올랐다. 긴 흑발을 흔들면서 가벼운 연무를 마친 파우는 땀 한 방울 흘리지 않고 시시에게 싱긋 웃어주고는 들고 있던 철곤을 시시에게 던졌다.

“우와아, 와앗!”

꽈당. 철곤의 무게를 견디지 못해서 넘어진 시시는 곧바로 얼굴을 반짝이며 일어나더니, 매달리듯이 파우를 바라봤다.

그 왼쪽 귀 뒤에는 새빨간 겨울 동백꽃이 만개해 있었다.

“여자의 몸으로는 힘이 부족한가?”

붕붕! 시시가 고개를 가로저었다. 말로 다 할 수 없는 표정. 파우가 보여준 철곤의 움직임을 보고 완전히 용기가 생긴 모양이었다.

"굉장해, 파우! 여, 여자의 몸으로 그런 전사의 움직임을……!"

"너는 아직 어리고, 몸이 미성숙할 뿐이다. 시시. 전사의 자격에는 남자도 여자도 없어……. 지금 이대로 단련을 계속한다면 반드시 아버님에게도 뒤떨어지지 않는 전사가 될 수 있을 거다."

"응……!"

시시의 반짝반짝 빛나는 눈동자를 본 파우는 싫지만은 않다는 듯이 머리를 헝클어줬다.

"그렇구나. 나는 아직 몸이 어릴 뿐이구나. 파우처럼 영혼이 남자라면, 힘도 박력도 나중에 따라오는 거였어!"

"그런 거다…… 응? 잠깐 기다려. 나는 그냥 영혼도 여자인데."

"……응? 파우, 누군가의 기척이 나. 형님이 돌아오신 걸까?"

"이봐, 시시! 정정해라, 나는……."

콰앙!

굉음과 함께 방의 절반이 단숨에 뜯겨나갔다. 충격으로 튕겨난 시시를 곧바로 끌어안은 파우가 뒤로 물러났다.

'누구지?!'

눈앞에는, 번개라도 떨어진 것처럼 뜯겨나간 싸구려 여관에서 햇빛이 들어오고 있었다.

파우가 철곤을 들고 아래쪽을 들여다보자, 완전히 공포에 질린 채 눈물을 흘리는 여관 주인, 그리고.

『와르르르』

무너지는 지붕을 등지고, 그걸 치워서 주인을 지킨 푸른 갑옷의 거한이 양손으로 나무 조각 등을 치우고 있었다.

"힘 조절을, 실수했군."

"히이이익…………."

"이건 사과의 뜻이다. 이걸로 여관을 재건해라."

거한은 품에서 닛카 다발을 꺼내더니 그걸 점주 눈앞에 뿌렸다.

"그리고, 오늘 일은 결코 발설해선 안 된다."

"네, 네에엣……."

"제대로 대답하지 못할까——!!"

"예엣——!!"

발설이고 뭐고, 저런 땅울림 같은 목소리를 내지른다면 비밀 같은 건 없는 거나 다름없다. 그런 주인의 생각과는 달리, 거한은 그걸로 납득했는지 뚫려버린 천장에서 자신을 내려다보는 파우와 눈을 마주쳤다.

'사타하바키, 소메요시!'

파우는 저도 모르게 숨을 삼키면서 순간 긴장했다.

지옥의 법무관 사타하바키는 그 잠깐을 놓치지 않았다. 거구임에도 부웅 뛰어오르더니 경계하는 파우의 눈앞에 콰앙! 착지했다.

"여자. 지금의 긴장은 어떻게 된 거냐? 꺼림칙한 일이 있다면 자백하라. 후회하는 마음이 있느냐 없느냐로, 처벌이 달라지는 법이다."

"물론 있다면 자백하겠지만, 법무관님."

파우의 목소리는 전혀 두려움이 없었다. 사타하바키의 위압력은 어마어마했지만, 여걸 파우가 헤쳐나온 수라장은 어지간한 전사와는 다르다.

"이 몸은 청렴결백. 꺼림칙한 일은 없다. 아니면 카소의 재정은 죄인을 날조해서 수감할 정도로 긴박한가?"

"기분 좋은 호언장담. 과연, 죄는 없어 보인다."

사타하바키는 팔짱을 끼고 고개를 끄덕였다. 파우가 약간 긴장을 푼 그때, 사타하바키의 목소리가 이어서 날아왔다.

"그럼, 그 옷장에 숨은 베니비시는 어떤가?"

움찔! 파우의 어깨가 떨렸다.

"그 유래도 모른 채, 그저 상처 입은 소녀를 구했을 뿐, 이라는 건가. 네가 숨겨주던 녀석은 탈옥의 죄를 범한 대죄인. 지금 당장 본관에게……."

파우는 사타하바키의 말이 끝나기 전에 뒤에 있던 옷장에 철곤을 휘둘렀다. 철곤은 대체 무슨 기술인지 안에 있는 시시에게는 상처를 주지 않은 채 옷장만 네 쪽으로 쪼갰고, 파우는 그대로 시시를 안고는 질풍처럼 창문을 뚫고 나갔다.

"우아한 기술이로다! 훌륭함·7할 개화, 라고 해야겠군."

사타하바키는 그걸 지켜보고는 노출된 이빨을 딱딱 울렸다.

아무래도 그것이 그의 「웃음」인 모양이었다.

"이건 생각지도 못한 대형 체포 사건이 되겠군. 오오오카 봉행이여, 보소서!"

사타하바키는 중전차처럼 거구를 단숨에 가속시켜서 파우

처럼 창문에서 화려하게 뛰쳐나오려 했지만, 아무래도 몸이 너무 커서 그런지 여관 벽을 통째로 뚫어버렸다.

그 광경을 뒤에서 지켜본 파우는 머리를 휘날리며 식은땀을 흘렸다.

"소문 이상으로 터무니없는 녀석이군! 시시, 꽉 잡고 있어라!"

"그래도 파우! 사타하바키와 이야기를 하려고 했던 거 아냐?!"

"아직이다! 미로와 비스코가 육도옥에 잠입해서 증거를 찾고 있을 거다. 두 사람이 돌아올 때까지 녀석과 정면에서……."

거기까지 말한 파우가 돌아보자, 바로 옆까지 다가온 푸른 거대 갑옷이 지금 막 팔을 휘두르고 있었다.

'빠르다?! 이런 거구로!'

"단! 죄—!"

빠각!

공기가 파열한 듯한 소리와 함께 거대한 자가 파우의 옆을 후려쳐서 그 몸을 날려버렸다. 직전에 철곤으로 막아낸 파우의 몸은 야구공처럼 화려하게 날아가서 4초 정도 체공한 뒤, 풀이 드문드문 난 공원 모래밭 위에 떨어졌다.

"콜록, 콜록! 파우! 괜찮아?!"

"괘, 괜찮다……. 하지만, 이 엄청난 힘은 뭐지?! 괴물 수준이라고!"

낙법을 취한 것과 모래밭인 것이 행운이어서 두 사람의 몸에 대미지는 적었다. 그러나 이 정도의 괴력에 얻어맞아서 떨어진 것은 파우에게도 첫 경험이었다.

비스코도 상식을 일탈한 괴력이지만, 예리하게 쏘아내는 비스코의 힘과는 종류가 다르다. 거대한 질량으로 밀어붙이는 힘. 인간이라기보다는 중장비를 상대하는 감각이다.

"오랫동안 보지 못한 달인! 이름 있는 인물로 보이는데……."

쿠웅! 사타하바키가 흙먼지를 내며 착지했다. 『카소 중앙 공원 딱딱한 공으로 놀면 안 돼요!』라고 적힌 간판이 그 두꺼운 발밑에서 부러져 있었다.

"본관, 얼굴을 잘 기억하지 못하는지라. 다시 이름을 듣고 싶다."

"이미하마 현지사, 네코야나기 파우!"

파우가 철곤을 빙글빙글 돌리며 이름을 댔다.

"사타하바키 공. 앞선 《도쿄 전쟁》에서는 적 부대를 오랫동안 틀어막아 규슈를 지켜냈다고 들었다. 마찬가지로 일본을 지켜낸 동지인데, 여기서 싸울 필요가 어디에 있나?"

"오오."

사타하바키가 이빨을 딱딱 울렸다. 파우는 두려움을 참고 맞서려 한 시시를 몸으로 제지하며 보호했다.

"흑철선풍(黑鐵旋風) 파우. 역시 고명한 무인이었군……. 하지만, 모르겠군. 이미하마의 지사가 어째서 규슈까지 와서 신원 불명의 베니비시를 감싸나?"

"신원 불명의 아이가 습격을 받았다면, 감싸주는 것이 어른이지 않은가?"

"훌륭하도다! 7할 개화의 마음가짐이구나."

사타하바키가 자를 부우웅! 휘둘렀다.

"파우 공. 본관에게 곤을 휘두른 귀공의 죄상, 크나큰 정상 참작의 여지가 있기에 불문에 부친다. 허나 본관도 철의 법을 관장하는 법무관. 탈옥자의 단죄를 막는다면 이 자가 용서치 않으리라."

"나와 일전을 벌인다면 무사히 넘어갈 수 없다. 사타하바키!"

"귀공은 무사하지 못하더라도, 본관은 상처 하나 입지 않는다."

콰아아앙! 사타하바키는 자를 크게 휘둘러서 지면에 강하게 내리쳤다. 지면을 쳐올리는 듯한 강렬한 충격이 덮치자, 시시의 가벼운 몸이 크게 날아가고 말았다.

"우와악, 파우―!"

"아뿔싸! 시시!"

"사형·집해애앵―!"

바로 몸을 돌려서 시시를 쫓은 파우보다, 사타하바키가 휘두른 자가 빨랐다. 이제 곧 시시의 가느다란 몸이 염라대왕의 자에 짓뭉개지기 직전.

빠꿈!

"음?! 우오오옷!"

두 발의 화살이 시시와 사타하바키 사이를 꿰뚫었고, 순식간에 피어난 거대한 새송이버섯이 사타하바키의 거구를 힘차게 날려버렸다. 터무니없는 중량을 자랑하는 사타하바키의 몸이 마치 고무공처럼 맑은 하늘로 날아갔다.

충격으로 날아간 시시의 몸을 받아내면서 외투를 크게 펄럭인 비스코가 활짝 피어난 새송이버섯 옆에 훌쩍 내려섰다.

"홈런이다."

"형님!!"

비스코의 몸에 손을 돌려 끌어안은 시시 옆에서 미로도 착지했다.

"늦지 않았네! 시시, 무사해?! 다치지 않았어?!"

"미로! 사타하바키는 소문 이상의 괴물이야. 저런 무서운 녀석에게 정말 말이 통할까?!"

"굳이 따지자면, 너를 지켜준 여자가 더 무섭다고."

"다 들린다! 너는 비밀 이야기의 볼륨이 너무 커!"

"사실이잖냐. 철곤 하나로 저 괴물에게서 아이를 지켰으니까."

비스코는 어깨를 헐떡이는 파우를 부축해서 일으키고는, 그 비취색으로 반짝이는 눈으로 파우의 눈동자를 들여다봤다.

"다른 누구도 할 수 없는 일이야. 승부에 강한 것도 마음가짐도, 너를 이길 녀석은 없어."

"……너, 너. 칭찬하는 거냐. 안 속는다. 어차피 넌 또……."

"반대로 내가 약하다고 생각한다면 바로 말하라고."

비스코는 그렇게 말하고는 파우의 어긋난 이마 보호대를 다시 묶어줬다.

"혼인 의식에서 아내와 가족을 지키겠다고 말했잖아. 네 걸림돌이 된다면 신벌이 떨어져서 벼락 맞고 숯덩이가 되어버릴걸."

"……그, 그렇지, 않아. 너는, 어, 어엿한 녀석이다. 비스코……."

파우는 자신을 똑바로 바라보는 남편의 안광에 꿰뚫려서 할 말을 잃고, 지난 몇 달간의 불만은 어디로 갔는지 얼굴을 붉히며 고개를 수그렸다.

"미로. 형님과 파우는 싸우기라도 했어?"

"아냐. 꽁냥대고 있어. 꽁냥대는 방식이 어설플 뿐이지."

미로는 눈을 가늘게 뜨고 뭐라 말 못 할 미묘한 미소를 지으며 두 사람을 쳐다봤지만, 이윽고 버섯지기 전사의 표정을 되찾고는 파트너에게 외쳤다.

"비스코! 저 녀석, 돌아오고 있어!"

"그렇겠지. 새송이버섯 한 방으로 정리됐다면 맥빠졌을 거야."

"형님. 저도 싸우겠어요!"

"방해돼, 이 바보야! 파우, 그 녀석 부탁해!"

시시를 파우에게 맡기고, 즉시 활을 겨눈 두 사람의 대각선 위쪽에서.

"흐으으으——음!!"

갑옷으로 무장한 거대한 푸른 구체 같은 것이 비스듬하게 뻗은 새송이버섯 언덕길을 데굴데굴 굴러떨어졌다.

"뭐야 저거? 볼링공이야?!"

"비스코, 쏘자!"

두 사람은 철판도 꿰뚫는 필살의 화살을 날렸지만, 거대한 포환으로 변한 사타하바키는 그 화살을 차례차례 튕겨내서 접근을 막았다. 사타하바키는 새송이버섯의 뿌리까지 내려오자 사지를 확 펼쳐서 공중으로 도약하고는 손에 든 자를 지면에 때려 박았다.

"미로, 뛰어!"

콰앙! 대지가 다시 흔들렸다. 지진 공격을 직전에 피한 두 사람은 낙법을 취하지 못하고 풀밭 위를 데굴데굴 굴렀다.

"후우우우우, 오오오오—!"

빠직빠직빠직, 뭔가 섬유를 비트는 목소리. 일어난 두 사람이 사타하바키를 보자, 거대한 두 팔이 새송이버섯의 아래쪽을 잡고 뿌리째 뜯어내려 하고 있었다.

"노, 농담이지……?!"

"으으랴아아아압—!"

사타하바키는 드디어 거대한 새송이버섯을 뽑아내더니 붕붕 돌려서 아득히 머나먼 저편으로 내던졌다.

거대한 새송이버섯 기둥은 푸른 하늘 너머로 사라졌고, 멀리 있는 거리에 추락해서 먼지를 피워올렸다.

"……제115조. 시민의 휴식처에 위협적인 물건을 가져오지 말 것."

사타하바키는 조금 전 새송이버섯의 대미지는 전혀 통하지 않았다는 듯이 두 사람을 가리키고는, 무식하게 커다란 목소리로 외쳤다.

"네놈들도 법무의 방해를 한다면! 상응하는 처벌을 받을 것을 각오하라!"

"저쪽에서 무너진 거리는 괜찮은 거냐?! 이 자식……."

"기다려주세요, 법무관!"

바로 싸움을 지삭하려는 비스코를 억누른 미로가 앞으로 나왔다.

"거칠게 나온 것은 죄송합니다. 하지만, 꼭 들어주셨으면 하는 게 있습니다. 이 베니비시·시시의 탈옥 이유…… 나아가서는, 부옥장 고피스의 포악한 행동에 대해서입니다."

"음."

고피스의 이름을 듣자 사타하바키의 움직임이 굳어졌다. 부재중이던 육도옥의 부패를 목격한 지금, 사타하바키의 몇 안 되는 빈틈 중 하나가 고피스의 문제다.

"……어차피 탈옥은 죽을죄. 고피스의 문초는 그 아이를 처단한 뒤에 하기로 정했다."

"성급하시네요. 법무관!"

"카소노카미의 재판에 간섭하는 건 용납할 수 없다! 얌전히 그 아이를 내놓지 못한다면……."

"나는! 도망치지도 숨지도 않아. 사타하바키!!"

입을 열려던 미로 앞으로 미끄러져 나온 것은, 놀랍게도 시시였다.

"시시!"

가느다란 몸은 공포로 덜덜 떨리고, 비지땀을 흘리고 있다. 그럼에도 어떻게든 거대한 사타하바키의 발밑으로 다가가서 고개를 들었다.

"스스로 본관의 눈앞으로 나오다니, 그 목숨. 아깝지 않은가?"

"아깝지 않아!"

시시의 눈이 앞머리 사이에서 번쩍이자, 그 결사의 각오에 호응해서 귀의 동백꽃이 크게 피어났다.

"목숨 따위, 아깝지 않아! 바란다면 목을 베어 옥문에 내걸라고. 하지만 그건 내 이야기를 들은 뒤에나 해라! 그걸 위해서 그 감옥을 빠져나와 이렇게 네 앞으로 나온 거니까!"

"이런 불평은 빙빙 돌리는 목숨 구걸일 것이 뻔하지."

"그렇게 생각한다면 당장 목을 베어! 아니면, 육도옥장 사타하바키는『사나이』의 마지막 말도 못 들어줄 만큼 간이 콩알만 한 남자냐?!"

'……이, 이 아이……!'

'…….'

미로와 비스코가 바라보는 시시의 전신은 사타하바키에게서 뿜어져 나오는 패기 때문에 흠뻑 젖었고, 호흡도 거칠어서 어깨를 헐떡일 정도였다.

그러나 그 안에서도 선명한 의지력을 보이는 한 송이, 피와 같은 붉은 봉오리…….

무엇보다도, 저 가느다란 아이의 몸과는 어울리지 않는 경이로운 담력으로 목청을 드높이는 모습은 지옥의 법무관 사타하바키의 마음을 울리고 있었다.

"흐으음……!"

사타하바키는 신음하면서 고민한 뒤, 그 커다란 팔짱을 끼며 우뚝 섰다.

그걸「말해라」라는 신호로 판단한 미로는 시시에게 눈짓을 주며 다음 말을 재촉했다.

"아버님……. 아니, 우리 베니비시의 왕 호센 님은 지금 간수 살해죄를 받고 사형 집행이 확정됐어."

"들었다. 간수 살해는 수많은 죄 가운데서도 상당히 무거운 것. 호센은 모범수였지만, 그런 흉행을 벌였다면 사형도 어쩔 수 없지."

"……부하의 음모도 간파하지 못하다니. 법무관 사타하바키, 소문만큼 대단한 혜안은 없네."

"뭣이……."

"그 죄는 모두, 사실무근의 날조야!"

시시의 울부짖는 듯한 외침이 공기를 가르며 사타하바키의 갑옷에 찌릿찌릿 전해졌다.

'시시 녀석, 너무 뜨거워졌어. 화를 돋우면 그대로 밟혀 죽는다고!'

'기다려! 아직 괜찮은 것 같아……!'

필사적으로 사타하바키의 움직임을 지켜보던 비스코와 미로는 언제든 뛰쳐나갈 수 있도록 품에 단도 자루를 쥐었다.

그러나 사타하바키는 자세를 무너뜨리지 않고, 뜻밖에도 냉정함을 유지하고 있었다.

"그것들은 모두 부옥장 고피스가 꾸민 일. 긍지 높은 호센 왕이 자신에게 복종하지 않는다면서 앙심을 품고, 옥장이 부재중인 틈을 노려서 사형에 처하려고 꾸민 짓이야. 그 녀석은…… 베니비시의 희망을 깨부수고, 절망시켜서…… 자신에게 복종시키는 것을 기뻐하는 악랄한 여자라고!"

"그건 납득이 가지 않는군. 확실히 녀석에게는 과격한 면이 있지만, 그것도 법을 지키기 위함…… 녀석이 악랄하게 보이는 것도, 너의 원한이 지나치기 때문이 아닌가?"

"그럼, 이걸 보고도!"

시시는 그렇게 말하며 파우에게 빌린 상의와 셔츠를 벗어서, 새하얀 상반신을 드러냈다.

"이걸 보고도, 아직……! 그렇게 생각하는 거냐. 사타하바키 옥장……!"

명색이 왕의 후계자인 자신이 직접 예속의 증거, 노예의 채찍질 흉터를 남들 눈에 드러낸다는 굴욕 앞에서 시시는 입술을 강하게 깨물었다.

아름다운 하얀 피부에는 너무나도 안타까운 채찍의 흔적이 보란 듯이 새겨져 있었다. 미로나 파우가 저도 모르게 등을 돌릴 만큼 무참한 흉터였다.

"……이걸, 고피스가, 했다는 것이냐!"

"나만이 아니야."

시시의 목소리에 눈물이 섞였다.

"그 녀석은, 연약한 베니비시 여자아이만 채찍질로 괴롭혀서…… 마음을 꺾는 게 취미였어. 따르지 않는 아이를 몇 명이나 내 눈앞에서 죽였지. 아직 어린 여자아이만……."

"으으음—!"

입술을 악물고 눈물을 흘리는 시시 앞에서 사타하바키가 신음했다. 부하의 소행이기에, 스스로 받아들이기 힘든 일이었으리라.

"이게 어찌 된, 일인가. 알았다. 그대의 증언, 고피스의 심판에 도움이 되겠군."

"그, 그럼……!"

"하지만! 그것과 호센의 간수 살해는 이야기가 다르다. 고피스가 악랄한 자로 전락한 것이, 호센이 무고하다는 증거는 되지 못한다."

"법무관! 그거라면 이걸 봐주시죠."

사타하바키가 어느 정도 말이 통하는 정신 상태가 된 것을 가늠하고 미로가 끼어들었다. 손에 든 사진에는 참살된 간수 다섯 명의 시체가 각각 찍혀있었다.

"이건, 육도 현관의 영안실인가?"

"호센에게 살해당했다는 간수 다섯 명의 사진입니다."

"네놈, 이걸 어디서……."

"나중에 해명하죠. 지금은 설명하게 해주세요."

미로는 사진을 손가락으로 가리키면서 시체의 상흔을 설명했다.

"호센은 간수에게 빼앗은 왜도로 그들을 참살했다고 하더군요. 그러나 치명상이 된 이 상처는 아무리 봐도 도상(刀傷)은 아니에요. 크게 호를 그리는 궤적. 이런 상처를 만들 수 있는 무기라면, 예를 들어……."

"……채찍!"

사진과 시시의 흉터를 비교한 사타하바키가 낮게 눌러 죽인 목소리가 대지를 찌릿찌릿 흔들었다.

"인간을 절명시킬 수 있는 채찍질을 할 수 있는 건, 육도옥에는 고피스밖에 없다……. 으으으으음. 모든 건 호센을 깎아내리기 위한, 녀석의 음모였던가?!"

"옥장. 호센 왕의 처형을 취소해주세요!"

시시가 이미 공포건 무엇이건 잊어버리고 사타하바키의 갑옷 앞에 엎드렸다.

"나는 어떻게 되어도 좋아. 호센 님을…… 아버님을, 부디!"

"봉행에게서 떨어지지 못할까!"

사타하바키의 일갈이 폭풍을 동반하여 시시와 미로를 날려버렸다.

"이 자식! 결국 싸울 생각이냐?!"

"개정! 심판 개시이——!"

사타하바키가 크게 외치자, 대지가 쩌적쩌적쩌적 갈라지면서 어마어마한 스피드로 나무가 생겨났다. 그것은 전원을 둘러싸는 원을 그리더니 일제히 확! 하고 아름다운 벚꽃을 피웠다.

"뭐, 뭐야. 꼬, 꽃나무가……."

"일동에게, 판결을 전달한다!"

목소리 한 번으로 주변에 나무를 생성하는 기술이라니 들어본 적도 없다. 너무나도 놀라운 일이라 어안이 벙벙해진 비스코 일행에게, 사타하바키가 외쳤다.

"오랫동안 부재중이었다고는 하나 옥중의 부패를 깨닫지 못했던 불찰. 부하의 갖가지 포악한 행위는, 옥의 최고 책임자로서 동등한 벌을 받아야만 한다. 하물며 부하의 간계에 빠져서 육도옥의 위신에 손상을 줄 뻔한 것, 참으로 용서할 수 없는 일!"

사타하바키의 자가 지면을 쾅! 후려쳤다.

"피고·육도옥 옥장 사타하바키 소메요시에게, 징역 100년을 선고한다아—!"

공기가 찌릿찌릿찌릿 떨리면서 주변에 벚꽃잎이 흩날렸다. 비스코와 미로는 놀라움과 어이없음을 느끼며 입을 쩍 벌린 채 굳어졌다.

"……누가, 징역 100년이라고?!"

"자, 자신이야! 재판관이 자신을 심판하다니…… 대체 어디까지 법에 충실한 거야?!"

"법이 어쩌고 자시고, 그냥 무지막지하게 바보인 거 아냐?"

"쉿! 아직 계속하고 있어!"

"이 판결에 수반하여, 베니비시 호센의 처우, 이 역시 개정한다."

"옥장!"

"물러나라—!"

희색을 지으며 다가가려던 시시를 사타하바키의 노성이 튕겨냈다.

"호센에게 걸려있던 간수 살해죄는, 누명이었다. 이에 따라 확정된 사형을 취소하고, 호센은 다시 인간도(人間道)에 수감한다.”

시시의 두 눈에서 눈물이 뚝뚝 떨어지더니, 전신의 힘이 빠진 듯이 헤실헤실 주저앉았다. 겨우 가슴에 담은 모든 것을 이뤄내서, 지금까지 한계 이상으로 팽팽해졌던 정신력이 영혼과 함께 빠져나간 듯한 모습이었다.

“다행이야. 다행이네, 시시! 아버지를 구해냈어!”

“미로……!”

미로가 내민 손을 본 시시가 눈물이 흐르는 뺨을 가져가려던, 바로 그때…….

“어리석은 것! 이 육도재판, 그리 간단히 끝날 것이 아니다!”

사타하바키가 이빨을 드러내며 「카앗!」 하고 증기와 같은 숨을 내뱉었다.

“호센의 사건은 작은 일. 이 심판의 자리에서 가장 중요한 안건이, 아직 남아있다. 베니비시 시시. 이 탈옥에는 전례 없는 엄벌을 내려야만 한다.”

비스코와 미로는 주저앉은 시시를 지키기 위해 반사적으로 앞을 가로막았다.

“그런 사소한 건 이제 됐잖아! 이 녀석은 자신의 아버지를 구하기 위해 목숨을 걸었을 뿐이야!”

비스코가 머리를 곤두세우며 달려들었다.

“탈옥한 것도, 그대로였다면 타 죽었을 텐데 간신히 나왔을 뿐이잖아. 그게 뭐가 나쁘다는 거야!”

“좋고 나쁘고의 문제가 아니다!”

사타하바키의 고성이 비스코의 목소리를 지우고, 소년들의 머리를 마구 흔들었다.

"노예 생명 베니비시는 본래 인간에게는 절대로 거역할 수 없다. 가마에서 도망쳤다는 것은, 노예의 유전자를 꺾고 자아를 획득했다는 뜻이다. 이 시시의 몸을 뒤덮은 덩굴이 그 증명. 노예의 주박을 깨고 진화한 베니비시의 증표이다."

사타하바키가 자신을 향해 겨눈 자의 압력에 눌린 시시의 전신에 오한이 스쳤다.

"진화의 봉화를 올린 것이다. 앞으로 시시와 마찬가지로, 노예의 족쇄를 부순 베니비시가 속속 태어나겠지. 너무나도 위험…… 따라서—!"

찰싹! 거대한 자가 지면에 떨어졌다.

"일주일 뒤! 육도옥에 있는 모든 베니비시에게! 전원 사형을 선고한다아아!"

화악! 바람이 거꾸로 불면서 주변에 벚꽃이 흩날렸다.

"베니비시를, 전원, 사, 사형이라고……?!"

시시는 안색을 새파랗게 바꾸고는 부들부들 떨면서 신음하듯이 말했다.

"내, 내가 탈옥한 탓에, 베니비시가, 전원…… 거짓말이야. 그, 그런……!"

"그런 건 불합리하잖아요!"

미로가 저도 모르게 외쳤다.

"생명이 진화하는 건 당연한 일이에요. 생명이 그저 평온하게 살아남으려 하는 것이 대죄다! 법무관은 지금 그렇게 말하려는 거라고요!"

"그렇다. 베니비시는 위험한 종족. 노예라면 다행이나, 그 모두가 자아를 가지게 된다면 일본에는 위협. 근절해야만 한다."

"방식이 너무 극단적이에요! 법무관도 잔혹하다고 생각할 텐데요!"

"본관이 어떻게 생각하느냐는 상관이 없다. 법은 법이다."

"소용없어, 미로! 이 녀석은 그 법이라는 것에 두 귀가 막혀 버린 모양이야."

비스코의 표정이 곧바로 전사로 뒤바뀌고는 비취색 눈동자를 일제히 빛냈다. 등에서 활을 스르륵 뽑자, 파트너인 미로도 뒤따랐다.

"활을 뽑았다면, 이야기가 빠르지. 마지막 재판에 들어간다."

"네놈은 그것밖에 말하지 못하는 거냐!! 됐으니까 덤벼!!"

"어리석은 놈. 천하의 법을 관장하는 본관이, 천하를 대적하던 대죄인을 잊어버린 줄 알았더냐."

"캑…… 이 녀석, 설마……."

"극악무도한 버섯지기, 식인귀 아카보시! 네놈을 심판할 날을 고대해왔다. 내 법의 철퇴! 그 몸으로 받아보아라!"

콰아아앙!!

떨어진 자가 사타하바키 주변의 지면을 부수면서 원형으로 내려 앉혔다. 사타하바키를 뛰어넘기 위해 도약한 두 사람은 몸을 돌리면서 활을 당겼다.

"자, 잠깐! 법무관, 우리의 지명수배는 해제되었을 텐데요!"
"변호사도 없는 거냐! 불공평하잖아!"
"죄상, 하나! 군마 아카기산을 버섯으로 뒤덮어 현지 산업을 현저히 후퇴시켰다. 그에 따라, 징역 40년!"
사타하바키가 다시 자를 휘두르자, 주변에 피었던 벚나무가 일제히 꽃잎을 휘날리며 마치 의지를 가진 것처럼 공중에 뜬 두 사람을 덮쳤다.
"우와앗! 뭐야 이거?!"
"화력(花力)·혈연앵화(血煙櫻花)!"
두 사람을 휘감은 꽃잎은 마치 한 장 한 장이 철로 된 면도날처럼 예리해져서 두 사람이 가진 기동력의 핵심, 버섯지기의 외투를 갈기갈기 찢어버렸다.
"이, 이 녀석…… 꽃을 무기로 쓰는 거냐! 그랬구나. 마을의 버섯지기도 이걸로……!"
"하나! 아쿠타가와라는 거대한 게를 타고 대지를 짓밟아, 인심을 현저하게 어지럽혔다! 징역 20년!"
"바, 바보 같은 소리 하지 마! 게타기는 버섯지기의 교양이라고!"
"비스코, 저 녀석의 페이스에 말려들지 마!"
미로가 비스코에게 굴러가듯이 다가가서 속삭였다.
"갑옷 위에서는 버섯이 잘 피어나지 못해! 갑옷 일부를 부숴서 살에 화살을 꽂자."
"저 갑옷을 벗긴다니, 단도로는 어찌할 수가 없다고!"

"찌그러뜨리기만 하면 돼. 뭔가, 동그란 둔기라도 있다면……."

"둔기. 둔기 말이지?"

"기타 등등, 죄가 너무 많아 셀 수조차 없도다—!"

도약해서 후려친 자의 일격을 굴러서 피한 비스코는 품에서 화살통을 뒤져서 노리던 화살을 찾고는 그걸 활에 메겼다.

활을 당겨서 조준하는 비스코의 안광은, 그것만으로도 보는 이에게 구멍을 뚫어버릴 듯한 기백으로 가득했다.

"……으음! 그거다! 무엇보다 그 얼굴이야말로, 세상의 평온을 꿰뚫는 화살과 같은 것! 그 흉악한 인상으로 인해 징역 20년을 추가한다!"

"그럼 네놈은 몇 년이야?! 거울이나 보고 말하라고, 이 자식아아아!"

비스코는 사타하바키의 말에 분노를 불태우며 활을 당기는 손에 더욱 힘을 담았다.

사타하바키는 처음부터 비스코밖에 안중에 없는지, 그 거대한 몸으로 대지를 크게 뒤흔들며 달려왔다.

"본관에게는—! 그 어떤 화살도 통하지 않는다, 아카보시이!"

"시험해볼 테냐……!"

비스코는 활을 당기면서 깊은 숨을 내쉬고는, 붉은 머리를 곤두세우며 비취색 눈동자를 번뜩 빛냈다.

"으으음?!"

그 어마어마한 살기에 맞닥뜨린 염라대왕 사타하바키가 저도 모르게 신음하며 자로 자신의 안면을 지켰다.

그 틈에.

파앙, 파앙! 숨 돌릴 새도 없는 2연사가 사타하바키의 두 무릎에 꽂혔다. 두 발의 화살은 푸른 갑옷을 깨고 커다란 금을 가게 했다.

그러나 그 강궁도 사타하바키 본인의 살에는 아주 조금 닿지 않았던 모양이었다.

"……살기만으로 본관의 빈틈을 만들었나. 훌륭하다! 그러나, 본관의 무릎에는 상처 하나……."

투웅!

"……으읏?!"

"다음부터는, 나를 뺀 화살은 안 통한다. 그렇게 말하라고."

투웅, 투웅!

사타하바키의 무릎에서 피어난 것은 납색으로 빛나며 부풀어 오르는『닻버섯』이었다. 어마어마한 중량이 실리자 괴력무쌍인 사타하바키조차 한쪽 무릎을 꿇었고, 「으흐으음—!」 신음하다가 마침내 두 무릎을 모두 지면에 붙이고 말았다.

"본관의 움직임을 막다니. 이것이 아카보시의 버섯 기술!!"

"파우!"

"사용해라, 비스코!"

비스코는 파우가 정확한 타이밍에 던져준 철곤에 활을 조준했다. 닻버섯 화살은 훌륭하게 철곤 끄트머리를 맞춰서 철구 같은 형태로 피어났고, 마치 거대한 둥근 망치 같은 것이 비스코의 발밑에 떨어졌다.

"네, 이놈. 이 정도쯤—!"

두 무릎에 닻버섯을 달고도 여전히 일어나려 하는 사타하바키의 흉부를 향해 닻버섯 망치를 들어 올린 비스코가 물어뜯듯이 외쳤다.

"남을 후려치는 게 일인 모양인데, 직권남용은 봐줄 수가 없다고!"

"……후려쳐……? 본관은, 사람을, 재판—."

"초심으로 돌아가서, 가끔은!"

비스코는 그렇게 울부짖으면서 붕, 붕, 붕, 전신의 힘으로 가속하며 망치를 돌렸다.

"네놈이, 얻어맞아 보라고!!"

콰아아앙!

괴력으로 휘두른 망치가 사타하바키의 흉부를 덮은 거대 갑옷을 멋지게 후려쳤다. 산산이 부서진 흉부 장갑과 함께 닻버섯도 충격을 못 이기고 산산이 부서져 떨어졌다.

"우오오—! ……뭣이! 본관의, 예복을……."

"미로, 지금이야!"

비스코는 파트너와 함께 공중으로 뛰어올라 등을 맞대고 활을 당겼다.

"느타리버섯으로 맞춰!"

"알았어! 2, 1!"

푸슝!

두 사람이 날린 화살은 막으려는 사타하바키의 자를 관통하고 노출된 두꺼운 근육에 꽂혔고, 순식간에—.

빠꿈, 빠꿈!

호쾌한 작렬음과 함께 붉은색과 푸른색 느타리버섯이 피어나자, 사타하바키의 어깨나 등 갑옷이 터져나갔다.

"느, 으, 끄으으오오오—!"

발아의 기세에 밀린 사타하바키의 거구가 우렁찬 고함과 함께 날아가서 두 번, 세 번 튕기며 지면을 후벼 팠고, 그대로 20미터 정도 흙을 파내다가 움직이지 않게 되었다.

뭉게뭉게 솟아나는 흙먼지에 기침하던 시시가 경탄한 듯 눈을 크게 뜨며 저도 모르게 외쳤다.

"괴, 굉장해……! 형님이 해치웠어…… 지옥의 법무관, 육도옥장 사타하바키를!!"

"당연하지! 내 남편과 동생이니까. ……하지만, 으으음. 카소노카미를 쓰러뜨리다니, 이건 이것대로 곤란한 일이 벌어졌는데."

"어쩔 수 없잖냐. 봐줄 상대가 아니었어."

두 사람은 황급히 달려온 시시와 파우 옆에 착지했다. 비스코는 버섯 망치로 후려쳤을 때 빠진 어깨를 뚜둑 고치고는 활을 등에 짊어졌다.

"이렇게 됐으니 현을 통째로 정복하는 게 어때? 네가 일대일로 쓰러뜨렸다고 하면 되잖아."

"너는 대체 정치를 뭐라고 생각하는 거냐?!"

"……잠깐만. 뭔가 낌새가……."

미로가 두 사람의 말을 막고 흙먼지 속을 유심히 살피기 전에.

콰앙! 치솟는 흙먼지 속에서 거대한 그림자가 일어났다. 그것이 자를 크게 휘두르자, 돌풍이 흙먼지를 날려버리며 두 다리로 선 사타하바키를 일동의 눈앞에 드러냈다.

"카아앗……!"

"우와아. 비스코! 저 사람, 아직도……!"

"버섯지기 100명을 동시에 상대한, 이 사타하바키. 젊은이 두 명 따위는 딱히 별것 아니라고, 생각했다만."

사타하바키의 둔기 같은 주먹이 무릎에 붙은 닻버섯을 후려치자, 납처럼 무거운 버섯이 쩌억 갈라지며 무릎에서 떨어졌다.

"그 기술, 다른 자들과는 격이 다르구나. 훌륭함·9할 개화다. 아카보시!"

"야, 진짜냐?! 이 녀석, 정말로 인간 맞아?!"

사타하바키의 흉부에는 틀림없이 버섯독이 피어났고, 지금도 포자를 흩뿌리고 있었다. 거대 생물을 미처 처치하지 못했다면 모를까, 인간이 이 정도로 버섯의 직격을 당하고도 서 있을 수 있다니. 버섯지기 두 사람에게는 처음 겪는 경험이었다.

"본관은…… 인간이, 아니다. 법 아래에서 벚꽃의 힘을 받은, 베니비시이니."

"베, 베니비시! 카소노가미가, 베니비시라고?!"

"똑똑히 보아라! 이것이 육도에 피어난, 벚꽃 눈보라이니라—!"

사타하바키가 전신에 기합을 담자, 놀랍게도 버섯에 찢어진 흉부에서 차례차례 벚나무가 돋아나며 버섯을 휘감았다. 벚꽃은 그대로 버섯을 양분 삼아 사타하바키에게 모였고, 그 두 어깨에서 펑, 펑! 하고 흐드러지게 피어난 왕벚나무가 나타났다.

“이, 이 녀석…… 버섯을, 먹는 거냐!”

“화력, 충전~~!”

느타리버섯의 생명력을 통째로 흡수한 사타하바키는 자신도 놀랄 만큼 솟아나는 새로운 힘에 전율하면서 하얀 이빨을 『딱딱딱』 울렸다.

“네놈들의 기술, 훌륭하다. 그러나 그것이 버섯 기술인 한, 본관에게는 당해낼 수 없다!”

“큰일이야! 비스코, 물러나!”

“화력·꽃고치 휘감기—!”

사타하바키가 가슴을 크게 열며 외치자, 그곳에서 눈을 뒤덮을 만한 벚꽃잎이 튀어나와 일동을 덮쳤다.

“시시, 도망치자! 자, 여기로…… 우왓!”

벚꽃잎은 마치 수많은 날벌레 무리처럼 의지를 가지고 파우와 시시의 몸을 완전히 뒤덮어서 고치처럼 지면에 묶어버렸다.

“파우—! 이 자식!”

“비스코! 폭염버섯으로 태우면!”

“버섯으로느은—!”

두 사람이 활을 다시 당겨서 어마어마한 예리함을 날리자, 그 화살은 조준 그대로 사타하바키의 흉부에 꽂혔다.

버섯 포자는 뿅, 뿅! 하고 사타하바키의 살을 뚫고 나왔고, 거기서…….

"본관을, 당해내지 못한다고 말했을 텐데—!!"

다시 생성된 벚나무 가지가 먹어치우며 발화의 기세가 죽어 버렸다.

"피우지를 못했어. 활은 완벽했을 텐데!"

"화력 발현! 비기·처진 가지의 춤—!"

"비스코, 위험해!"

사타하바키는 가슴에서 생겨난 수양벚나무를 채찍처럼 조종해서 비스코를 감싸기 위해 뛰쳐나온 미로를 강하게 후려쳐 멀리 날려버렸다.

"끄아, 아악!"

"미로!"

"봉행 앞에서, 한눈을 파는가!"

곧장 화살을 다시 메기려던 비스코의 다리를 어느새 회수한 벚나무 채찍으로 휘감은 사타하바키는 그대로 지면을 깎아내면서 비스코의 몸을 자신에게 끌어당겼다.

"우오오옷?! 이 녀석!"

"별것 아니군! 버섯 기술이 봉쇄되면, 결국 이 정도냐. 아카보시!"

"……그럼, 이거면 어떠냐아아!!"

끌려가던 비스코는 도마뱀 발톱 단도를 뽑아서 곧바로 지면을 박차며 사타하바키의 투구 틈새를 향해 내리쳤다.

발군의 절삭력을 자랑하는 단도가 그대로 투구를 뚫고 사타하바키에게 꽂히기, 직전…….

"카앗—!"

사타하바키가 내뱉은 숨결과 함께 순식간에 벚꽃잎에 휘감긴 단도는 그대로 꽃처럼 흩어져 사라지고 말았다.

"그, 완력. 그 의지력. 그 저력! 훌륭하다, 아카보시! 그냥 죽이기에는 아까운 남자로다."

"시이끄러워어어—!"

"흐음!"

의지가 시들기는커녕 주먹을 움켜쥐어서 후려치려던 비스코의 목덜미를 붙잡은 사타하바키가 투구 너머로 서로의 콧등을 맞댔다.

"정했다. 지금부터 너를, 철의 법무관 후보생으로 삼겠다."

"끄, 오……! 네, 놈, 무슨 짓을……!"

"화력 발현! 앵화·봉행 조각—!!"

"끄오오오아아아—!"

사타하바키의 손에서 벚꽃 눈보라 문신이 그 바이스 같은 힘으로 붙잡은 비스코의 목덜미를 향해 슬금슬금 이동했다.

"크와하하하…… 역시, 버섯지기의 피는 꽃이 잘 스며드는구나."

달군 인두에 지져지는 듯한 열과 격통을 느낀 비스코가 날뛰었지만, 사타하바키는 그것조차도 억누르는 완력으로 비스코의 목을 중심으로 해서 쇄골, 왼쪽 뺨 부근까지 문신으로 뒤덮어버렸다.

"그 벚꽃 눈보라는."

사타하바키는 비스코를 지면에 던져버리고는 차분하게 말했다.

“앞서 붙잡은 버섯지기들, 전원에게 새겼다. 모두 법을 엄수해야 하며, 법을 어기면 격통과 마비로 몸을 침식한다. ……그리고 이윽고 뇌에 침투하여, 충실한 법의 종복으로 변하지.”

“이, 이 자식…… 어째서 그런 짓을! 버섯지기에게 무슨 원한이 있다고!”

“죄인들이 힘을 기르고 있으니, 간수의 강화가 급선무였다. 힘과 기술에 뛰어난 버섯지기는 간수로 적임이었고, 원래부터 반사회적이기에 갱생시키는 의미로도 일석이조. 닥치는 대로 붙잡아, 법을 따르는 어엿한 간수로 길러내려는 시도인 것이다.”

“버섯지기가 따르는 건! 자기 안의 신뿐이다!”

비스코는 전신을 뒤덮는 마비에 저항하며 울부짖고는, 꿰뚫을 듯한 안광으로 사타하바키를 노려봤다.

“우리의 신념에 흙발을 들이밀었겠다. 그냥 넘어가리라 생각하지 마라……! 당장, 네놈을, 때려눕히고! 전원의 저주를 풀겠어!!”

“죽음을 눈앞에 두고도, 한층 반짝이는 그 의지력. 역시 다른 자와 너는 다르군! 본관이 죽은 뒤, 본관의 뒤를 이을 법무관이 되기에 어울린다.”

“뭐, 뭐, 라고오오……?!”

“본관도 베니비시인 이상, 죽을죄에서는 벗어날 수 없다. 베니비시의 일제 처형까지, 일주일.”

사타하바키의 두꺼운 손가락이 자신의 투구를 툭툭 두드렸다.

"그 무렵에는 벚꽃의 침식이 뇌까지 도달하여, 본관과 같은 인격이 덮어쓰겠지. 그 후에는, 인간만이 남은 육도옥을 네가 이어받아 죄인을 심판하는 거다."

"캐애액!"

"그동안은 절대 법을 어기지 말도록. 너무 무리하면, 벚꽃 눈보라가 너를 죽일 것이다."

사타하바키는 그렇게 말하고는 입을 크게 벌리더니 「카아앗!」 하고 대량의 벚꽃잎을 토해내서 눈앞에 쓰러진 비스코에게 보냈다.

"크, 으, 아아앗!"

"그만둬—! 아앗, 비스코—!"

"염려하지 마라. 곧 똑같이 만들어줄 테니."

사타하바키는 각혈하면서 땅을 기어 비스코를 구하려던 미로에게도 마찬가지로 대량의 벚꽃을 뱉었다. 두 소년의 몸은 휘몰아치는 꽃잎에 뒤덮여서 도롱이벌레처럼 되어버렸고, 이리저리 뛰면서 바닥을 굴렀다.

"제, 젠자앙. 이걸, 풀어어……!"

사타하바키 근처를 보면, 공원에 벚꽃잎 덩어리가 네 개 굴러다니며 저마다 버둥거리는 것처럼 보인다. 사타하바키는 고개를 끄덕이고는 자를 크게 들더니—.

"이것으로—! 한 건, 해겨어얼—!"

드높이 외치고는 호들갑스럽게 자세를 잡았다. 흩날리는 벚꽃잎에 채색된 그 모습은 박력도 충분하고 훌륭해 보였지만, 그걸 보는 사람이 이 자리에 아무도 없었기에 사타하바키는 「흐흠」 한마디 하고는 그만뒀다.

사타하바키는 그대로 성큼성큼 걸어가서 먼저 파우를 뒤덮은 벚꽃의 머리 부분을 풀어줬다.

"콜록. 콜록. 이런 재판, 그저 이기적인 행동이 아닌가. 잘못 보았다, 카소노카미! 처형하려면 당장 해라!"

"귀공에 관해서는 무죄로 삼겠다고 말했다. 하지만, 이미하마로 돌아가 줘야겠다."

사타하바키는 그대로 파우의 몸을 하늘 높이 던졌고, 거대한 독수리가 어딘가에서 나타나 파우의 몸을 잡아서 머나먼 동방으로 날아갔다.

뭔가 외치는 파우를 배웅한 사타하바키는 버둥거리는 세 개의 벚꽃 도롱이벌레를 들쳐메고는 「칸히!」라고 크게 외쳤다. 이윽고 주홍색 털의 거대 말이 주인 앞으로 달려왔다.

"이 자식. 우리를 옥에 집어넣을 셈이냐. 지금 죽이지 않으면 후회할 거다!"

"말했을 텐데. 너는 본관의 후임, 죽이지 않는다. 또한 너의 파트너, 네코야나미 미로가 절망한 민초의 병을 치료해줬다는 것도 들은 참이다. 아무튼, 육도수옥에서 통지를 기다려라!"

말에 올라타 고삐를 쥔 사타하바키의 목소리는 묘하게 활기가 넘쳤다.

"그리고 이것은, 법무관으로서는 있어서는 안 되는 말이지만……."

"뭐, 뭔데?!"

"앞선 체포. 오랜만에 마음이 들떴다. 아카보시, 네코야나기!"

'뭐야 이 녀석.'

'뭐야 이 사람……!'

경위는 어찌 됐든, 강대한 법의 힘 앞에서 그대로 포로의 몸이 된 두 소년과 시시는 벚꽃 고치에 사로잡힌 채 육도수옥으로 끌려갔다.

죄상 1. 위험 버섯 앰플, 극약의 조합.
죄상 2. 신약 개발로 인한 제약 미즈나스의 붕괴.
단, 이자는 인민을 대가 없이 구하였기에 감량의 여지 있음.
징역 40년에 처하고 인간도에 수감하기로 한다.

메나비시 지시

상기한 자, 메나비시 출신임에도 육도수옥에서 탈옥한 자.
메나비시는 모두 죽을죄이기에 특별한 조치 없이
처형할 때까지 아귀도에 수감하기로 한다.

사라하마키 카소고카미 소메요시

大道囚獄獄長

죄상 증명

송급(松級) 대죄인아카보시 미스코

상기한 자, 식인키 아카보시라는 이명으로 세상을 어지럽힌 자이다.

죄상 1. 버섯 난타로 인한 거리, 관문의 파괴.

죄상 2. 수라와 같은 험상궂은 인상으로 인심에 공포를 주었다.

본래 죽을죄에 해당하나, 이자는 초상적인 의지력을 가졌기에

차기 법무관에 적임이라고 판단하여 아키도에 수감하기로 한다.

죽급(竹級) 대죄인 네코야나기 미로

상기한 자, 식인 대웅묘(大雄猫)의 이명으로 세상을 어지럽힌 자이다.

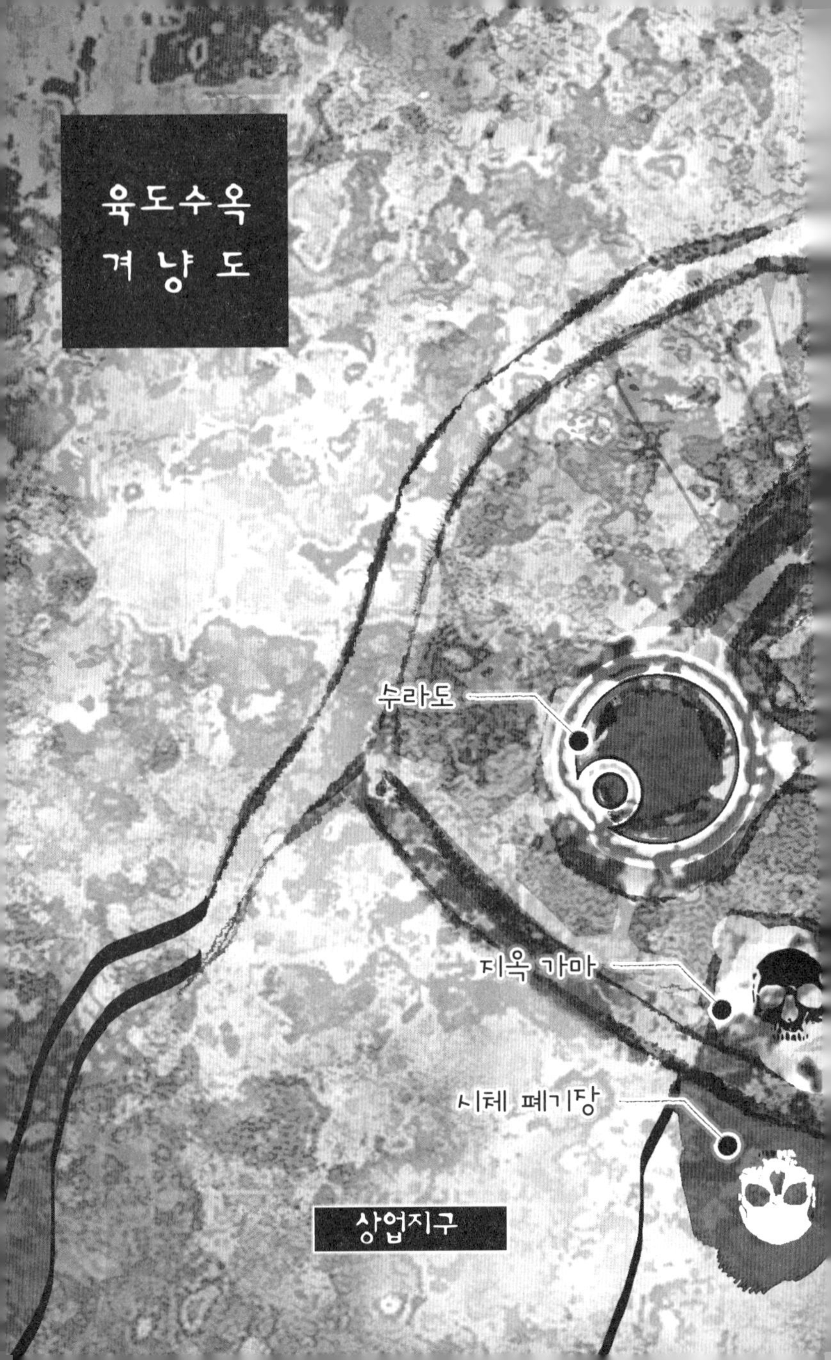
육도수옥
겨냥도
수라도
지옥 가마
시체 폐기장
상업지구

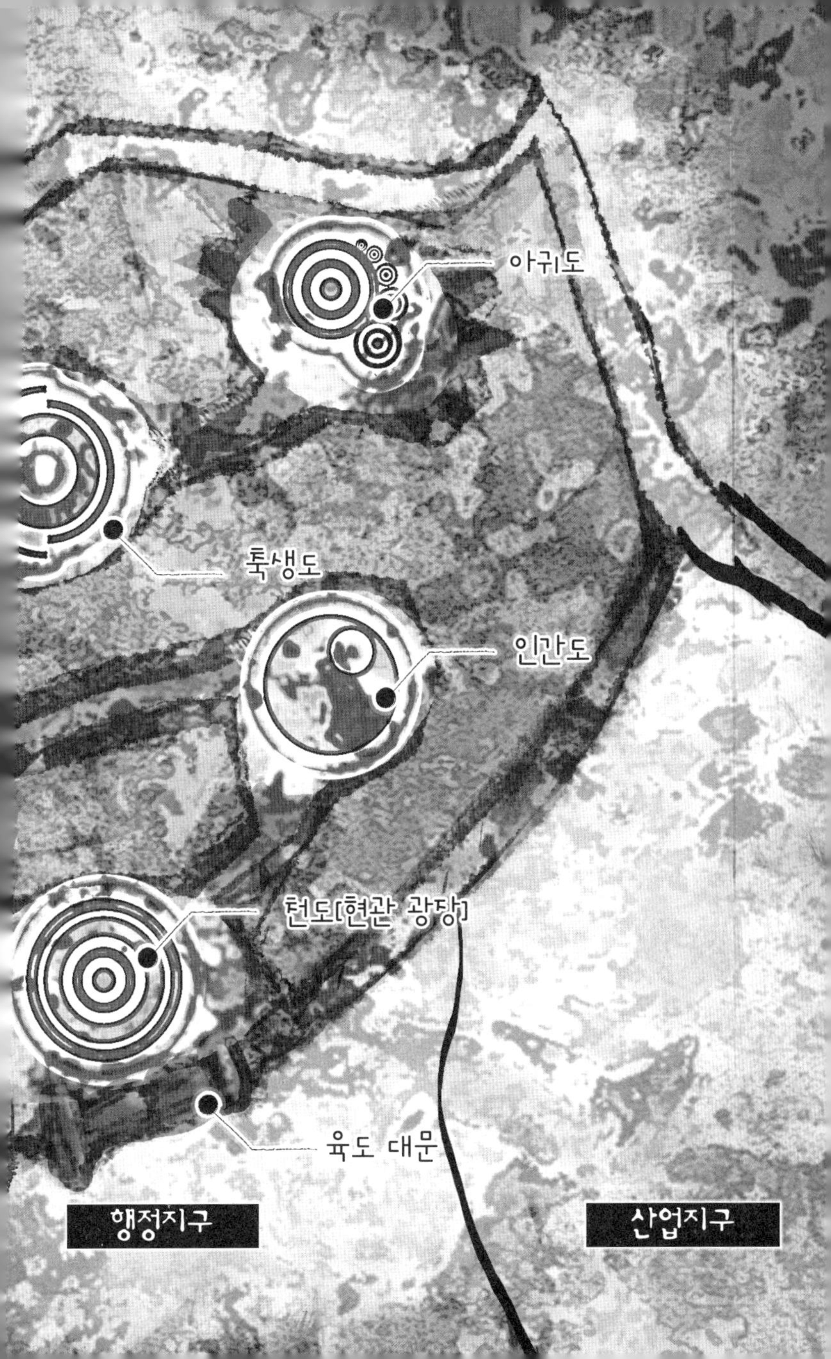
아귀도
축생도
인간도
천도[현관 광장]
육도 대문
행정지구
산업지구

6

육도수옥은 천연 산간 지형을 이용한 거대한 감옥이며, 이른바 하나의 건물에 모든 죄인을 수감하는 일반적인 감옥과는 조금 다르다.

정문에서 최심부까지가 마치 똬리를 튼 한 마리의 뱀 같은…… 깎아지르는 절벽에 둘러싸인 하나의 길이며, 그곳에서 『인간도』, 『수라도(修羅道)』 같은 각자 특징이 다른 감옥 시설로 구분된 구조다.

그 최심부, 『아귀도』에 수감된다는 판결은 사실상 종신형 같은 셈이며…….

비스코와 시시는 바로 지금 그곳으로 향하고 있었다.

"젠장, 그 자식. 그 무식한 힘으로 실컷 두들겨 패기는……!"

벚나무로 된 감옥 안에 들어간 비스코는 사타하바키에게 얻어맞아서 꺾인 목을 뚜둑뚜둑 고쳤다.

벚나무 격자 감옥은 육도의 트레이드마크다. 독수리 기병 한 명이 붙잡고 하늘을 날아서 그 『아귀도』라는 육도옥 최심부로 끌고 간다고 한다.

비스코의 무기인 활, 단도, 버섯 독은 물론이거니와 버섯지기의 외투마저도 벗겨졌고(고양이눈 고글만큼은 사타하바키가 비스코의 얼굴 일부라고 생각했는지 빼앗지 않았다), 비스코는 상반신을 벗은 상태로 채찍처럼 탄탄한 근육을 상공의 겨울바람에 노출하며 몸을 떨었다.

그 몸에는…….

지금은 목에서 쇄골까지, 보기만 해도 근사한 저주의 벚꽃 눈보라 문신이 새겨져 있다.

"젠장, 추워! 야, 조금 더 낮게 날라고. 바람이 너무 세잖아!"

비스코는 감옥 안에서 독수리 고삐를 잡은 간수를 불렀다. 한편 그 간수는 귀에 이어폰을 꽂고 노래를 크게 틀고 있어서 비스코를 알아채기는커녕 콧노래를 부르고 있었다.

"혀, 형님. 간수 상대로, 너무……."

"들으라고, 인마. 고도를 내리라고 하잖아! 그 새, 구워 먹어 버린다. 이게……!"

"형님!"

같은 옥에서 조금 전부터 조마조마하게 지켜보던 시시가 바로 비스코에게 뛰어들어서 손바닥으로 입을 막았다.

"으급!"

"형님. 벚꽃 눈보라 문신을 얕보시면 안 돼요!"

시시는 비스코에게 말타기 자세로 올라가서 입을 어떻게든 막으며 필사적으로 호소했다.

"최근, 강인하고 반항적인 인간이 그 저주를 받아서 강제로 세뇌당했어요. 간수에게 반항하면 그 저주가 발동해요. 화가 나신 건 지당한 일이지만 부디, 한동안 참으세요……!"

"으으으으."

비스코는 불만스럽게 신음했지만, 시시의 말대로 앞선 자신의 말 때문에 벚꽃 눈보라가 슬금슬금 열기를 띠기 시작한 걸 느꼈기에 일단 고개를 끄덕였다.

"……빌어먹을. 고작 꽃 문신으로 나를 어떻게 할 수 있으리라 생각하지 말라고. 그 망할 옥자……."

"쉬잇! 조심하세요, 형님. 망할이라고 하면 안 돼요, 형님! 바보도, 멍청이도 안 돼요!"

"……그럼…… 어어…… 빙수 같은 색깔이나 하기는……."

아무튼 뭔가에 불평하는 건 비스코의 행동에서 대단히 기본적인 부분이기에, 그게 막혀버린 건 상당한 스트레스였다. 비스코는 분노에 몸을 실어 이빨을 으득으득 갈며 몸을 일으키려 했고…….

거기서, 비스코의 몸 위에서 굳어진 시시와 눈이 마주쳤다.

"……야, 시시. 이제 알았어. 언제까지 올라탈 거야?"

어느새 시시의 시선은 비스코의 행동에서 육체로 옮겨갔고, 앞머리 안쪽에서는 잡아먹을 듯한 선망의 시선이 비스코를 바라보고 있었다.

"형님. 그거…… 굉장한, 상처……!"

시시는 비스코의 유연한 근육에 새겨진 무수한 흉터에 시선을 빼앗긴 것이다.

확실히 식인귀 아카보시가 지금까지 넘어선 사지의 숫자는 일본에서 능가할 자가 없다고 볼 수 있다. 쿠로카와의 총탄, 켈싱하의 창, 아폴로의 대궁…… 그것들이 남긴 깊은 상처는 마치 예전의 사투를 추억하라는 듯이 비스코의 몸에 남았다.

"사나이의…… 싸움의 흉터네요. 대체 어떤 수라장을 헤쳐 나와야, 이런……."

"……야. 야, 너 뭐야. 빨리 비키라고…… 우왓, 만지지 마!"

시시는 앞머리 속의 눈을 저도 모르게 번뜩이면서 천천히 흉터를 건드리더니, 그 가느다란 손가락으로 자애롭게 어루만졌다.

"이건, 이빨의 흔적……? 창의 흔적도…… 등에도, 우와아…… 굉장해……!"

"그만두라고 했잖아—! 가, 간지러워!"

시시는 몸을 뒤트는 비스코의 팔을 스르륵 피하면서 흉터 몇 개를 확인하고는 뜨거운 숨을 내쉬었다. 비스코는 우리 안에서 데굴데굴 굴러서 겨우 소녀의 몸을 붙잡고는 억지로 떼어내서 정면에 앉혔다.

시시는 화끈해진 얼굴로 거친 숨을 내쉬었고, 역시나 활짝 피어난 동백꽃이 귀 뒤편에서 흔들렸다.

"너 이 자식아! 사람의 흉터를 찰싹찰싹 만지라는 것도 아버지의 교육이냐!!"

"앗, 아뇨. 그건……! 죄송합니다, 형님. 저, 저기…… 몸이, 너무나도 용맹스러워서. 그만, 동경한 나머지……."

시시는 비스코의 일갈을 듣자 그제야 정신을 차렸고, 조금 전의 행동이 부끄럽다는 듯이 얼굴을 붉혔다.

"허억, 허억…… 이런 세상에서 흉터가 신기한 거냐? 너도 채씩 흉터가 있잖아."

"형님의 것과는 달라요. 저는 괴롭힘을 당하던 노예의 상처니까…… 그런 깊은 상처는 부러워요. 저의 가느다란 몸으로는, 죽어버리겠지만요……."

"실제로 한두 번 죽은 상처도 있으니까."

"??"

"……으윽?! 엎드려, 시시! 떨어진다!"

독수리가 갑자기 감옥을 발톱에서 놓는 바람에 두 사람의 대화는 거기서 끊어졌다. 「와아악!」 하는 시시의 비명과 함께 감옥은 그대로 지면에 떨어졌고, 깎아지르는 절벽에 쾅, 쾅! 하고 몇 번 부딪치면서 그대로 골짜기 바닥으로 데구르르 굴러갔다.

"아, 아야얏……! 형님, 무사하신가요?"

"과연. 천연 감옥이라는 건 이런 뜻인가."

옆으로 쓰러진 감옥을 안쪽에서 걷어차서 원래 형태로 되돌린 비스코가 주변을 돌아봤다.

이 『아귀도』는 바위산에 커다란 원형 구멍을 통째로 뚫어놓은 듯한 조형이며, 주변을 단애 절벽이 빙그르르 뒤덮고 있다.

그 절벽을 잘 보면 이곳저곳에 굴이 뚫렸고, 죄수들이 출입하는 게 보인다. 아무래도 바위산 안에서 광부로 일하고 있는 모양이다.

"육도 감옥은 말씀하신 대로 천연 자연을 이용한 감옥이에요. 천도(天道)는 사실상 석방이고, 지옥도는 죽을죄로 두고, 인간도, 수라도, 축생도, 아귀도 네 감옥으로 구성되어 있죠."

비스코의 몸에 묻은 흙먼지를 세세하게 털어준 시시가 해설했다.

"죄가 무거운 자일수록 안쪽 감옥으로. 그리고 길게 이어진 감옥의 최심부가……."

"이 아귀도라는 거다. 신입~."

시시의 말을 이어받듯이 멀리서 끈적한 목소리가 대답했다.

비스코가 그 목소리를 듣고 스르륵 돌아보자, 떨어진 비스코와 시시의 감옥을 향해 검은 로브의 간수들이 우르르 걸어오고 있었다.

"오홋, 보라고. 이 녀석은 그때의 교토부경님 아니냐아?"

선두에 있던 간수가 감옥 안을 보며 호들갑스럽게 놀라자, 뒤에서 천박한 웃음소리가 들려왔다. 간수는 그대로 격자 속을 들여다보듯이 비스코를 바라보고는, 히죽히죽 웃으면서 깔봤다.

"오랜만이구나, 식인귀 아카보시. 만나서 기쁘다고."

"난 널 본 적이 없는데."

"그야 그렇지. 그때는 가면을 쓰고 있었으니까…… 그것도 네놈이 깨버렸지. 이거 보라고. 네가 검을 휘두른 바람에 나의 핸섬 페이스가 이 꼴이잖아."

그 간수는 자기 얼굴에 비스듬히 그어진 통렬한 흉터를 가리키면서 키히히힛 웃었다. 아무래도 주변 간수들도 마찬가지로 시시를 구했을 때 몰려왔던 녀석들인지, 일제히 증오와 유열이 뒤섞인 미소를 지으며 비스코를 바라봤다.

"그 정도로 끝나서 다행이잖냐. 내가 칼등치기를 한 덕분이지."

"그렇고말고. 목숨이 붙어있어서 다행이구나, 아카보시이. 오늘부터 너한테 매일 실컷 답례를 해줄 수 있게 됐으니까아."

"반장님, 열게요."

"조심하라고. 야생 호랑이라고 생각해라."

흉터 간수…… 반장의 허가를 받자 찰칵찰칵 난폭하게 자물쇠를 연 간수 몇 명이 비스코와 시시를 데리고 감옥 안에서 바깥 바위밭으로 끌고 나왔다.

"아귀도에 잘 왔다, 아카보시. 나는 말이지이. 너 같은 녀석이 실컷 학대당해서 울부짖으며 굴복하는 걸 정말 좋아하거드은. 열심히 노력해서 오랫동안 즐겁게 해줘라아."

'……이 자식……'

평소였다면 이런 소악당의 도발에 넘어가지 않는 비스코지만, 이때만큼은 기분이 좋지 않았는지라 그 번뜩이는 비취색 눈동자를 크게 뜨고 반장의 얼굴을 노려보고 말았다.

"……윽. 뭐, 뭐냐아 이 자식! 육도의 간수님에게 그런 낯짝이라니!"

그 어마어마한 박력 앞에서 반장이 움츠러든 동시에, 비스코의 벚꽃 눈보라 문신이 경련하면서 타는 듯한 열기를 띠었다.

'형님!'

'치잇. 조금 노려봤을 뿐이라고!'

비스코는 이를 갈면서 시시의 날카로운 속삭임을 따랐다. 벚꽃 눈보라 저주의 위력은 상상 이상으로 강력해서, 조금이라도 간수에게 거스르면 비스코의 근육 움직임까지 제한하는 모양이었다.

"지금, 노려봤냐? 나를 노려본 거냐? 아카보시. 야!"

"아니. 흉터가 잘 어울린다고 생각했을 뿐이야."

"바보 취급하는 거냐, 이 자식아아!"

격양한 반장이 허리에 찬 경봉을 들고 비스코를 계속 내리쳤다. 그중 한 발이 비스코의 이마를 찢어서 주변에 피를 흩뿌렸다.

"형님! 그만둬, 그런 폭력은 비겁하잖아!"

"어이쿠. 꼬마는 입 다물고 지켜보라고…… 오, 반장님! 이 베니비시, 암컷입니다!"

끼어들려는 시시의 머리털을 붙잡은 살찐 간수가 천박하게 웃었다.

"이득 봤잖아. 이 녀석은 내가 가져야겠다. 야, 주인님에게 인사해라."

"우왓, 이거 놔! 나를 만지지 마!!"

시시가 반광란 상태에 빠져 휘두른 손이 살찐 간수의 뺨을 긁었고, 피부가 찢어지며 피가 흘렀다. 히죽거리던 간수는 바로 표정을 바꾸고는 허리춤의 경봉을 뽑았다.

"이 녀석, 베니비시 주제에!"

시시가 눈을 꼬옥 감고 떨어지는 경봉의 아픔을 각오한, 다음 순간.

퍼억! 지면을 박차고 뛰어오른 비스코의 발차기가 살찐 간수의 목덜미를 후려쳤고, 그 몸은 크게 날아가서 바위산 절벽에 부딪쳤다.

아연실색한 간수들 한가운데서, 비스코는 한 마디.

“힘 조절을 실수했네. 목에 모기가 붙어있더라고.”

그렇게 말하고는, 격통에 비지땀을 흘리면서도 씨익 웃었다.

‘혀, 형님……!’

시시의 시선 너머, 자신의 감싼 비스코의 몸에서 벚꽃 눈보라 문신이 슬금슬금 퍼지는 모습이 보였다. 통증과 마비가 강렬하게 덮쳐오자 비스코는 짧게 신음하며 무릎을 꿇고는「쿨럭」지면에 선혈을 토했다.

“……이, 이 녀석을 억눌러라. 두들겨 패!”

비스코는 일제히 덮쳐온 간수들에게 반항하지 못했다. 비명 섞인 목소리로 호소하던 시시도 뒤에서 목을 강하게 졸리는 바람에 이윽고 의식을 잃고 말았다.

『전원, 정려어어어얼!』

햇살이 들어오는 아침 일곱 시의 아귀도.

바위밭 고지대에 설치된 하얀 기둥 같은 이빨을 본뜬 확성기가 사타하바키의 목소리를 싣고 광장에 크게 울렸다.

『육도 체조 제1이이일—! 팔을 교대로 앞으로 내밀며 정권 지르기 운도오옹—!』

광장에 나란히 모인 죄수들은 의리 있게 사타하바키의 목소리에 따라 일제히 체조를 반복했다. 아무래도 이게 매일 아침 아귀도의 관습인 모양이다.

그중에서, 부웅, 부웅!

바람을 가르며 주먹을 내지르는 비스코의 모습을 시시가 옆에서 멍하니 바라봤다.

"혀, 형님…… 몸은, 이제 괜찮으신가요?!"

"바보 같은 질문이네. 이제 괜찮아…… 지금의 내 마음은 푸른 물줄기처럼 잔잔해."

시시의 질문을 듣자, 비스코는 뭔가 엉뚱한 대답을 하고는 육도 체조 제4·앞돌기 운동을 의리 있게 완수했다.

"나는 원래 겸허하게 자랐다고…… 마음을 항상 조용히 유지하면, 이 벚꽃 눈보라도 별것 아니야. 어쩔 수 없이 화가 날 때는, 시 한 구절 읊으면서 마음을 다스리면 돼."

"에엑. 형님이, 시를 말인가요?!"

"그래. 스승이 자주 읊었지……. 고요함이여, 바위에 스며드는, 황소의 울음."

"매미의 울음 아닌가요?"

"그럴지도 모르지만, 찬물 끼얹지 마."

"형님. 저기, 그게 아니라. 몸은……."

열심히 체조를 반복하는 비스코를 바라보던 시시는 「어제 그렇게나 얻어맞았는데」라는 말을 삼켰다.

'벌써 상처가 완전히 나았어……! 형님의 몸은 대체 어떻게 된 거지?'

제대로 치료도 하지 않았던 비스코의 몸은 하룻밤 지나기만 했는데도 완전히 건강을 되찾아 팔팔해졌다. 시시의 생각대로, 일반적인 생명력은 아니다.

"체조는 끝이다아! 각자 업무에 들어가라아!"

간수가 높은 곳에서 외치자, 죄수들은 우르르 몰려가서 사다리를 타고 암벽에 뻥 뚫린 굴 안으로 들어갔다.

이 아귀도에서 죄수의 업무란, 그 이름대로 자신들의 식량을 확보하는 것이다.

바위 안에는 통칭 『아귀 감자』라 불리는 채소가 잠들어 있어서, 죄수들은 곡괭이를 휘둘러서 그걸 파내야 한다. 자기 몫을 확보하지 못하면 밥도 먹지 못하는, 과연 육도수옥의 최심부라 할 만한 가혹한 형무(刑務)라 할 수 있다.

아귀로 변한 죄수들이 바위굴의 랜턴불 아래에서 각자 피곤한 몸을 움직여 곡괭이를 휘둘렀다…….

그 안에서.

깡, 깡, 깡! 기운차고, 어마어마한 기세로 곡괭이를 휘두르는 신입을 같은 굴의 죄수들이 멍하니 바라봤다.

비스코는 고양이눈 고글을 내리고, 표정 하나 바꾸지 않은 채 양손에 든 곡괭이를 계속 휘둘러서 중장비 같은 기세로 터널을 팠다.

"시시! 쓰레기가 또 쌓였어. 밖에 버리고 와."

"네, 넷. 형님!"

시시는 부지런히 비스코의 작업을 도우면서 빈틈을 봐서 조심조심 물었다.

"형님. 이제 충분하고도 남을 만큼 팠어요. 슬슬 쉬시는 편이."

"충분이고 자시고. 아직 못 찾았다고."

"하지만, 벌써 감자가 이렇게나……!"

"잠깐. ……있다!"

의아한 표정의 시시가 지켜보는 가운데, 비스코가 곡괭이를 내려친 곳에서 뭔가…… 새까만, 숯 같은 버섯이 랜턴불에 비치고 있었다.

"훌륭하게 자랐어. 이거 하나로도 충분하겠는데."

"형님. 그 버섯은 대체?"

"이건…… 잠깐. 누가 온다."

비스코는 그 버섯을 재빨리 바지 뒷주머니에 숨기고 집단으로 걸어오는 뭔가 질 나쁜 죄수들을 돌아봤다.

"오. 기운찬 신인이 들어왔다고 들었는데, 이거 터무니없는 유명인이잖아."

선두에 있는 보스 같은 남자가 성큼성큼 비스코에게 걸어와서 휘파람을 불었다. 우락부락한 덩치에 더해서 바싹 밀어버린 옆머리에는 비스코가 잘 아는 버섯 문신이 새겨져 있었다.

"천하를 떠들썩하게 하던 버섯의 신께서 시시껄렁한 곳에 떨어지셨구만. 으응? 아카보시."

"그야 피차일반이잖냐."

비스코가 고글을 들고 이마의 땀을 닦았다.

"너희들. 문신을 보니 쿠마모토의 버섯지기잖아……. 고참 같은 낯짝인데, 그렇게 여기가 살기 좋냐?"

"좋을 리야 없지만, 너랑 똑같지. 이 촌스러운 문신 때문에 도저히 움직일 수가 없어."

까까머리는 비스코의 어깻죽지의 문신을 가리키면서 자기 등에 퍼진 벚꽃 눈보라를 비스코의 눈에 보여줬다. 까까머리를 따르는 버섯지기들도 마찬가지로 벚꽃 눈보라에 당한 모양이었다.

'……후쿠오카만이 아니라 버섯지기를 닥치는 대로 모은다는 건 사실 같군.'

"그 망할…… 어흠. 옥장님은 우리가 뭉쳐서 덤볐는데도 이기지 못했어. 뭐, 그렇다면 확실히 마음을 바꾸는 게 쿠마모토류라서 말이지. 기왕이면 버섯지기들끼리 모여서 이 아귀도를 휘어잡고 산의 우두머리가 되기로 한 거지."

"포기가 빨라서 참 좋구만. 멋대로 해. 나는 파트너 말고는 함께할 생각 없어."

떠나려는 비스코의 앞길을 죄수들이 가로막았다.

"어이쿠, 그럴 수야 없지. 아카보시. 시코쿠에서는 신 대접을 받았을지도 모르지만, 규슈인은 리얼리스트라서 말이야. 꼬마가 멋대로 설쳐서는 위엄이 안 서거든. 알겠냐? 아귀도의 룰은 먼저……."

"감자를 갖고 싶은 거냐? 좋아. 얼마든지 가져가라고."

"으엥?"

까까머리는 주특기인 협박 문구를 늘어놓으려다 저도 모르게 얼빠진 소리를 내고 말았다. 그 옆에서 시시가 아귀 감자를 양손 가득 들고 데굴데굴 굴렸다.

"괴, 굉장해! 이런 양을 신입이 하루 만에……!"

저도 모르게 감탄하는 목소리를 낸 동료 한 명을 두들긴 까까머리는 어떻게든 태연한 표정을 지었다.

"호, 호호오~. 역시 소문 자자한 아카보시구만. 으응? 뭐, 이만큼 파면……."

냉정함을 가장하고 동료를 돌아본 보스 옆에서, 다시 시시가 양손 가득 아귀 감자를 들고 굴렸다. 아연실색한 일동 앞에서 또 한 번. 그리고 또 한 번…….

"이, 이봐이봐! 너 잠깐 기다려! 대체 얼마나 판 거야?! 이렇게나 가지고 있을 줄은 몰랐다고. 애초에 못 먹어. 썩는다고!"

"그럼 다 같이 먹으라고. 남은 건 여기, 굴 안쪽에 있으니까."

비스코는 귀찮은 듯이 하품하고는 곡괭이를 내던지고 시시에게 손짓했다.

"버섯지기가 아닌 녀석들한테도 제대로 나눠주라고! 가자, 시시."

"네, 형님!"

시시는 의기양양한 표정으로 까까머리의 얼굴을 돌아보고는, 비스코를 따라서 자기 방으로 돌아갔다.

"……식인귀라는 소문은 호들갑이 아니었어. 저 녀석, 꼬마 주제에 터무니없잖아!"

다부진 쿠마모토 버섯지기들은 서로 얼굴을 마주 보고는, 굴을 나가는 비스코와 시시를 멍하니 바라볼 수밖에 없었다.

"자—! 아귀들아! 즐겁고도 쓸쓸한 밥 시간이다—!"

암벽 안을 파서 만든 식당에 식사 시간을 알리는 북소리가 두세 번 울렸다.

이 식당에서 죄수들은 당번제로 밥을 만들고, 잠깐의 식사로 굶주림을 달랜다. 그러나 바위를 뚫고 들어가 자생하는 아귀 감자는 삶든 굽든 식감이 너무나 딱딱해서 식사의 기쁨을 느끼기에는 거리가 먼 맛이다. 식탁에는 그저 슬픈 한숨만 메아리치는 게 일상이었다.

그러나, 이날의 식당은 조금 낌새가 달라서…….

"히히히. 자아, 그럼. 우리 간수도 밥을 먹어볼까나아."

"반장님. 오늘도 촌스러운 생선하고 바다사자 비곗국입니다. 변함없이 후줄근한 메뉴네요."

"뭐, 너무 그렇게 말하지 마라. 우리도 원래는 죄수였는데 고피스 님의 눈에 들어서 간수를 하고 있잖냐. 사치를 부릴 수는 없지…… 게다가."

반장은 감시용 고지대에서 식당을 내려다보고는 비릿한 바다사자 수프를 마셨다.

"우리에게는, 아래쪽에서 저런 모래 같은 감자를 묵묵히 먹는 죄수 놈들의 절망이 최고의 별미 아니겠냐? 오늘도 오늘대로 녀석들은 맛없는 밥을……."

거기까지 말하며 식당을 내려다본 반장의 말이 막혔다.

"반장님? 왜 그러십……니까……."

부하 간수도 반장의 시선을 따라가다가 눈을 번쩍 떴다.

평소 아귀도 식당의 모습과는 달리, 이날의 식당은 죄수들이 기뻐하며 줄을 서서 활기가 넘쳐났다.

"이 부드러움은 뭐야! 이거 아귀 감자 맞냐?!"

"할당하고는 상관없이 얼마든지 먹어도 된대."

"나, 한 그릇 더! 잠깐, 비키라고!"

그 인파의 중심에서, 큰 냄비를 휘저으며 목소리를 높이는 소녀의 모습이 있었다.

"어~이, 다들 밀지 마. 얼마든지 있으니까! 신사 숙녀의 마음이 없는 사람은 더 안 줄 거야~!"

"시시, 이거 맛있네! 얼마든지 먹을 수 있겠어."

"기뻐요! 몇 그릇이라도 드세요. 자, 형님. 여기 또 있어요!"

"줄 안 서도 되냐?"

"물론이죠. 형님이 캐낸 감자니까요!"

시시가 직접 요리 당번을 맡아서 혼자서 만든 아귀 감자 포토푀는 평소에 빈곤한 미각을 견뎌오던 아귀도 죄수들에게는 눈이 휘둥그레질 정도로 맛있었다. 그런 데다 대량으로 나온 감자 덕분에 전원이 마음껏 먹을 수 있으니까 더 말할 것도 없다.

"너, 요리도 할 수 있었구나. 그 모래 같은 감자가 어떻게 해야 이런 맛이 되는 거야?"

"부엌에 서지 못한다면 진정한 남자가 아니다. 이게 아버님의 가르침이에요."

시시는 비스코의 말에 쑥스럽게 웃고는 귀의 동백꽃을 파아앗 피워냈다.

"아귀 감자라고 불리지만, 이 감자는 바위에서 자라서 영양이 없을 뿐이니까 화력을 조금만 주입해도 몇 배는 맛있어져요. 그걸 물에 넣어서 삶고, 독을 뺀 짓무른 파를 더해주면 굉장히 맛있는 국물이 나와요. 고추 대신에 바위 마취목 씨앗을 빻아서 넣으면 완성이죠."

"흐응. 꽃의 힘으로 채소의 독을 빼기도 하는 거야? 재주 많은 녀석이네."

"힘이라고 할 정도는 아니에요. 아버님에게는 미치지 못하죠. 아직 너무 약해서, 요리 말고는 도움이 안 돼요…… 왕의 후계자로서는 한심해서……."

"그렇지 않아. 다들 너를 기다리고 있잖아."

포토푀를 입에 쑤셔 넣은 비스코가 턱짓을 하자, 그 너머에는 눈을 반짝이며 더 달라며 보채는 사람이 있었고, 그럭저럭 배가 찬 죄수들 가운데는 손을 맞대며 시시를 떠받드는 사람까지 있었다.

"민초의 행복이 임금님이 할 일 아니냐. 그거면 충분해…… 자, 손이 멈췄잖아."

"……네. 형님!"

비스코의 격려를 들은 시시는 동백꽃을 새빨갛게 피우고는 굶주린 죄수들에게 부지런히 밥을 나눠줬다.

한편, 시시의 요리로 배를 채운 비스코가 기지개를 켜며 방으로 돌아가려던 때…… 식당 구석에서 손짓을 보내는 다부진 죄수 집단을 목격했다.

보아하니 그것은 낮에 쳐들어왔던 쿠마모토 버섯지기들이었다.

비스코는 손짓에 응해서 성큼성큼 걸어가 리더인 까까머리 맞은편에 앉았다.

"아카보시. 네 덕분에 동료들도 배부르게 먹었다. 감사를 표하마……. 이 책상은 감시실에서는 사각(死角)이다. 비밀스러운 이야기를 할 수 있지."

"너 말이야. 몇 번이고 말하지만, 너희 동료가 될 생각은—."

"그게 아니야. 이봐, 아카보시. 너, 그저 안온하게 여기서 눌러앉을 생각은 아니겠지? 당장에라도 탈옥해서 이 문신을 지우고 싶을 거다. 그렇지?"

"…………."

"우리도 본심은 똑같아. 문신에 뇌가 당해버려서 옥장이 조종하는 인형이 되어버리기 전에, 이걸 지우고 싶거든. 어때, 우리도 너의 힘이—."

"안 돼. 숫자가 많아지면 방해될 뿐이야. 내게는 이미 플랜이 있어."

비스코는 고개를 내저으며 일어나면서 말을 이었다.

"걱정하지 마. 너희도 포함해서, 내가 반드시 버섯지기 전원의 문신을 없애겠어. 원래부터 그럴 작정으로 온 거야. ……수상쩍어 보이니까 이만 간다."

"기다려! 기다려, 아카보시. 알았다, 쓸데없는 짓은 하지 않겠어…… 적어도, 이걸 보고 가라."

까까머리는 그렇게 말하며 품에서 바위 같은 형상의 버섯을 꺼내서 그걸 악력으로 뭉개고는, 가느다란 모래처럼 된 그것을 책상 위에 뿌렸다.

철색의 버섯 모래는 서서히 위치를 바꾸더니, 이윽고 손으로 그린 지도 같은 형상을 띠었다.

"오오, 자력 버섯이냐. 근데, 이게 뭐야?"

"우리가 조사한 이 바위굴의 지도다. 이 책상에 사철을 넣어서 그렸지."

까까머리는 방심하지 않고 주변에 눈을 빛내면서 비스코를 가리켰다.

"봐라. 여기가 식당이고, 여기가 독방, 여기가 간수실. 간수실에서 조금 떨어진 곳이 골탄 창고다."

비스코는 꽤 자세하게 그려진 모래 지도를 빤히 바라보면서 감탄한 듯이 끄덕이고는 내용을 머릿속에 넣었다.

"어때. 도움이 될 것 같냐?"

"응. 직접 조사할 생각이었는데, 고마워. 여기 지하 방은?"

"징벌방이야. 하지만 여기에 들어갈 때는 눈가리개를 당해. 그래서 자세한 지형은—."

"보스, 간수입니다!"

동료들에게서 날아온 예리한 말을 들은 까까머리는 곧바로 자력 버섯 가루를 흐트러뜨렸고, 비스코는 자기 얼굴을 후려쳐서 일부러 코피를 냈다.

"너희들——! 무슨 이야기를 한 거냐—!!"

얼굴에 흉터가 있는 반장이 책상을 쾅! 두드리며 고함쳤다. 아까까지 아귀도 지도가 있던 책상에는 이미 그 흔적조차 없다.

"그게, 반장님. 이 아카보시 녀석이 무척이나 날뛰고 있어서, 아귀도의 룰을 가르쳐주고 있었지요……. 뭐, 이 꼬마는 때려봤자 말을 안 듣더군요."

까까머리의 말을 들은 반장이 비스코를 보자, 코피를 흘리면서 태연하게 턱을 괴고 있었다. 반장은 팔짱을 끼고 한동안 분한 듯이 신음하고는 「이봐! 이 녀석들 전원 교육 지도다! 끌고 가!」라며 부하 간수들에게 외쳤다.

"어이이봐! 우리는 당신들에게 협력했다고!"

"칭찬을 받아야지, 벌을 받을 짓은 안 했어."

"에에잇, 시끄럽다! 오늘은 영 마음에 안 드는 일밖에 없어. 전원 묘한 짓을 못 하게 흠씬 두들겨줘라!"

쿠마모토 버섯지기들이 난폭하게 연행됐고, 마지막으로 끌려가던 까까머리가 비스코에게 살짝 눈짓을 줬다. 그리고 살짝 끄덕인 비스코의 몸을 반장의 팔이 강제로 잡아당겼다.

"일어나, 아카보시. 입소하자마자 소란을 부리기는. 각오해라, 너의 그 건방진 낯짝이 고통으로 찌그러질 때까지 세심하게 두들겨줄 테니까."

"두 번 다시 수상한 움직임은 보이지 마라, 아카보시. 알았냐!"

“일을 열심히 했는데도 얻어맞다니, 참 신기하구만.”

“시끄러워! 당장 들어가!”

철컹! 감옥이 난폭하게 닫히면서 졸고 있던 시시를 깨웠다.

“……형님. 돌아오셨…… 아앗, 그 상처는!”

“으응~?”

소등 시간이 지났는데도 바위굴의 독방으로 돌아오지 않는 비스코를 걱정하며 안절부절못하던 시시 앞에 나타난 건, 전신에 심한 타박상을 입은 비스코였다.

“아앗, 너무해……! 비열한 녀석들. 녀석들은 형님을 눈엣가시로 보는 거예요! 상처를 치료할 테니까 여기 누우세요.”

“호들갑 떨지 마. 이런 건 상처라고 할 수도 없어.”

“호들갑, 이라니…….”

“너 말이야. 나는 평소에도 반려의 악랄한 철곤에 얻어맞는다고. 그런 가느다란 경봉으로 얻어맞은 것쯤 아무렇지도 않아. 이 벚꽃 눈보라의 통증보다는 훨씬 낫다고.”

그 말대로, 몸의 상처와는 반대로 비스코는 태연해 보였다. 흐르는 코피를 조잡하게 팔로 닦고는, 바지 주머니에서 낮에 입수한 검은색 버섯을 꺼냈다.

“이게 들키는 것만 걱정하고 있었는데. 녀석들은 나를 패는 것에 정신이 팔려서 눈치를 못 챘어.”

“……형님. 그 버섯은 역시.”

시시가 목소리를 낮추고 비스코에게 다가와 속삭이듯이 말했다.

"탈옥을 위한…… 히든카드인가요!"
"너도 나가고 싶잖아?"
"물론이죠!"
힘차게 튀어나오려던 말을 비스코가 검지를 대서 막았다. 시시는 황급히 목소리를 죽이고는 말을 이었다.
"저의 탈옥이 사타하바키에게 불을 붙이고 말았어요. 내버려 두면 모든 베니비시가 처형당해요. 아버님께 말씀드리고 백성을 선도해서 반란을 일으켜야 해요!"
"그것도 묘한 이야기야. 현명한 임금님이라면 너한테 말을 들을 것도 없이 행동을 일으켰을 텐데. 이 지경까지 왔는데도 그럴 기색이 없다는 건, 그 염라대왕한테는 당해내지 못한다고 봐서…… 태평하게 드러눕기라도 한 거 아냐?"
"그런…… 그럴 리가 없어요!!"
시시가 평소보다 더 커다란 목소리로 외치자, 비스코는 놀라며 굳어졌다.
"쉬잇! 바보, 목소리가 커!"
"아버님은 위대한 왕이에요! 백성의 불행을 방치할 리가 없어요! 분명 반란을 염려해서 구속당했을 거예요. 구해내야 해요. 어쩌면 굉장한 고문을……!"
"알았어 알았어. 진정하라고! 의지를 관철할 수 있는 건 냉정한 녀석뿐이야."
비스코가 시시의 이마를 손가락으로 『딱』 튕기자, 시시는 「아우!」 하고 몸을 젖히고는 빨개진 이마를 문지르고는 심호흡을 하면서 살짝 끄덕였다.

"죄, 죄송해요. 그래도 역시 아버님이 걱정돼요. 어떻게든 여기서 나가야……."

"물론 도망칠 거야. 하지만 아직 동료가 부족해. 나는 간수를 두들겨 패면 저주가 진행돼. 그렇다고 너 한 명에게 거친 일을 맡길 수도 없고."

"동료, 라고요? 그래도 형님. 버섯지기들에게는 벚꽃 문신이 있고, 아귀도의 베니비시들은 모두 쇠약해졌어요. 오늘 본 바로는, 도움이 될 만한 사람은……."

"있단 말이지. 딱 한 사람. ……응? 한 사람이라고 하는 게 맞나? 뭐, 됐어."

비스코는 그렇게 말하고는 다른 주머니에서 뭔가 가느다란 봉 같은 것을 꺼내더니 조금 전의 검은색 버섯을 살짝 입에 넣었다. 그리고 검은 안개처럼 되어버린 그 버섯 분말을 가느다란 봉을 향해 푸읍, 뱉었다.

"콜록, 콜록! 형님, 대체 뭘?!"

"이 숯속임수라는 버섯은 바위밭 환경에 갇혀서 발아하지 못한 버섯이야. 모판을 주면 다른 버섯이 되어 발아해."

"모판, 말인가요?"

"방금 꺼낸 건 트랜시버의 안테나. 아까 날뛰는 척을 하다가 간수 녀석한테 뺏어왔어."

비스코가 아무렇지도 않게 떠들어대는 버섯 지식에 필사적으로 따라가려는 시시의 눈앞에서 뿅, 뿅! 하고 뭔가 노란색으로 빛나는 작은 버섯이 안테나에 발아했다.

"와아, 귀여워라!"

"라디오버섯은 무선을 수신하는 버섯이야. 뭐든 닥치는 대로 수신하니까 평소에는 쓸만한 게 못 되지만, 이 감옥이라면 오가는 무선은 간수들의 통신뿐이니까."

"……괴, 굉장해요, 형님! 간수의 통신을 도청하는 건가요!"

"쉿. 뭔가 말하기 시작했어…… 시시, 조금 더 붙어."

라디오버섯이 반짝반짝 점멸하면서 우퍼 같은 형상의 갓이 흔들렸고, 작은 소리를 내기 시작했다. 시시는 비스코의 몸에 다가붙었고, 서로의 귀 사이에 안테나를 바짝 붙였다.

『여기는 지하방. 특별 징벌방, 모두 이상 없습니다.』

『좋~아, 수고했어. 올라와도 좋아.』

『그나저나 반장님. 이 8번방의 덩치는 어떻게 안 됩니까? 얼마 전에도 눈앞에서 사슬을 뜯어버려서 식은땀이 났다고요.』

『로봇한테는 옥장의 저주도 안 통하니까. 모레에는 프로그래머가 파견되어서 세뇌할 예정이야. 히히, 너무 무서워하지 말라고. 이제 곧 우리의 동료가 될 녀석이니까.』

『저게 동료~? 하, 오싹하네요.』

『지내기 힘들면 박살내면 되잖냐. 이제 끊는다. 나는 졸려.』

통신이 뚝 끊어졌고, 라디오버섯은 그 후에 바로 또 다른 간수들의 별것 아닌 잡담을 방수하기 시작했다. 비스코는 고개를 한 번 끄덕이고는 안테나를 꽉 뭉개버렸다.

"징벌방, 8번이라고 했겠다."

"여기에 형님의 동료가 있는 건가요! 하지만 지하 징벌방으로 가려면 수많은 감시를 돌파해야 해요. 준비가 다 될지 어떨지……."

"그런 잔재주는 필요 없어. 당당하게 들어가면 돼."

"당당하게, 말인가요?"

"요컨대, 거기에 처박힐 짓을 하면 되잖아?"

비스코는 그렇게 말하며 시시를 장난스럽게 바라보고는 송곳니를 번뜩 빛냈다.

"가장 간단한 건, 싸움이라든가…… 야. 그런 표정 짓지 마. 지금 우리는 생사를 함께하는 동료잖냐, 시시. 힘 조절하지 않고 팰 것 같아?"

'팼잖아!!'

차가운 철벽이 사방을 둘러싼 징벌방 바닥에 앉은 시시는 퉁명스럽게 멍이 든 뺨을 어루만졌다.

아침의 육도 체조 시간, 상의한 대로 서로 욕설을 내뱉다가 난투극을 벌인 두 사람은 노림수대로 징벌방에 들어오게 된 모양이었다. 모양이었다, 라고 말한 건 시시가 비스코에게 한 방 맞고 완전히 졸도해버려서 징벌방에 들어올 때까지의 기억이 없기 때문이다.

「형님, 저도 왕자예요. 사양하실 것 없습니다!」라고 호언장담을 해버린지라 강하게 강의할 수는 없지만, 그렇다고 정말로 몸이 붕 뜰 정도의 주먹을 얻어맞을 줄은 몰랐다. 아마 비스코는 이런 세밀한 힘 조절을 전혀 이해하지 못하는 게 아닐까.

'……그래도. 정말로 봐주지 않고 때렸네…….'

불만인 한편, 비스코를 향한 동경이 시시의 마음속에서 한층 더 강해졌다.

지금까지는 시시가 아무리 남자에게도 뒤지지 않는 무술이나 춤을 보여줘도, 주변 사람들이 자신에게 향하는『지켜줘야 할 왕녀』라는 인상을 덮어씌울 수가 없었기에…….

그런 자신의 얼굴을 거침없이 때려줬다는 건, 비록 일그러지기는 했어도 시시에게는 기쁜 일로 받아들여졌다.

'어쩌면 형님도, 나를 제대로 남자로서…….'

빠꿈!

시시의 사고를 갑작스러운 충격이 가로막았다. 뭉게뭉게 피어오르는 흑연 속, 방의 철벽에 구멍이 뻥 뚫렸고, 그 구멍에서 비스코가 슬쩍 고개를 내밀었다.

"……너무 조심스러웠나? 구멍이 조그만데."

"형님!"

"뭐, 빠져나가지 못하는 건 아니지만…… 여어. 시시. 당겨줘."

시시는 구멍에서 비스코가 내민 손을 황급히 당겼고, 비스코는 재주 좋게 관절을 빼면서 그 탄탄한 체구를 시시의 방으로 집어넣었다. 뚜둑, 뚜둑 관절을 다시 집어넣은 비스코는 시시에게 씨익 웃었다.

"폭파 버섯도 잘 피었어. 간수에게 반항한 것도 아니니까 벚꽃의 저주도 안 나와. 계획대로 됐네! 네가 기절했다는 거 말고는."

"확실히 사양할 것 없다고 말씀드렸지만, 한도가 있잖아요! 그런 걸 얻어맞으면 호랑이나 하마도 졸도할 거예요!"

"아니, 나도 봐주려고 했다고. 그래도 네가 꽤 강한 펀치를 날려와서, 그만 반사적으로 몸이……."

"어. 강하다고요……? 제, 주먹이요?"

"여기에 멍이 남았잖냐. 꽤 통했다고. 그러니까 피차일반이야."

비스코는 시시의 주먹에 맞은 왼뺨의 멍을 가리키며 유쾌하게 웃었고, 곧장 시시의 방 벽에 귀를 대고는 똑똑 두드리면서 두께를 체크하기 시작했다.

'피차일반, 이라……'

시시는 저도 모르게 자신의 멍을 어루만졌고, 작업 중인 비스코를 넋을 잃고 바라보면서 동백꽃을 화악 피웠다.

"……야? 야, 시시! 명색이 탈옥 중이라고, 멍하니 있지 마."

"앗. 죄, 죄송합니다. 형님!"

"여기만 벽이 두꺼워, 저 너머가 8번 방일 거야. 폭파 버섯의 화력을 조금 올리겠어."

"형님의 버섯 기술은 놀라울 뿐이네요. 게다가 몸뚱이 하나로!"

"버섯지기를 어딘가에 가둬둔다는 생각이 물러터졌단 말이지. 그 염라대왕님에게 그걸 가르쳐주자고."

그렇게 말한 비스코는 주머니에 있는 숯속임수를 뜯어서 입에 넣고는 질겅질겅 씹었다. 이윽고 검은 껌처럼 된 그것을 방 벽에 붙이고, 조금 전의 폭발로 튄 크고 작은 나사 등의 부품을 주워 그곳에 넣었다.

"형님. 저도 도와드릴게요!"

"앉아 있어. 문외한이 버섯을 만지지 마……. 멀리 가고, 엎드려서 얼굴하고 귀를 지켜."

"네, 넷!"

"……좋아. 간다!"

비스코는 벽에 붙인 검은 점액의 모습에 고개를 끄덕이고는 그곳을 향해 몸을 틀어서 발차기를 꽂아 넣었다.

그 충격을 받은 검은 버섯 껌이 발아의 예감에 떨었고, 묻혀있던 금속 조각을 모판 삼아서 마그마처럼 붉게 빛나는 버섯 몇 개가 보글, 보글 부풀어 올랐다.

"……으~음? 위험한데. 너무 잘 자라잖아."

"에엑?!"

"그대로 엎드려 있어, 시시!"

비스코가 즉시 뛰어서 시시의 몸을 지키듯이 위를 덮은 다음 순간.

빠꾸우움!!

무지막지한 폭음과 함께 어마어마한 흑연이 주변에 피어났다. 시시는 가급적 연기를 마시지 않게 한동안 엎드렸고, 연기가 걷히자 겨우 숨을 들이쉬면서 살짝 기침했다.

"혀, 형님…… 콜록, 무사하신가요. 형님!"

"시시이. 이리로 와, 노린 그대로야!"

비스코의 기운찬 목소리가 들리자 시시는 바로 숨을 내쉬고는 철의 벽에 크게 뚫린 구멍을 보고는 꿀꺽 침을 삼켰다. 거의 아무런 도구도 얻을 수 없는 이 아귀도에서 자기 몸과 포자만으로 이런 일을 이뤄내는 버섯지기의 기술, 역시 범상치 않았다.

“낮잠 중인 모양이네. 지금의 폭발에도 참 느긋하시구만.”

“……아, 아앗. 이 사람은!”

문을 지나 8번 방으로 들어온 시시의 눈에 들어온 것은 시시의 몸보다 거의 두 배는 큰, 붉은 갑옷을 입은 거한이었다.

아니, 잘 보면 그것은 갑옷이 아니라 몸 그 자체…… 강철의 몸을 가진 로봇이 몇 겹의 사슬에 묶여서 구속되어 있었다.

“로봇?! 형님의 동료라는 게, 이건가요?!”

“아카보시 1호라는 제대로 된 이름이 있다고. 로봇 취급하면 화내니까 조심해…… 그나저나 이 엄중함은 대체 뭐야?”

비스코는 1호를 묶은 사슬이 너무 많은 걸 보고 질색했다. 이 괴력의 목인을 여기에 묶어두기 위해 조심한 거겠지만, 그럼에도 이런 양의 사슬을 풀어내는 건 정말로 시간과 노력이 많이 든다.

“밖에는 수면버섯 포자를 뿌렸으니까 간수들은 기절했겠지만, 그래도 밥 먹을 시간이 되면 교대가 올 텐데…… 그 전에 어떻게든 사슬을 풀어야겠어.”

“알겠습니다. 바로 하죠, 형님!”

“하죠! 라니, 너 말이야. 마술쇼를 하는 게 아니라고. 뭔가 도구가 필요해.”

시시는 비스코의 말을 들으면서 아카보시 1호를 묶은 사슬, 그 무수한 열쇠 구멍을 노려보며 눈을 가늘게 뜨고는, 뭔가 결심한 듯이 크게 숨을 내쉬었다.

"도구는 필요 없어요. 형님, 제게 맡겨주시길."

"그 자신감은 어디서 나오는 건데?! 시간 낭비할 수는 없다고!"

"고작 10초입니다. 보고 계세요…… 제가 걸림돌이 아니라는 걸 증명하겠어요!"

시시는 비스코의 대답을 기다리지 않고 숨을 들이쉬고는, 징벌방의 차가운 바닥에 양손을 탁! 내리쳤다. 멍하니 입을 벌린 비스코의 눈앞에서, 시시의 양쪽 손목에 무수한 식물의 덩굴이 뻗어서 사슬의 이음매에 달라붙었다.

"……시시. 너, 그 기술은!"

"……생각보다 단조로운 구조네. 이 정도면, 나도……!"

시시가 이를 악물고 기합을 넣자, 머리가 두둥실 떠오르더니 평소에는 안쪽에 숨겨진 홍색의 두 눈이 드러나면서 강하고 요사하게 빛났다.

귀의 동백꽃이 한층 크게 피어난, 다음 순간.

"발화(發花)!"

빠킹, 빠킹, 빠킹!

시시의 일갈과 함께 덩굴이 일제히 춤추면서 무수한 사슬의 이음매를 단숨에 날려버렸다.

"오오!"

"크윽! 해, 해냈다……!"

솔직하게 감탄한 비스코 옆에서 시시는 거친 숨을 내쉬며 풀썩 주저앉았다.

"시시! 너, 굉장하잖아! 그런 게 가능했다면 처음부터……."

비스코는 기뻐하며 시시를 불렀지만, 마찬가지로 기쁜 듯이 미소를 지은 시시의 창백함과 손목에서 흐르는 선혈을 보고는 표정을 흐렸다.

"너, 지금 그걸로 다친 거냐? 무리하기 전에는 무리한다고 한마디 해."

"이걸로, 저를. 조금은 다시 보게 되셨나요? 형님."

"다시 보고 뭐고, 처음부터 나는…… 아니, 잘했어. 큰 공적이야, 시시."

"저의 힘이, 도움이 된 거군요!"

"일일이 호들갑스럽다니까. 상처 보여줘. 지혈해줄 테니까."

바지 끝을 찢어서 만든 천으로 시시의 상처 부위를 묶는 비스코의 뒤에서…….

부우웅! 소리를 내며 비취색 라이트가 두 사람을 강하게 비췄다.

"우왓!"

그 비취색 빛은 놀라는 시시와 비스코를 교대로 비춘 뒤, 앞선 작업으로 속박이 풀려난 자신의 몸을 빤히 바라봤다.

『바우~!』

두꺼운 소리가 한 번 울리더니, 그 거대한 몸이 빠직빠직 불똥을 튀겼다. 그걸 방아쇠 삼아서 비취색 빛이 마치 혈관을 달리는 혈액처럼 붉은 몸통의 접합부를 차례차례 맴돌았다.

먼저 오른팔. 이어서 왼팔에 전기가 통하며 힘을 되찾았고, 으득으득 주먹을 쥐더니 두꺼운 못에 박혀있던 그것을 괴력을 발휘하여 벽에서 뽑아냈다.

"와, 와아앗!"

그 어마어마한 박력에 비명을 지른 시시를 감싼 비스코는 눈앞의 거인을 올려다봤다. 시시가 미처 풀지 못한 몇 개의 사슬을 괴력으로 뜯어낸 그것은 8번 방 안에 우뚝 서서 자신의 위용을 드러내듯이 호들갑스러운 포즈를 잡았다.

『바오오—!』

"눈을 떴냐, 1호! 너, 어마어마하게 묶여있었다고. 잠자리 엄청 안 좋았겠다."

반골의 자립형 목인 아카보시 1호의 포효에 호응하듯이 비스코가 목청을 높였다. 1호는 비스코를 번뜩 노려보더니 뒷머리에서 튀어나온 무수한 케이블을 머리털처럼 흔들었다.

"슬슬 감옥 생활도 지겨워졌을 것 같아서 놀러 왔다고."

"형님. 왜 로봇의 비위를 맞춰주려 하시는 건가요."

"쉿. 잘 들어. 절대로 이 녀석을 평범한 로봇이라고 생각하지 마. 이 녀석은『명령』받는 걸 무엇보다 싫어하고, 심기가 상하면 죽이려고 달려든다고."

"그, 그런 엉망진창인 로봇, 들어본 적도 없어요!"

"괜찮아. 뭐, 떠받들어주면 되니까 편하…… 우, 우와앗?!"

『우우—! 바우!』

어느새 소곤소곤 이야기하던 두 사람의 앞을 가로막은 1호가 그 통나무 같은 두 팔을 휘둘러서 두 사람을 향해 콰아앙! 내리찍었다. 간발의 차이로 시시를 안고 피한 비스코의 눈앞에서 징벌방 바닥이 부서지며 찌그러들었다.

"야, 인마! 이 고물딱지 자식! 구해주러 온 은인에게 그 태도는 뭐야!"

"혀, 형님! 아까 화나게 하면 안 된다고 하셨잖아요!!"

"시끄러워. 따져보면 내 쪽도 똑같다고!"

비스코를 쫓아서 휘두른 1호의 왼쪽 훅을 회오리 같은 돌려차기로 튕겨냈다. 비스코는 그대로 바닥을 박찬 1호의 안면으로 달려들어서 맞부딪치려는 1호의 오른쪽 훅과 서로를 때렸고, 함께 어마어마한 기세로 날아가서 양 사이드 벽에 부딪혔다.

"혀, 형니임!"

"콜록, 콜록. 예의를 모르는 자식이야……. 내가 그렇게 마음에 안 드냐!"

"형님. 진정하세요!"

코피를 닦고 일어나려는 비스코를 달랜 시시는 뒤에 있는 1호를 돌아봤다.

"1호, 들어줘! 형님과 너 사이에 무슨 일이 있었는지는 모르지만…… 아무튼 지금은 이 감옥에서 나가야지!"

『…………』

"형님의 버섯 기술과 네가 가진 기계의 힘이 있다면 반드시 탈옥할 수 있어. 부탁이야, 협력해줘! 함께 여기서 나오고, 싸우는 건 그 후에 해도 되잖아!"

시시의 간절한 말을 듣자…….

1호는 한동안 두 사람에게 시선을 보낸 채로 움직임을 멈췄다. 삐삐삐삑, 뭔가 연산하는 소리가 머리에서 들렸지만, 그 생각의 움직임을 읽는 건 두 사람에게는 불가능했다.

"소용없어, 시시! 말이 통하는 녀석이 아니야. 두세 방 더 때려서…… 아, 아앗!"

비스코가 그렇게 외치며 1호를 돌아봤고…… 경악하며 눈을 크게 떴다.

1호의 기계로 된 몸이 찰칵찰칵 천천히 꿈틀대더니, 팔이 변형해서 대구경 바주카포를 형성했다.

"우와아앗, 뭐야 저게?!"

"엎드려, 시시!"

즉시 몸을 수그린 시시를 감싼 비스코의 머리 위에서 퍼엉!! 하는 굉음을 내며 열탄이 스쳐 지나갔다. 열탄은 그대로 징벌방 문에 부딪혀서 두꺼운 철을 마치 아이스크림처럼 녹여버리며 커다란 구멍을 뚫었다.

"……우오오…… 이 녀석!"

『우—!』

쿠웅, 쿠웅! 1호는 문까지 걸어가더니 자신의 화포로 뚫은 구멍에 양손을 대고는 어마어마한 괴력으로 문을 밀어내기 시작했다. 등의 버니어에서 연기가 뿜어져 나왔고, 출력을 최대로 올린 1호의 양팔이 이윽고 철의 대문을 종잇장처럼 찢어발겨서 어딘가로 난폭하게 던져버렸다.

"괴, 굉장해……! 1호는 터무니없는 괴력이에요. 형님!"

『바우.』

입을 빼끔거리며 경악한 시시를 힐끗 바라본 아카보시 1호는 턱으로 슬쩍 재촉하고는 스스로 성큼성큼 감옥 밖으로 나가버렸다.

"캑. 겨우 알아들은 모양이네. 반항기도 적당히 하라고. 나 참."

『바우—!』

"서두르라네. 가자, 시시."

"형님은 1호의 말을 알아들으시는 건가요?"

"그럴 리가 없잖냐. 왠지 모르게 예상하는 거야……. 일단, 피를 나눈 형제니까."

비스코의 말은 때때로 잘 알아들을 수 없지만, 일일이 그걸 물어볼 여유는 없었다. 1호를 쫓아서 내달리는 비스코를 멍하니 바라보던 시시는 잠시 뒤 정신을 차리고는 황급히 두 사람의 뒤를 쫓아 달려갔다.

"그나저나 봄인데도 변함없이 아귀도의 추위는 심하네요."

"이 바위가 차가운 거야. 이런데도 급료는 다른 감옥과 똑같으니까 못 견디겠단 말이지."

"히히. 적어도 이 로브를 두꺼운 모피로 해준다면…… 오, 이거다. 론."

"으에에엑. 또 그건가요, 반장님!"

"염삼색(炎三色), 탕야오, 도라3."

"배만이잖아요! 우와아, 날아갔다…… 죄수 놈들의 뇌물을 죄다 뜯겼어."

"와하하. 이번 주도 네가 잡일 당번이구나."

즐겁고 흥겨운, 암벽을 파내서 만든 방.

간수들이 일을 땡땡이치고 천작패(天雀牌)를 즐기고 있었다. 이미 무기력해져서 반항하는 이도 없어진 이 아귀도에서는 간수가 할 일이 적기에, 이렇게 시간을 때우는 게 일과였다.

"그나저나 맥빠지네요. 대악당 식인귀 아카보시가 온다고 해서 아귀도문의 경비를 늘렸는데. 그 자식, 건방지기만 하지 탈옥할 낌새도 안 보이잖아요."

"옥장의 벚꽃 저주…… 그것도 영문 모를 물건이지만, 아무튼 그 문신이 있는 이상 아카보시도 움직이지 못하는 거지. 결국 아카보시도 사람의 아이, 그 염라대왕님에게는 못 당하는 거다…… 야, 너. 슬슬 휴식 끝 아니냐?"

"어라, 정말이네요. 벌써 교대 시간이잖아. 징벌방의 두 사람, 안 올라오네요."

"히히히, 오늘은 아카보시가 안에 있으니까. 녀석을 괴롭히는 게 즐거운 거겠지. 일을 열심히 한다니까……. 좋아, 그러면 한 판 더 하자. 다음에는 다음 주 순회 당번을 걸고……."

푸슉. 즐거워하던 간수의 의지를 방해하는 듯한 꺼림칙한 소리가 방구석에서 들렸다. 바라보니, 조금 전까지 기운차게 불타오르던 골탄 스토브의 열기가 완전히 약해져 버렸다.

"앗. 스토브의 골탄이 떨어져 가잖아."

"어쩐지 춥다 했어. 야, 잡일. 바로 일 생겼다. 탄 좀 가져와."

"체에엣. 어째서 돈을 날린 데다 잡일까지……."

조금 전 커다란 수의 직격을 맞은 간수가 투덜투덜 불평하면서 바깥에 있는 골탄 창고로 스토브 연료를 가지러 갔고…….

"우와앗—!!"

곧장 비명을 지르며 돌아왔다.

"뭐야, 그렇게 춥냐? 호들갑스러운 녀석이라니까."

"아, 아니야. 어, 없어. 없다고."

"네놈한테 돈이 없다는 건 알고 있어. 장난치지 말고 당장 가라고, 이 바보야!"

"없다고요, 탄이! 골탄이, 창고에 한 조각도 없어요!"

간수들은 그제야 얼굴을 마주 보고는 우르르 터널 안쪽 창고로 달려갔고…….

거기서 역시 똑같은 비명을 질렀다.

"우와아! 정말로 없어. 골탄이 하나도 없잖아."

"말도 안 돼. 바로 저번 주에 죄수들에게 지급된 걸 다 뜯어서 넣어놨다고."

"아니, 잠깐만…… 이, 이걸 봐라!"

뭔가 탄 냄새를 맡은 반장이 창고를 들여다보자, 그곳에는 바위 바닥을 뻥 뚫어버린 거대한 구멍이 지하 깊게 이어져 있었다.

아무래도 이곳에 산더미처럼 쌓여있던 골탄은, 이 구멍을 통해서 통째로 지하로 내려간 모양이었다.

"이 구멍은 뭐야?!"

"굉장한 깊이야. 지하까지 이어져 있어. 어느새 이런……."

"지하아……? ……지, 지하라고!"

잠시 뒤, 반장의 표정이 싹 변했다. 뒤를 돌아보고는 부하들에게 큰소리로 고함을 쳤다.

"이 밑은 징벌방이잖아아! 아카보시 그놈이 뭔가 저지른 게 분명해. 당장 지하로 가, 전원 다! 야간 당번 녀석도 깨워. 뭘 멍하니 있어, 빨리 해. 빨리이!"

"1호, 밥 대신이야! 자, 아~앙!"

『바우.』

굴삭 작업 중이던 아카보시 1호는 시시의 밝은 목소리에 대답하며 등을 철컥 열어서 연료 탱크를 노출했다. 시시는 붉게 타오르는 그곳에 양손으로 든 골탄을 우르르 집어넣었다.

"그나저나 연비 나쁜 녀석이네. 그렇게나 많았던 골탄이 이제 절반도 안 남았어."

"그래도 굉장한 마력이에요! 간수들은 아귀도에서 나가려면 아귀도문을 넘을 수밖에 없다고 생각하고 있을 거예요. 이대로 축생도까지 암벽을 파낼 수 있다면, 경비망을 벗어날 수 있어요!"

"흐~응? 그렇구나."

"……그렇구나, 라뇨? 형님은 알고 작전을 세우신 게……."

비스코는 시시의 의아한 표정을 보면서 머리털 속에 살짝 넣어둔 종이를 꺼냈다. 그걸 받은 시시가 활짝 펼치자, 그곳에는 탈출 계획의 개요가 빼곡하게 적혀있었다.

"이건!"

"파트너가 헤어지기 직전에 넘겨줬어. 애드리브도 꽤 있었지만, 대부분 그대로 되더라."

"미로가 이걸……! 근데 전부 히라가나인 건 어째서죠?"

"그 녀석은 바보라서 한자를 못 써."

"다행이네요. 형님이 못 읽으시는 건 아닌 모양이에요!"

"너 알고서 말하는 거지, 이 자식아!"

마구 떠들어대는 시시와 비스코를 양어깨에 태운 강철의 목인 아카보시 1호는 그 양팔을 거대한 드릴로 바꿔서 어마어마한 스피드로 암벽을 파냈다.

쿠마모토 버섯지기가 알려준 지도로 골탄 창고의 위치를 파악하고 있던 비스코는 1호의 화포를 사용해서 지하에서 그곳을 쏴서 연료를 통째로 훔쳐냈다. 배가 꽉 차서 풀 파워가 된 1호의 마력은 어지간한 전차나 중장비도 도저히 따라가지 못할 정도였다.

"……이런 굉장한 로봇이 있다니. 세상에는 내가 모르는 게 많아……. 동족이 아닌 스승을 가지라는 아버님의 가르침은, 왕의 견식을 깊게 하기 위해서였구나."

"시시. 너, 정말로 다음 임금님이 되려는 거냐? 권력자가 되는 건 추천하지 않아. 전 이미하마 현지사도, 대종교의 교조도, 결국 멀쩡하게 죽지 못했다고."

"저의 목숨이나 명예는 어떻게 되어도 좋아요. 베니비시 백성들이 행복하기만 하면 돼요……. 저는 자신의 모든 걸 바쳐서 백성을 위해 헌신하는 아버님의 모습을 동경했으니까요."

"흐~응. 기특한 녀석이네. 나는 내 동료와 게만으로 충분……으응? 이상하네. 1호, 잠깐 기다려. 일단 스톱!"

『바우우―!』

"일일이 화내지 마! 뭔가 이상한 소리가 들린다고."

불만스럽게 드릴을 멈춘 1호에서 뛰어내리고 터널 바닥에 귀를 댄 비스코는 고민하듯이 팔짱을 꼈다.

"형님. 이상한 소리라니 뭔가요?"

"이건, 물이네. 바로 밑에서 물이 흐르는 소리가 들려."

"물…… 강이라도 흐르는 걸까요? 이런 지하 깊이……."

"그게 묘해. 일정 간격으로 흐르거나 멈추거나 하고 있어……아무튼 1호, 이대로 팠다가는 수맥을 건드릴지도 몰라. 잠깐 돌아가자."

"아아아카아아보시이이이―!!"

"캑."

비스코 일행이 지반의 위태로움을 눈치챈 동시에, 파낸 터널 한참 후방에서 원한 섞인 외침이 들려왔다.

"형님! 저건 반장의 목소리에요. 이리로 오고 있어요!"

"생각보다 눈치채는 게 빨랐네. 난방이라도 끊어졌나?"

바로 고양이귀 고글을 내린 비스코가 그쪽으로 시선을 돌리자, 얼굴에 흉터가 난 반장이 이끄는 간수 무리가 이리로 오고 있었다. 간수들은 모두 얼굴에 암시(暗視) 고글을 쓰고 중장비로 무장했다.

"반장님! 역시 그 덩치도 함께입니다!"

"샐러맨더 로켓을 써라! 이 좁은 통로라면 아무리 발버둥 쳐도 도망칠 수 없어."

"괜찮은가요?! 쏩니다!"

"쏴라 쏴! 탈옥자를 봐주지 마라. 한꺼번에 잿더미로 만들어버려!"

푸슝, 푸슝. 로켓탄 몇 발이 연기를 내뿜으며 발사되어 비스코 일행에게 날아왔다. 비취색 서치라이트로 그걸 바로 알아챈 1호는 두 사람 앞에 서서 팔을 내밀었고, 거기서 팬 형태의 실드를 전개했다.

투우웅, 투우웅, 투우웅! 로켓이 연이어서 실드에 작렬해서 폭음을 내뿜었다. 폭연의 불빛이 휘청거리는 1호의 몸을 비췄다.

"괜찮냐, 1호! 불안정한 지반에서…… 저 녀석들, 아무 생각도 없어!"

"형님! 발밑이…… 바닥이, 무너져요!"

1호에게 로켓탄이 작렬할 때마다 연약한 바위 바닥에 거미집 같은 금이 갔고, 균열이 점점 넓어졌다.

"야, 이 자식들아! 포격을 멈춰! 아래는 물이고, 여기는 지반이 약하단 말이다. 그대로 계속 쐈다가는 네놈들도 한꺼번에 떨어져서 끝장이라고!"

"키히히힛! 네놈치고는 궁색한 목숨 구걸이구나, 아카보시! 안심해라, 시체는 한꺼번에 시궁창에 버려줄 테니까아아—!"

"덩치가 무릎을 꿇었다! 얼마 안 남았어요. 쏴라 쏴아아!"

푸슈융! 추가로 날아간 샐러맨더 로켓을 1호가 막은 다음 순간.

고고고고고, 땅울림을 일으키며 지면이 흔들리더니, 갈라진 지면이 차례차례 무너지면서 간수들까지 삼켜버렸다.

"지, 지면이?! 우, 우와앗, 우와아앗, 무너진다아—!"

"와악—! 살려줘요, 반장니임!"

"서, 설마 정말로…… 그만둬, 떨어져. 떨어…… 와아아악."

떨어지는 간수들과 자신들에게 다가오는 균열을 바라본 시시는 비스코의 팔에 매달려서 눈을 꼬옥 감았다.

"여기까지인가……! 아아, 아버님! 부디 무사하세요……!"

"포기하는 게 빠른 녀석이구만. 지진 따위에 일일이 죽는다면 일본인 못 해먹는다고."

비스코는 각오를 다진 시시에게 씨익 웃어주고는 그 가느다란 몸을 지켜주려는 듯이 끌어안았다.

"떨어지기 시작하면 최대한 숨을 막고 있어. 1호, 등을 부탁한다!"

"……네. 형님!"

『바우!』

시시가 팔을 꼬옥 끌어안자 비스코의 위를 1호의 커다란 몸이 감쌌고, 문자 그대로 한 덩어리가 된 세 사람은 그대로 무너지는 지면에 삼켜졌다.

7

"오오, 선생! 좀 들어달라고! 간수한테 얻어맞고 나서 왼쪽 귀가 안 들리게 됐지 뭐야!"

"귓속에 난 딱지에 녹바람이 닿아서 굳어져 버렸네요. 그래도 지금 확실하게 제거했으니까 이제 괜찮아요."

"이봐 비켜. 다음은 날 봐줘. 요즘 손이 자주 경련하게 됐는데……."

"너는 제대로 뒤에서 줄 서라고! 저기, 선생님. 나, 요즘 점점 화장발이 안 받게 됐는데, 이거 스트레스일까? 장사가 안 풀리면 형기가 늘어나 버려……."

차례차례 밀려오는 환자를 봐주던 미로는 이마의 땀을 닦으며 고개를 갸웃했다.

'……이거, 형벌? 같은 느낌이 아니네. 평소대로 일하고 있을 뿐인데…….'

대략 30명 정도의 환자를 봐주고, 마지막 환자에게 붕대를 감아준 미로는 한숨 돌렸다. 마지막 손님은 놀랍게도 간수였고, 등에 난 경미한 녹사마귀를 도려내 주자 오래된 고민이 해결됐다는 듯이 개운한 표정을 보였다.

"아앗! 정말로 녹사마귀가 빠진 거지? 이제 자면서 몸을 뒤

척일 때마다 격통으로 일어날 일이 없어지겠어!"

"지금 드린 연고를 제대로 매일 발라주세요. 방심하면 재발하니까요."

"음, 알았다."

간수는 검은 로브를 다시 걸치고는 어흠, 헛기침을 하더니 수첩 같은 것에 펜으로 뭔가를 적었다.

"그럼, 네코야나기 미로. 너의 오늘 근무는 종료. 손님에게 받은 답례를 보여줘라. ……하나, 둘, 셋…… 흐으음. 개점 첫날부터 성적이 좋군."

"저기. 다들 답례를 놓고 가던데, 이건 대체 뭐죠?"

"뭐냐니, 형기 지폐잖아. 너무 자잘하면 불편하니까 환전해주마. 자, 오늘 하루로 6개월 사면을 벌었다."

간수는 그렇게 말하고는 품에서 여섯 개의 지폐 같은 것을 꺼내서 멍하니 있는 미로에게 넘겨줬다.

"이 지폐 40년 치가 쌓이면 너는 석방된다. 지금까지도 의사는 있었지만, 너는 특별해. 오래 있으면 좋겠지만, 이걸 봐서는 바로 석방되겠군."

'……아하. 그렇구나……?'

『한 달 사면』이라고 적힌 지폐를 빤히 바라보던 미로는 겨우 이곳 『인도옥(人道獄)』의 구조를 이해하기 시작했다.

'다시 말해서, 형기와 통화의 구조를 일원화시킨 건가. 장사에 애쓰는 만큼 형기가 줄어드는 시스템……'

미로는 비스코보다 훨씬 얕은 감옥에 들어왔고, 몰수당한 건 무기뿐이라서 딱히 수갑을 차거나 족쇄를 단 건 아니다.

수감시의 대화도 이랬다.

"생업은 의사라고 되어있는데, 틀림없나?"

"어. 아, 네."

"그럼 방을 진료실로 사용해도 된다. 약재료 같은 건 중앙 광장의 노천에서 구입하도록."

"네. ……으응?! 그건, 방에서 나가도 된다는 건가요??"

"오후 여덟 시에는 문을 잠근다. 그때 방에 없다면 탈주 취급이다. 명심하도록."

……그 정도뿐이어서, 거기서부터는 어영부영 『판다 의원 옥중 출장소』가 시작되었다.

'육도수옥이라고 말하는 만큼, 옥마다 완전히 대우가 다르구나.'

미로에게는 약간 맥빠지는 이야기였지만, 움직이기 편해진 건 좋은 일이다. 아직 통금까지 시간이 있는 걸 확인한 뒤, 가져온 버섯지기 외투를 입고 드넓은 『인도옥』의 시설을 천천히 돌아다녔다.

"어서 옵쇼오~! 쿠마모토에서 온 신선한 과일이야. 홍옥과(紅玉瓜), 으름덩굴, 흰송이. 모두 제철, 모두 3일 사면이다~!"

"……베니비시 직공이 만든 물엿은 어떠신가요. 맛도 적설탕, 흑설탕을 준비했습니다. 전부 구입하시면 덤을 얹어서…… 18일 사면으로 나눠드립니다."

인도옥의 중앙 광장.

그 경치는, 떠들썩한 도시 이미하마 출신인 미로가 보기에는 활기가 넘쳤다.

'이게 감옥이야……? 어지간한 시장보다 번창하고 있잖아.'

과자나 밥 등등을 파는 포장마차가 비좁게 늘어섰고, 책 같은 오락이나 술에 이르기까지 품목들이 다양해서 그야말로 속세와 아무런 차이가 없었다.

별난 점이라면…….

아무래도 대가는 모두『형기』로 지불한다는 것이었다.

미로도 조금 전 매우 선정적인 차림새를 한 여자가「저기, 2주일 어때…… 아핫. 너 귀엽네. 일주일이면 돼」라며 달라붙어서 그걸 슬그머니 피했을 정도다.

'수감되어 있기는 하지만, 여기는 실질적인 베니비시의 도시 같은 걸지도 몰라.'

육도수옥의 룰상, 베니비시는 아무리 모범적인 죄수라고 해도 평생 여기서 나갈 수 없다. 그러나 반대로 말하면, 가지고 있는 형기를 마음껏 써서 이곳 인간도에서 풍족한 생활을 보내는 게 가능하다.

자연스레 이곳에서는 인간과 베니비시의 빈부가 역전되었고, 어느 의미에서는 가장 안전한 베니비시 보호 시설처럼 보였다.

미로는 때때로 그런 생각을 하면서 별생각 없이 깨끗한 오렌지색 과일을 손에 들고 굴렸고…….

"여봐라."

낮은, 위엄 있는 목소리가 들렸다. 처음에 미로는 그 목소리가 점주를 부르는 건 줄 알았지만, 곧바로.

"여봐라, 거기. 판다남."

자신을 불렀다는 걸 알고는 황급히 돌아봤다.

돌아본 곳에는…….

다부진 체구를 자랑하는, 새하얀 피부에 머리를 한데 묶은 남자가 그야말로 무척이나 훌륭한 가운을 걸치고 미로의 눈을 바라보고 있었다.

하얀 피부와 홍색의 눈동자를 보면 이 남자가 베니비시라는 걸 알 수 있지만, 그와는 어울리지 않는 다부진 육체가 무척 이질적이라서, 미로에게 위엄 있는 분위기를 주고 있었다.

"새 얼굴에게는 미안한 말이지만……."

"어, 어. 네. 뭔가요?"

"짐에게, 형기 좀 빌려다오."

"……네에?"

형기를 빌려달라는 건, 여기 인간도에서는 돈을 빌려달라는 거나 다름없다. 외모를 봐서는 어딜 봐도 고귀하고 위엄 있는 남자가 갑자기 돈을 꾸려고 하자, 아무리 미로라도 곧바로 대답할 수가 없었다.

"짐은, 거기."

하얀 손가락이 미로가 든 과일을 가리켰다.

"고래귤에 사족을 못 쓰거든. 제철이기도 하니까, 갓 나온 걸 맛보고 싶은데…… 아무래도 처형장에서 막 돌아와서 말이지. 가진 게 없어. 조금만 빌려다오."

"당신 말이죠. 만나자마자 그런 무례한……!"

"……나리 아니십니까……!"

베니비시 과일가게 점주가 베니비시답지 않게 목소리를 높이며 고래귤을 몇 개 싸서 덩치 큰 남자에게 주려고 했다.

"……필요하다고 말씀해주셨다면 드렸을 텐데요. 자, 가져가세요."

"대가도 주지 않고 받을 수는 없지. 지금 이 녀석에게 빌릴 테니 기다리거라."

"안 빌려준다니까요!"

"……나리께서 살아 돌아오신 것만으로도 저희에게는 크나큰 기쁨입니다. 자, 드시지요……. 오늘의 고래귤은 대단히 달답니다……."

"곤란한 녀석이로다. 이래서는 거북해."

아무래도 이 남자는 베니비시들 사이에서는 굉장히 인기가 많은지, 지나가는 베니비시들도 일제히 고개를 숙였다. 한편, 과일을 내밀며 전혀 양보하지 않는 점주를 본 남자는 조금 질색하고 있었다.

"……좋아요. 그 과일, 제가 사죠."

"호호오?"

"그리고, 거기 불딸기 한 팩도요. 돈은, 그럼 이걸로……."

"……감사합니다. 지금 거스름돈을."

"필요 없어요! 사람들 눈이 많으니까. 가죠."

남자 주변에 베니비시가 우르르 몰려와서 간수의 주목이 모였기에, 미로는 넌지시 남자를 데리고 이탈했다.

"자, 여기요!"

미로는 인파를 피해 남자를 그늘로 데리고 오고는 화난 듯이 과일 봉지를 떠넘겼다.

"하나면 된다. 호들갑스러운 녀석이로군."

"됐어요. 전부 줄게요. 그 대신 저하고 얽히지 말아요! 당신이 누구인지는 모르겠지만, 묘하게 남들 눈을 모으는 것 같으니까요."

"먹어본 적은 있나?"

"어?"

"봄의 고래귤을 먹어본 적이 있는지 물은 거다."

커다란 고래귤 껍질에 손톱을 넣어서 재주 좋게 벗기고는…… 껍질을 버린 남자가 말했다.

"너, 꽤 재미있는 녀석인 것 같구나. 짐의 방으로 와라. 이걸 맛있게 먹는 법을 가르쳐주마."

"됐어요. 잘 가요."

"저쪽을 돌아가면 나온다."

남자는 성큼성큼 걸어가는 모습을 통명스럽게 배웅한 미로는 자기 방으로 돌아가려다가…… 문득 어깨에 걸어둔 의료 가방이 통째로 사라졌다는 걸 깨달았다.

"어라…… 아, 아앗?!"

돌아본 미로는 모퉁이를 돌던 남자의 어깨에 자신의 가방이 걸려있는 걸 보고는 작은 비명을 질렀다.

"저, 저 녀석! 어느새?!"

미로는 완전히 남자의 페이스에 말려든 것을 느끼면서도 그 뒤를 쫓을 수밖에 없었다.

"입으로는 매정한 소리를 하면서도 역시 흥미진진해 보이는군. 그 얼굴처럼, 노는 데 익숙한 여자 같은 성질을 지닌 녀석이로구나."

"어떤 마술을 부렸는지는 모르지만."

들어온 곳은 폭신폭신한 융단에 지붕 딸린 침대 등등, 도저히 감옥으로 보이지 않는 방이었다.

미로는 그 호화로움에 다소 주눅이 들었지만, 그걸 들키지 않게 조심하면서 성큼성큼 들어와 평소에는 보이지 않는 분노에 찬 목소리를 냈다.

"남의 장사 도구를 멋대로 훔치다니! 귀인이 할 일이 아니잖아요!"

"짐이 귀인이라는 건 인정하는 건가? 그렇다면 짐에게 악의가 없다는 것도 곧 알겠지. 잘 봐라, 이 고래귤, 여기 꼬리 부분부터 가르는 건 문외한. 향이 상해버린다. 먼저 이 배 부분에 손톱을 넣어서……."

'곤란하네…… 이 사람, 대체 뭐야?'

미로 입장에서는 이미 탈옥 계획은 비스코에게 넘겼고, 자기 마음속에도 어느 정도 타임 스케줄이 완성되어 있다.

예상 밖의 사정도 이미 감안했고, 비스코의 능력에 강철 같은 신뢰감이 있기에 그 스케줄은 꽤 타이트한지라…….

'비스코가 탈옥할 때 내 준비가 늦어지면 곤란해.'

그렇게 생각하고 있었다.

미로 측은 비스코가 아귀도를 빠져나올 때까지 이곳 인간도에서 수라도를 지나, 축생도까지 가서 가급적 빨리 합류할 필요가 있다.

고로 이런 장난에 어울려줄 시간은 당연히 없지만, 신기하게도 눈앞의 남자는 자유분방한 매력을 발하면서 미로를 자신의 페이스로 끌어들이고 있었다.

"……이런 식으로 하면, 깔끔한 과육이 고개를 내미는 거다. ……이봐, 너. 제대로 보고 있는 거냐?"

"어, 어? 아, 네. 물론이죠."

"그럼 됐다."

남자는 대답하는 사이에 고래귤 세 덩이를 통째로 입에 집어넣어서 순식간에 다 먹어버렸다.

"……어라아?! 저, 저한테 조금 주는 거 아니었나요?!"

"짐이 언제 그런 말을 했나. 맛있게 먹는 법을 가르쳐준다고 말했을 뿐이거늘."

남자는 빠르게도 다음 고래귤을 벗기려 했다.

미로는 완전히 바보 같아져서 깊은 한숨을 내쉬고는 주변에 놓여있던 자신의 의료 가방을 주워 어깨에 걸고는 이 자리에서 떠나기로 했다.

"사타하바키 소메요시에게 한칼 먹여줬다고 하던데."

움찔.

거기서 미로의 움직임이 멈췄다. 돌아보자, 남자는 소파에 드러누워서 벗긴 고래귤을 입에 넣고 있었다.

"그 폭주기관차 같은 녀석에게, 너와 같은 작은 소년이…… 이것 참, 마치 벤케이를 상대하던 요시츠네와 같은 일막이로구나."

"한칼 먹여준 건 파트너 쪽…… 아니, 어째서 그걸……."

"그렇지만 버섯의 힘으로 『꽃』을 이길 수는 없다."

미로는 그 한마디를 듣자마자 곧장 사람 좋은 의사에서 버섯지기 전사로 표정을 바꾸고는 눈앞의 남자를 노려봤다. 남자는 그 변화에 「오오」 하고 호들갑스럽게 고개를 젖히고는 다시 고래귤 하나를 입에 넣었다.

"하물며 짐이 소메요시에게 부여한 것은 『벚꽃』의 힘. 법을 지키는 한, 녀석에게는 무한한 생명력이 주어지지. 버섯이 아무리 녀석의 몸을 파먹더라도 『꽃』의 양분이 될 뿐. 승산은 없어."

"……당신은……!"

미로가 침을 꿀꺽 삼킨 동시에, 남자는 슬쩍 일어나서 가운을 걸치고는 그 아름다운 장신으로 내려다보며 홍색의 눈을 번뜩였다.

"떠나는 건 성급한 생각이다, 버섯지기. 이 육도를 짐의 조력 없이 빠져나가려 하다니…… 후후, 어설퍼 어설퍼."

'베니비시의, 왕. 틀림없어, 이 사람이!'

"짐은 베니비시 호센. 짐에게 묻고 싶은 것이 산더미처럼 있겠지? 아아, 조금 전까지의 매정한 태도로 짐은 크게 상처받았다. 이래서는 마음도 열리지 않겠지. 자, 버섯지기 손님은 어떻게 짐을 위로해줄까……."

말문을 잃고 이를 가는 미로 앞에서, 베니비시의 왕 호센은 「크크큭」 하고 참으로 즐겁다는 듯 웃었다.

"그런대로 난제이겠지? 식인 판다여."

호센이 재빨리 던진 고래귤 하나가 곧장 뭐라 말하려던 미로의 입에 쏙 들어갔다.

미로는 하얗고 다부진 장신을 굽히며 웃는 호센을 바라보면서 퉁명스럽게 우물우물 고래귤을 씹어먹었다.

고래귤은 호센의 말처럼 달콤했지만, 미로가 지금 맛보고 싶은 맛은 아니었다.

8

"으, 으……."

시시는 몸 위에 올라간 바위의 무게에 신음했다. 고생하면서 바위를 치우고 어떻게든 빠져나온 시시의 앞은 암흑이었고, 무언가가 가로막고 있었다.

"혀, 형님! 무사하신……."

"시시! 피해!"

"윽!"

뒤에서 날아온 비스코의 목소리에 황급히 물러난 시시의 앞머리를 스친 날카로운 칼 같은 것이 떨어지며 까앙! 하고 바위에 부딪혔다.

"으윽. 빌어먹을. 빗나갔어……."

뒤로 굴러간 시시의 몸을 비스코의 몸이 끌어안았다. 어둠 속에서 비스코의 체온을 느낀 시시는 약간 안도했지만, 상황은 전혀 좋지 않았다.

"헤엑, 헤엑. 대단한 탈출극이구나. 아카보시이."

팟, 팟, 휴대 토치가 몇 개 켜지면서 주변을 비췄다. 시시의 눈에 들어온 건, 토치에 비쳐서 수정처럼 푸르게 빛나는 동굴 내부와 그곳에 나란히 서 있는 간수들의 모습이었다.

'큰일이다. 이 녀석들도 무사했나……!'

"네놈들 덕분에 우리도 감봉 확정이다. 그냥 죽이기만 해서는 부족해……. 손톱을 벗기고, 살갗을 도려내고, 전기 찜질, 물고문, 그리고……."

"그렇게 설레발을 떠니까 내가 도망친 거 아니냐?"

"닥쳐! ……헤헤, 너희는 거기 덩치를 동료로 끌어들여서 안심한 모양이지마안."

얼굴에 흉터가 난 반장은 그제야 평소의 끈적한 웃음을 되찾고는 뭔가 점멸하는 스위치 같은 걸 높이 들었다.

"섭섭하잖냐. 이쪽은 감봉과 바꿔서 그놈을 산산조각 낼 권리를 받았다고!"

"뭣!"

비스코가 뒤에 있는 1호를 돌아보자, 스위치의 빛과 연동해서 몸에 있던 몇몇 흰색의 빛이 점멸하고 있었다. 아무래도 1호의 내부에 열량을 가진 무언가가 묻혀있는 모양이었다.

"그런 위험한 녀석에게 아무런 대처도 해놓지 않았을 줄 아냐. 얼간아. 여차할 때를 위해 작골유탄을 몇 개씩 넣어놨다. 이 버튼 하나로, 콰쾅이다!"

"뭐라고오……!"

『바르으으—!』

"캬아하하! 분한 거냐, 기계 주제에 건방지게! 아카보시! 네놈의 설법대로 방심은 하지 않겠다. 지금 당장 이놈을 꾹! ……어라? 꾹……."

"……반장님. 장난은 그만두고 빨리 눌러주세요."

"아, 알고 있어! 어, 어라아? 손이, 손가락이, 움직이지 않……."

"……뭐야? 저 녀석 왜 저래……."

'……형님!'

동굴에 굴러다니는 돌을 주워서 던지려던 비스코에게 시시가 긴박한 듯이 속삭였다.

'뭔가 있어요, 돌은 던지지 마세요. 들키지 않게 천천히 물러나세요…….'

'……좋아, 알았어!'

"뭐, 뭐야 이거…… 우와앗, 내, 내 몸이이—?!"

반장이 가까스로 움직이는 반대쪽 팔로 자기 몸을 비추자,

비스코조차도 저도 모르게 침을 삼키게 되는 광경이 펼쳐지고 있었다. 검은 로브를 두른 반장의 발밑에서 하늘 높이 든 스위치까지…… 순식간에, 소리도 없이, 뭔가 작고 단단한 집합체에 뒤덮여 있었다.

"히에엑. 다리가, 다리가 굳어졌어! 안 움직여어—!"

"반장니이임! 이건 대체, 우와아악. 온몸에 파고들고 있어어!"

"너, 너어어어희들, 빨리 구해줘…… 그런 다리는 잘라버리고! 빨리 나를 구해에에에!"

'형님, 저건!'

'……따개비야! 대단한 녀석과 마주쳤잖아.'

비스코는 시시와 1호에게 눈짓을 주며 발소리를 죽이고 그 자리에서 물러났다. 눈앞에서 간수들은 차례차례 조그만 것에 뒤덮이더니 마치 조각상처럼 굳어졌다.

"……아앗?! 형님, 큰일이에요!"

"보면 알아! 들키니까 조용히 말해!"

"아니에요, 건너편! 물이…… 탁류가 몰려오고 있어요!"

시시의 말을 듣고 1호가 라이트를 켜자, 간수들과는 반대쪽 어둠 속에서 물대포 같은 탁류가 밀려오는 게 보였다. 비스코가 「우오오!」 하고 머리털을 곤두세우고는 즉시 1호와 시시를 데리고 동굴 구석에 튀어나온 바위 뒤로 몸을 밀어 넣었다.

"아, 아카보시. 구해, 나를 구하라고! 형기를 줄여주겠어……. 일을, 가볍게 줄여주겠어어!"

"이놈이고 저놈이고 말투가 엉망이라니까. 먼저 『부탁합니다』라고 해야지, 바보 자식아!"

"부, 부탁합니다! 아카보시 씨! 비스코 씨, 구해주세요—!!"

"그래! 그러면 된다고. 10초 전에 그렇게 말했다면 구해줬을 거야."

"그런! 시, 싫어, 물이…… 으, 으아아아, 으갸아아악——?!"

두두두두두! 밀려오는 물의 본류는 기세가 굉장해서, 바위 뒤로 숨은 세 사람을 물에 젖은 생쥐 꼴로 만들면서 3분 정도 지난 뒤에 겨우 그쳤다.

"……콜록, 콜록! 그래, 여기가 삼도천이구나! 육도 전역의 지하와 이어져 있고, 죄수의 시체나 쓰레기 처리장으로 흘려 내는 수로를 말해요. 그러니까 물이 정기적으로……."

"……으헥. 저건 너무 끔찍한 죽음인데."

"형님……?"

진지한 표정으로 1호가 비춘 곳을 바라보는 비스코의 시선을 좇자, 시시는 오싹하며 온몸에 소름이 돋았다.

아까까지 간수들이 있던 그곳은, 앞선 탁류에 휩쓸려서…… 간수들의 몸은 모두 쓸려나갔다.

그러나 두 다리만이 따개비에 빼곡하게 덮인 채 지면에 고정되었고, 찢어진 정강이 주변에서는 선혈이 뚝뚝 흐르고 있었다. 그 다리의 숫자, 스물인가, 서른인가……. 아무튼 젊은 시시의 간담을 서늘하게 하기에는 충분할 정도로 처참한 광경이었다.

"으, 으아, 아, 아……!"

“따개비는 어떤 구조인지는 몰라도 살아있는 것의 냄새를 맡고 덮쳐와. 저 다리를 모두 흡수하면 바로 이리로 올 거야.”

“꿀꺽. 네, 넵……! 가죠, 형님. 제가 선두에…….”

갑자기 뭔가 털투성이의 물체가 파닥파닥 날아와서 시시의 말을 가로막으며 안면을 화악! 덮어버렸다. 그 짐승은 갑작스러운 일이라 반응하지 못한 시시의 어깻죽지에 작은 이빨을 힘껏 박았다.

“아앗, 으악?!”

“시시!”

비스코가 황급히 시시의 어깨에서 박쥐를 떼어내자, 이빨이 파고든 어깻죽지에서 선혈이 흠뻑 흘렀다. 쥐어짜여서 「끼이익!」 우는 박쥐의 비명을 들은 따개비들이 일제히 반응해서 『사아아아아악』 하고 융기하는 지면처럼 세 사람을 덮쳤다.

“들켰다! 달려, 시시!”

“네!”

비스코가 발을 묶기 위해서 붙잡은 박쥐를 지면에 내던지자, 그건 고작 1초도 되지 못해서 따개비 무리에 삼켜지더니 피를 모조리 빨린 미이라처럼 되어 바닥을 굴렀다.

“젠장. 커다란 적이라면 몰라도 조그만 무리야. 버섯 없이는 못 이겨!”

“형님. 저 따개비는 식물은 먹지 않는 건가요?”

“갑자기 뭘 묻는 거야?! 내가 알겠냐, 당장 달려!”

비스코에게 야단을 맞으며 달리던 시시는 의외로 냉정하게 동굴 내부의 기척을 읽고 있었다. 어딘가에서 감도는 해조류의 냄새나 천장에서 뻗은 덩굴 같은 것으로 힐끔힐끔 시선을 보낼 때마다 머릿속의 퍼즐이 조합되어 나갔다.

'풀이 무사하다는 건, 저건 육식이야. 살아있는 것을 냄새로 분간하나……? 그래, 어쩌면!'

『바우—!』

선두를 달리던 1호가 목청을 높이며 멈췄다. 고고고고고 하는 진동과 함께 다시 물대포가 근처에서 뿜어져 나오는 걸 포착한 것이다.

"우오오, 이 타이밍에! 시시, 1호, 이쪽이야!"

가까스로 1호의 체구가 들어가는 바위 뒤편에 세 사람의 몸을 억지로 밀어 넣자, 간발의 차이로 탁류가 그 옆을 통과했다. 그러나 따개비 무리는 재주 좋게 궤도를 바꿔서 동굴 측면에서 천장으로 이동하더니, 『사아아아악』 하고 도저히 조개류로 보이지 않는 스피드로 아직 움직이지 못하는 세 사람을 향해 다가왔다.

"어쩔 수 없네. 내가 미끼가 돼서 시간을 벌겠어! 시시는 이대로 숨어서……."

"잠시만요, 형님! 이판사판이지만, 방법이 있어요! 각오는 되셨나요?!"

"뭔가 하는 거냐?! 맡길게, 뭐든지…… 으급?!"

비스코가 시시의 목소리에 몸을 돌린 동시에, 비스코의 갈라진 입술에 시시의 입술이 갑자기 겹쳤다. 도저히 소녀로는 보이지 않는 거친 입맞춤이 거부하려는 혀를 밀어내고 비스코를 유린했다.

"으으으그으으으읍——!!"

'……지금이다. 발화!'

뿅, 뿅! 시시의 기합에 맞춰서 비스코의 가슴 부근에서 뭔가 터지는 소리가 들렸다. 다음 순간, 움직이지 못하는 세 사람 위에서 무수한 따개비가 우수수 쏟아졌다. 흡혈 따개비는 입맞춤을 계속하는 두 사람을 완전히 가리려는 듯이 가차 없이 쌓였고…….

이윽고, 물대포가 물러난 뒤.

『…….』

『…….』

『사, 사, 사.』

『사아아아아아아악.』

잠시 뒤, 따개비 무리는 허탕을 쳤다는 듯이 사방으로 흩어졌다. 그 후에는 완전히 건강 그 자체인 시시, 1호, 비스코의 모습이 남았다…… 그래도 비스코 쪽은 적잖은 정신적 쇼크를 받았지만.

"콜록, 콜록! 시, 시시. 너 갑자기 무슨 짓이야!"

"죄송해요, 형님. 그래도 설명할 여유는 없었어요……. 성공해서 안심했어요."

"성공?! ……정말이네. 피 한 방울 빨리지 않았어. 너, 뭔가 한 거냐?"

"그 따개비가 감지하는 건 저희의 호흡이에요…… 아마 배출되는 이산화탄소를 감지하고 있었겠죠. 그렇다면."

시시는 그렇게 말하며 자기 입에 손가락을 걸고는 아~앙, 하고 크게 벌렸다. 비스코가 그곳을 들여다보자, 구강에 빼곡하게 뒤덮인 덩굴이 목구멍까지 이어져 있었다.

"으엑. 뭐야 그게?!"

"지금 형님의 기관지도 이렇게 되어있어요……. 아아, 잠깐만요. 떼어내려 하지 마세요! 또 따개비가 몰려와요!"

"이런 기분 나쁜 장치가 어떻게 따개비를 막는 건데?!"

"덩굴을 호흡기에 묶어서 저희를 식물이라고 오인하게 유도했어요. 지금 저희의 호흡에서는 이산화탄소 대신 산소가 배출돼요. 식물을 싫어하는 저 녀석들을 그걸로 속인 거죠……. 그런 트릭이에요."

"……오오~~?"

솔직히 시시의 설명은 비스코에게는 알쏭달쏭이었지만 눈앞의 소녀가 뭔가 똑똑한 일을 해서 위기를 벗어났다는 건 전해졌기에, 곧바로 기분을 고치고 악동 같은 미소를 지으며 어깨를 탁탁 두드렸다.

"제법이네, 시시! 이런 급박한 상황에서 용케 생각했어."

"입맞춤 한 번 하지 못하고 죽는 것도 재미없어서요."

"그게 왕자님이 할 말이냐?!"

"자, 물이 빠진 사이에 가요. 따개비를 언제까지 속일 수 있을지 모르니까요……. 한동안 나아가면 축생도로 나갈 수 있어요!"

동백꽃을 개화하며 기운차게 내달리는 시시를 쫓아가려던 비스코는 호흡기에 휘감긴 덩굴의 감촉을 느끼고는 몇 번이고 기침했다. 발길을 돌린 시시가 내밀어준 손을 잡고 일어나자, 시시는 눈을 살짝 치켜뜨고는 요사한 아름다움이 감도는 미소를 지었다.

"또, 저의 힘이…… 도움이 되었나요? 형님."

"아까 칭찬했잖아. 두 번째는 없어. 너무 우쭐대지 마."

"방심했네요. 자, 꾸짖어주세요!"

"너 대체 뭔데?! 자, 달려! 1호, 가자!"

1호는 『바우』라고 대답하며 달리는 두 사람을 쫓았다. 1호 자체는 호흡을 하지 않기에 결과적으로는 따개비에게서 도망칠 필요도 없었지만, 역시 1호 자신도 그쪽은 잘 이해하지 못한 모양이었다.

9

"아~ 거기거기…… 오오…… 그, 그런 테크닉을 어디서…… 아직 소년이면서 정말 기특한…… 아앗! 거기는 아프다, 거기는…… 끄오아악!"

"이상한 소리를 내지 마요! 다 큰 어른이 고작 도수치료 정도로!"

뚜둑뚜둑뚜둑! 미로의 양손이 꽤 화려한 소리를 내며 호센의 일그러진 허리뼈를 고쳐줬다. 기분 좋음과 통증이 이루어내는 절묘한 하모니 앞에서 호센은 고통인지 황홀인지 모를 목소리를 내고 있었다.

“한 번 단련한 사람이 너무 땡땡이를 치면 이렇게 된다는 전형이네요. 이불이나 소파가 너무 부드러운 것 같아요. 사치병이라고요, 호센 왕.”

“그, 그건 알았지만, 짐은 왕이다. 조금 더 조절이라는 걸…….”

“어쩔 수 없잖아요. 임금님의 근육 때문에 어지간한 힘으로는 병소까지 닿지 않아요. 마지막으로 혈을 누를 거니까 조금 참아요.”

“이봐, 또 뭔가 있는 거냐……. 우, 우오오오! 아, 아파, 거기 무리. 끄아아아악.”

베니비시의 왕 호센은 새된 소리로 비명을 질렀다.

참으로 기묘한 그림이었지만.

“먼저 그 가느다란 팔로 내 굳어진 몸을 풀어달라고 해볼까…….”

처음에 그렇게 말한 건 호센 쪽이다.

느긋하게 마사지를 즐기면서 미로를 놀릴 작정이었겠지만, 지금은 그 용모에서는 상상조차 할 수 없는 강력한 힘에 압도당하고 있었다.

한편 미로도 의사이기에, 악의 한 점 없이 치료를 원하는 사람에게 진지하게 도수치료를 해주면서 자신도 전신에 땀을 흘리고 있었다. 베니비시도 근육이나 뼈 구조는 인간과 다름

없기에 시술하기도 쉬웠다.

“자! 원하시는 대로 우선 허리와 양다리를 교정해드렸어요. 조금 쉬면 꽤 가벼워졌을 거예요.”

“짐이 생각하던 것과는 달라.”

“자, 약속이에요.”

엎드린 호센을 위에서 들여다본 미로가 강한 어조로 말했다.

“하나 원하는 걸 들어주면 뭐든 질문 하나에 대답해주겠다. 아까 그러셨죠?”

“글쎄다. 짐이 그런 말을? 최근에는 아무래도 기억력이 둔해져서 말이다.”

“그럼 건망증에 잘 듣는 혈도…….”

“꺄아아아악아파아파! 알았다! 저, 정말 두려움을 모르는 녀석이구나. 짐에게 이렇게까지 무례한 짓을 저지른 녀석은 오랜만이다.”

호센은 미로의 고문 같은 혈도 지압에 비명을 지르더니 땀으로 흠뻑 젖은 머리를 쓸어올리며 한숨 돌렸고, 금색으로 채색된 곰방대를 물고 보라색 연기를 피우면서 겨우 차분해졌다.

“그래서? 너는 뭔가 묻고 싶은 모양인데…… 뭐가 건망증 혈도냐. 쇼크로 기억이 날아가지 않았나.”

“사타하바키 소메요시를 쓰러뜨릴 방법을 듣고 싶어요.”

미로는 물을 꿀꺽꿀꺽 마시고는 이마의 땀을 닦았다.

“임금님의 말씀대로, 녀석에게는 버섯의 힘이 안 통했어요. ……아니, 그것만이 아니라. 버섯의 힘을 먹어치우고 이용했죠. 그 기묘한 꽃은 대체 뭐죠?"

"뭐라고 물어도, 『꽃』은 『꽃』이라고밖에 말할 도리가 없어."

"임금님!"

"자자, 기다려라. 판다. 말장난을 하려는 게 아니야…… 너도 의사라면 베니비시의 몸이 식물 유전자를 가졌다는 건 알고 있겠지?"

호센은 그렇게 말하며 손가락을 딱 튕겼다. 그 순간 허공에 연홍색 봉숭아꽃이 피어났고, 꽃잎이 하늘하늘 흩어졌다.

"……호센 왕, 지금 그건!"

"그 식물의 힘이 어디서 어떻게 개화했는지…… 그건 모르겠지만, 언제부턴가 극히 일부의 선택받은 베니비시가 특이한 힘을 가진 꽃을 피우게 되었다. 우리는 그걸 『진화(進花)』라고 불렀고, 『진화』한 개개인이 가지게 된 고유의 요력을 『화력』이라 부르게 되었지."

"……베니비시의, 『진화』의 힘……."

사타하바키가 펼치던, 그 벚꽃잎을 자유자재로 다루는 기술을 떠올린 미로는 고민에 잠기며 미간에 주름을 잡았다. 그리고 뭔가 떠올린 듯이 호센에게 물었다.

"그렇다면 사타하바키가 말했던, 자신이 베니비시라는 것도 사실인가요?"

"오히려 그런 녀석이 인간일 리가 없잖나?"

곰방대의 찌꺼기를 버린 호센이 어이없다는 듯 말했다.

"소메요시는 이른바 육체노동 인원으로 사용되던 시절의 극

초기 베니비시다. 어마어마한 완력과 의지력을 가졌기에, 짐이 『진화』의 힘을 부여했지."

"꽃의 힘을, 부여했다뇨……?"

"원래 꽃이라는 건 녹에 대단히 약해서, 녹바람에 닿기만 해도 시들어버리지. 약점이 있다면 그것이겠지만."

호센은 혼란에 빠진 미로의 질문을 무시하고 말을 이었다.

"하지만 뭔가 강한 생명력을 가진 걸 기생체로 삼으면, 그 생명을 빌려서 피어나는 게 가능하다는 걸 알게 됐다……. 예를 들어, 이런 식으로."

호센이 살며시 웃으며 미로의 머리카락을 어루만졌다.

"무슨 짓이에요!"

미로는 그걸 꺼려서 바로 물러나며 외쳤지만…….

퐁, 퐁!

그런 얼빠진 소리를 내며 미로의 머리에 봉숭아가 활짝 피어났다. 방의 거울에서 자기 모습을 확인한 미로가 「와아악!」하고 일그러진 비명을 질렀다.

"하하하. 버섯지기는 몸에 포자가 스며들어 있으니까 기운차게 피어나지. 평범한 인간은 어지간하면 그렇게 화려하게 피어나지 않아. 너희가 가진 포자…… 버섯이라는 매개는 그 강한 생명력 탓인지 꽃에는 더할 나위 없는 기생체가 되는 거다. 생명력이 강한 버섯일수록 꽃은 그걸 흡수하고 강해지지…… 그 구조는 딱히 소메요시에 한정된 건 아니야."

"……그렇군요. 버섯을 피워내도 그게 오히려 꽃의 힘을 늘려버리는 건가…….”

머리의 봉숭아를 얼추 뽑아낸 미로는 팔짱을 끼며 살짝 입술을 깨물었다.

“뭐, 나쁜 말은 하지 않으마. 소메요시 퇴치 같은 건 포기하는 게 좋아.”

호센은 적잖은 쇼크를 받은 미로를 내려다보며 큭큭 웃고는 연기를 후우 뿜어냈다.

“현대 일본에서 소메요시를 이길 수 있는 녀석은 없을 거다. 그렇기에 녀석에게 힘을 부여하고 베니비시의 화원을 지키는 문지기로 일하게 했는데 말이지.”

‘……그렇구나. 사타하바키 덕분에 밖으로 나가지도, 안으로 들어올 수도 없어. 인간의 박해에서 베니비시를 지키기 위해 이 육도수옥을 이용한 건가.’

본의는 아니었지만, 껄렁하게 웃는 눈앞의 남자에게서 왕의 자질을 엿본 미로는 어딘가 얕보고 있었던 인식을 고쳤다. 그리고는 매달리듯이 따졌다.

“하지만, 이제 그 구조는 파탄 났어요! 지금의 사타하바키는 정상이 아니고, 법의 화신이 되어 폭주하고 있어요. 지금은 모든 베니비시에 반역의 싹이 있다고 보고 대규모 처형 계획을 세우고 있다고요. 내버려 두면 베니비시는 몰살당해요!”

“그렇다더군. 들었다.”

“아, 알고 있었나요?! 그, 그럼 어째서……!”

“이크. 아까부터 비겁하구나. 한 번당 질문 하나라는 약속이었을 텐데. 나머지는 나중이다. 자, 그럼. 다음은 뭘 해달라고 할까…….”

“아직 상반신이 남았는데요.”

“도수치료는 이제 됐다. 너의 그건 아파서 못 견디겠어.”

호센이 손가락을 딱 튕기자, 미로의 가슴팍에서 뻥! 하고 봉숭아가 피었다. 놀란 미로를 제쳐놓은 호센이 손가락을 슬쩍 당기자, 그 꽃은 마치 실에 이끌린 것처럼 미로의 몸을 호센 앞으로 스르륵 옮겼다.

“흐으음. 좋구나. 그 강인한 눈. 미형이라면 베니비시 중에는 얼마든지 있지만…… 약간의 야성미랄까, 조금 독을 가진 듯한 이런 느낌은 인간 특유의 것이지.”

“……윽.”

고개를 돌리려던 미로의 턱을 붙잡은 호센이 판다 멍을 들여다봤다.

“여기서는 모두가 기꺼이 짐에게 몸을 바친다. ……그렇기에, 동족의 몸은 조금 질린 참이라서. 그렇지만 간수를 데려오려고 해도 여자든 남자든 후덥지근한 녀석들뿐…… 달아오르게 하는 인간이 없어서 조금 지루하던 참이었지.”

“……그래서 독버섯을 드시겠다? 배탈이 날걸요. 호센 왕.”

“짐을 앞에 두고도 이런 담력. 그리고 그 별 같은 눈동자라니! 좀 더 노려봐도 좋다. 이거 즐거운 한때가 될 것 같군…….”

턱을 붙잡혀 서로 코끝을 맞대는 상황에서, 미로는 최대한 거절을 담아 호센을 노려봤다. 그러나 영웅 호센은 그것조차도 향락의 일부라는 듯이 받아내고는, 움츠러들기는커녕 희색을 발하고 있었다.

'으윽, 안 돼. 이렇게 쉽게 먹힐 수는 없어. 티롤에게 혼난다고!'

이런 위기는…….

판다 의원 원장으로 살면서 드문 일은 아니었다. 그래서 회피하는 방법도 충분히 숙지하고 있었지만, 이 호센이라는 남자는 악질적이게도 달인이라서, 어디에도 빈틈이 없었다.

'싸움만큼은 하고 싶지 않지만. 최악의 경우에는 코를 물어뜯어서……!'

미로가 뒤에 있는 의료 가방에서 메스를 꺼내 숨긴 그때…….

"호, 호센 니임……!"

"으응?"

붙잡고 있던 멱살을 놓은 호센이 어이없다는 목소리를 냈다.

"뭐냐. 미리 짠 것처럼 방해가 들어오다니."

"호센 님. 크, 큰일입니다."

'위, 위험, 했어……!'

풀려나서 거친 숨을 내쉬는 미로 앞에서, 베니비시 상인이 쓰러지듯이 호센 앞에 엎드렸다.

"이쪽도 큰일이었는데. 무슨 일이냐? 또 고피스가 노예를 원하더냐?"

"그런 수준이 아닙니다."

상인이 다급히 말을 이었다.

"바로 지금, 수라도 쪽에서 요청이 나왔는데…… 다음 백호대 쇼를 위해 어린 베니비시를 있는 대로 내놓으라고 합니다."
"백호대…… 쇼?"
"수라도의 간수들이 부자 상대로 벌이는 최악의 여흥이야."
상인은 중얼거린 미로를 돌아보고는 호들갑스러운 몸짓과 함께 말했다.
"아이들에게 살육 쇼를 시키다가 마지막에는 전부 할복시키고…… 아름다운 아이들이 비참하게 죽어가는 그 덧없는 모습을 즐긴다더군. 녀석들은 우리가 거스르지 못하는 걸 이용해서 제멋대로 그런……."
"아~ 알았다 알았어. 울지 마라. 호들갑스럽기 그지없구나."
호센은 천천히 일어나서 방구석으로 어슬렁어슬렁 걸어가더니 그곳에 세워져 있던 훌륭한 일본도 한 자루를 들었다.
"이, 일본도?! 며, 명색이 죄수인데, 그거 괜찮은 건가요!"
"괜찮고 뭐고, 부당한 구속을 물리치기 위해 소메요시가 호신용으로 넘겨준 거다. 짐은 명색이 왕이라서 말이지."
칼날의 상태를 한 번 확인할 겸 팅, 하고 경쾌한 소리를 낸 호센은 태도(太刀)를 넣었다.
"그 간수와는 짐이 담판을 짓고 오마. 수라도에서 왔다고 했지?"
"벌써 문은 열렸습니다. 녀석들은 조교된 투구곰을 대거 이끌고 있더군요. 이미 호위를 몇 명 골라놨으니……."
"거친 일을 벌일 생각은 없다. 호위는 필요 없어."
"하, 하지만. 혼자서는 위험합니다!"

"딱히 혼자서 간다고는 말하지 않았다."

호센은 즐거운 듯이 살짝 웃고는 일본도 자루로 미로의 다리를 찔렀다.

"자. 가자꾸나, 판다. 훌륭히 민초를 구해낸다면 부탁을 하나 더 들어주마."

조금 전의 긴장감이 이어져서 숨을 내쉬며 올려다보는 원망스러운 푸른 눈동자를 보고 호센이 웃었다.

"그런 눈으로 보지 마라. 모처럼 봐주려고 했건만, 마음이 바뀌겠구나."

"저한테도 한 자루 주세요. 맨손으로는 비스코처럼 못 하니까."

"음. 그럼 와키자시를 쓰거라…… 익히기는 했느냐?"

"안 익혔지만."

미로는 겨우 숨을 가다듬으며 일어나더니, 화가 난 듯이 호센의 손에서 와키자시를 받았다.

"날붙이긴 건 틀림없잖아요. 커다란 메스라고 생각하면 쓸 수 있어요."

인간도와 수라도를 잇는 외길은 깎아지르는 절벽에 좌우가 막혀있고, 그 폭은 거의 7~8미터 정도다.

문 양옆에는 베니비시 중에서도 비교적 다부진 죄수들이 미련이 남는다는 듯이 호센 왕을 기다리고 있었고, 가운을 휘날리며 나타난 왕에게 일제히 무릎을 꿇었다.

"너희는 뭐냐. 물러나라. 이야기가 복잡해진다."

"그럴 수는 없습니다. 저희 베니비시 일동, 호센 왕을 목숨을 바쳐서라도……."

"아~ 시끄럽다 시끄러워. 물러나라. 방해라고 하지 않나."

호센 왕은 딱딱 손가락을 튕겼고, 가세하려던 용감한 베니비시들의 혀에 퐁퐁 꽃을 피워서 입을 다물게 한 뒤에 쉿쉿 손을 흔들어 인간도로 쫓아냈다.

그 모습을 옆에서 지켜보던 미로가 끼어들었다.

"호센 왕. 딱히 쫓아낼 건 없었잖아요. 뒤에 놔두기만 해도……."

"케켁. 그놈의 말대로라고. 임금니임. 나 참, 조심성 없는 아저씨라니까아~!"

골짜기 건너편에서 굉장히 새된 목소리가 미로의 말을 이어받으며 울려 퍼졌다. 목소리 쪽을 돌아보자 몸길이 2미터 이상은 될 법한 거대한 곰 무리가 성큼성큼 다가오고 있었고, 선두에는 곰 위에 목마를 탄, 작은 체구의 날씬한 안대 남자가 히죽히죽 미소를 짓고 있었다.

"이 곰들도 수라도의 패배자들로는 먹이가 부족해서 배가 고프거든. 이 몸의 위엄으로 겨우 말을 듣고 있지만…… 이 몸이 가진 철의 집중력이 조금이라도 끊어지면 어떻게 될지 모른다고오."

'투구곰을 사역하고 있어……?! 대체 어떻게?!'

'부옥장들의 특기인 세뇌 조교겠지. 딱히 저 조그만 남자가

굉장한 건 아니다.'

'그렇다고 해도 굉장한 숫자인데요. 호센 왕, 이야기는 신중하게…… 아앗, 잠깐만요!'

호센은 조금도 겁먹은 모습 없이 뚜벅뚜벅 가운을 휘날리며 걸어갔다. 그리고 그대로 선두 투구곰 앞에 서서, 위에 올라간 조그만 남자를 슬쩍 올려다봤다.

"……으, 으오오…… 뭐, 뭐야. 이 자식. 교섭을 하고 싶다면 좀 더 떨어져!"

"짐은 『아저씨』가 아니다."

"뭐, 뭐어어?!"

"더러운 말이다. 불쾌하구나. 적어도 『미장부』…… 네놈이 아무리 어휘력이 없더라도, 『형님』 정도는 쓰거라."

"우, 웃기지 마라아. 너, 자기 처지를 알고나 있는 거냐!"

조그만 남자는 얼굴을 새빨갛게 물들이며 펄펄 뛰었다. 미로는 가운을 슬쩍슬쩍 당겨서 호센을 달래며 교대로 두 사람의 얼굴을 바라봤다.

"용건은 들었을 텐데. 조만간 교토에서 대단한 손님이 오신다. 진짜 피와 생명으로 채색된 커다란 쇼가 필요하다고! 인간님이 죽으라고 하면 죽는 너희 말고는 못 하는 공연이란 말이다."

"죽는다는 걸 아는데 우리 백성을 넘기라는 거냐? 고피스의 명이라도 월권일 텐데. 소메요시가 가만히 있지 않을 거다."

"바아보! 지금의 수라도는 옛날과는 달라. 고피스 님의 한

마디만 있다면 마음대로 할 수 있다고. 왜냐하면 사타하바키 그 바보는 현관에 감옥을 만들어서 자기가 직접 들어갔으니까! 감시의 눈 따위는 닿지도 않아. 일일이 허가 따위 받을 필요도 없다고!"

조그만 남자는 크게 웃으면서 힘껏 등을 젖히다가 하마터면 곰에서 떨어질 뻔해서 호센의 도움을 받았다. 조그만 남자는 새빨간 얼굴로 헛기침을 하더니 말을 이었다.

"그러니까, 인간도에 있는 13세 이하의 베니비시를 전부 이리로 끌고 와. 그러지 않으면 이대로 투구곰을 보내서 억지로 끌고 갈 거다아."

"흐으음. 교섭이고 뭐고 없군."

"어차피 조만간 옥장 명령이 떨어져서 너희 베니비시는 몰살이다. 쓸데없이 죽는 것보다야 낫잖아? 우리 간수의 호주머니를 두둑하게 해주고 죽는 거니까!"

"오오."

거기까지 들은 호센은 툭, 하고 손을 쳤다.

"그랬었지. 어차피 백성들이 처형당한다면."

"그래그래. 얌전히 말을……."

"여기서 너희를 베어서 목을 날려버리든 딱히 달라지는 건 없겠구나."

"……어?"

지금까지 기분 좋게 떠들어대던 조그만 남자의 얼굴이 사아악 새파래졌다.

"임금님. 거친 일을 벌일 생각은 없었던 거 아닌가요?"

"그것도 때와 장소에 달렸지."

칼집에서 스르륵 뽑혀 나오는 하얀 칼날을 본 조그만 남자는 「히에엑!」 하고 곰과 함께 뒤로 물러나면서 새된 목소리로 외쳤다.

"바, 반역이다아아—! 곰들아. 덮쳐, 덮쳐어—!"

골짜기 건너편에서 대기하던 투구곰 무리가 조그만 남자의 목소리에 응해서 흙먼지를 일으키며 일제히 이리로 달려왔다.

'나 참! 이렇게 될 줄 알았어!'

호센을 감싸려는 듯이 앞에 선 미로가 주언을 몇 마디 외우자, 회전하는 조그만 큐브가 손바닥 위에 나타났다.

"호센 왕. 여기는 제가 맡을게요. 물러나요!"

"뭐냐. 짐의 검 실력에 불만이 있는 거냐?"

"네."

미로가 잡아먹을 듯이 따졌다.

"아까 도수치료했을 때 느낌을 보니, 임금님. 한동안 나태하게 살았던 것 같은데요. 자기가 생각한 만큼 실력이 나오지 않는다고 보는 게 좋아요."

"참으로 무례한 녀석이로고."

호센은 납득할 수 없다는 듯이 팔짱을 끼며 퉁명스러워졌고, 고개를 끄덕이더니 하얀 칼날을 붕붕 휘두르며 상태를 확인했다.

"짐은 섭섭하구나. 그렇게까지 말한다면, 거기서 보고 있어라."

"……어? 앗, 임금님. 위험해요!"

투구곰 무리는 여전히 기세를 늘려서 도망칠 곳 없는 골짜기 사이를 돌진해왔다. 투구곰은 그 이름대로 단단하게 발달한 피부로 머리를 감싸고 있어서, 머리를 노리고 단숨에 쓰러뜨릴 수 없게 유전자가 조작된 동물이다.

아무리 호센 왕이 도술(刀術)의 달인이라도 심장을 뚫린 투구곰이 죽을 때까지는 2분 정도가 걸린다. 저만한 무리에 둘러싸이면 끝도없는 체력에 짓눌릴 게 분명하다.

'이, 임금님이라고 해도 너무 제멋대로잖아! 이런 진언, 쓰고 싶지는 않았지만……!'

온 샤드 케리히
"won/shad/keriehi/s…(대상을 이쪽으로 끌어당……)."

미로가 비장의 수단인 진언을 외우려 한 그 순간.

달려가는 호센의 가운이 곰 무리 앞에서 공중에 치솟으며 펄럭였다. 하얀 칼날이 언월(偃月)의 궤적을 그리며 반짝이자, 도신은 그대로 지면을 향해 깊이 꽂혔다.

퍼어엉!

곧바로 어마어마하게 거대한 봉숭아가 개화의 기세로 투구곰들을 날려버렸다.

쿠직, 콰직! 튕겨난 곰들은 암벽이나 지면, 바위에 격돌해서 졸도해 그대로 꿈쩍도 하지 않게 되었다.

"이, 이게……."

'호센 왕이 가진, 진화의 힘!'

"……으~음. 판다, 분하지만 네가 옳았구나. 꽤 둔해졌어."

"그런 말을 할 때인가요! 임금님, 뒤쪽!"

"알고 있다. 시끄러운 녀석이구나."

뒤에서 목을 뜯어내려고 부우웅! 하고 허공을 찢는 곰 발톱을 돌아보지도 않은 채 고개만 젖혀 피한 호센은 그대로 잔상을 남길 정도의 순간적인 속도로 눈 깜빡할 사이에 곰 세 마리에게 칼을 날렸다.

퍼엉, 퍼엉!

도상(刀傷)에서 피어나는 봉숭아가 발화의 기세로 곰들을 날려버리며 지면에 눕혔다. 생명력이 장점인 곰들도 마치 그 꽃에 힘이 빨려 나가는 듯이 버둥거리기만 할 뿐 일어나지 못했다.

"단련한 상태를 보니, 고피스의 짐승인가. 흠, 꽤 아름답게 피어나는군."

그 기술의 화려함은, 달인의 기술에 익숙한 미로도 저도 모르게 눈이 휘둥그레질 정도였다.

'저 꽃이, 생명력을 흡수하는 건가……!'

"판다. 거기서 똑똑히 보아라."

곰의 튄 피를 맞은 호센의 홍색 눈동자가 크게 번쩍였다.

오랜만의 전투에 격앙한 것을 나타내듯이, 그 머리에는 뿡뿡 봉숭아가 피어나서 왕관 같은 형태로 씌워졌다.

"민초들도 지켜보라. 베니비시 호센, 5년에 한 번 보여주는 춤이다."

호센은 미친 듯이 덮쳐오는 곰 무리를 문자 그대로 「춤」의

형태로 모두 쓰러뜨려 나갔다. 곰들은 강하고 아름답게 춤추는 호센의 검무에 빨려 들어가듯이 베이고, 피어나고, 다시 베였다.

이미 눈조차도 감고 곰의 발톱을 피하는 호센의 몸놀림은 압권이어서, 굉음에 이끌려 문에서 나온 베니비시들은 크게 환호하며 엎드렸다. 그러나 미로는 그 이상으로 호센의 달인 같은 모습을 지켜보며 침을 삼켰다.

'이 사람. 한 마리도 죽이지 않고 있어!'

지금 산더미처럼 쌓인 곰들은 다들 진화의 힘으로 쓰러지긴 했어도 치명상을 입지는 않았다. 이만한 난전 속에서 적의 목숨을 남겨두는 건 어려운 기술, 웬만한 달인에게는 불가능하다고 해도 좋을 기교다.

"슬슬 다시 보게 되었나? 판다."

"……어, 어어?"

"춤도 얼추 다 봤겠지. 짐을 다시 보게 되었느냐고 물은 거다."

여전히 난전 한가운데인데도 얼빠진 질문을 던지는 임금님을 본 미로도 어쩔 수 없이 목소리를 높여 대답했다.

"다시 봤어요. 알았다고요! 당신은 범상치 않은 달인이에요! 그러니까 이제 좀 물러나요. 거기서는 가세할 수 없다고요!"

"음. 그럼 됐다."

호센은 자랑스럽게 웃고는 뒤에 있던 한 마리를 베어서 꽃을 피워냈다.

"좀 더 빨리 말했어야지. 영원히 춤추게 하려는 줄 알았다…….

그럼, 끝을 내볼까."

호센은 몇 번 도약하면서 곰들과 거리를 벌리고는, 따라오는 무리를 시선으로 포착하면서 칼날을 손가락으로 덧그렸다. 그러자 그 도신은 손가락이 닿은 부분부터 아련한 홍색으로 반짝이며 펑펑 꽃봉오리를 달기 시작했다.

"화력·포섬화(砲閃火)."

가운을 펄럭이며 몸을 날린 호센이 도신을 휘둘러 붉은 반월의 궤적을 그렸다. 궤적은 그대로 검기의 칼날이 되어 날아가 덮쳐오는 곰 무리를 통째로 관통해서 골짜기 아득한 곳으로 사라졌다.

"우아한 꽃을 피워라. 발화."

말을 끝맺으며 띵! 하고 칼을 칼집에 넣은 동시에 어마어마한 숫자의 곰 무리에게서 컬러풀한 봉숭아가 퐁, 퐁 연속해서 피어났고, 곰들은 고통의 포효를 내지르며 차례차례 그 자리에서 쓰러졌다.

"호센 님. 대단하신 힘!"

"구원자야. 우리의 왕, 호센 님……!"

이미 지면을 핥을 기세로 호센을 공경하는 베니비시 앞에서, 호센은 턱을 긁적이며 눈앞의 광경을 바라봤다.

지금 그곳은 일대에 널리 피어난 봉숭아가 흔들리는 우아한 꽃밭이 되었고, 그 밑에서 흉포한 곰들이 드러누워 있다는 것을 잊어버릴 것만 같았다.

"흠. 잘 피었구나……. 조금 더 화려함을 원하긴 했지만. 어떠냐? 판다여. 녹바람이 부는 일본에서 이런 화원은 좀처럼 볼 수 있는 게 아니다."

"처음부터."

미로는 팔짱을 끼고 조금 퉁명스러운 표정으로 호센에게 따졌다.

"저의 도움 같은 건 필요 없었네요. 게다가 이런 굉장한 기술이 있다면 일부러 무리 속에 뛰어들어서 날뛸 필요도 없었잖아요!"

"그건 네가 짐을 얕본 게 잘못이다."

곰의 화원 속을 뚜벅뚜벅 걷다가 때때로 꽃을 따던 호센이 말했다.

"짐을 마치 은거한 노인처럼 대하니까. 그런 말까지 들었다면, 깜짝 놀라게 해주고 싶은 법이지."

'어, 어린애……!!'

"하지만 뭐, 짐의 본질은 왕이지 무인이 아니다. 이 봉숭아의 화력은 싸움에는 도움이 되지 않아. 기껏해야 곰의 생피를 흡수해서 약화시키는 정도지."

"화력, 이라면…… 사타하바키의 벚꽃은 법의 엄수에 따라 자신을 강력하게 만든다고 들었는데요."

미로는 넓은 보폭으로 호센의 뒤를 빠르게 쫓으면서, 때때로 남은 체력으로 달려들려 하는 곰을 훌쩍훌쩍 피하며 질문을 이었다.

"그, 호센 왕의 화력이라는 건 대체 뭐죠?"

"봉숭아는, 왕의 꽃."

호센이 자기가 딴 꽃을 휙 던지자, 그것은 미로의 코끝을 슬쩍 스쳤다.

"그 화력은, 아직 꽃에 눈뜨지 못한 베니비시에게 강제로 진화의 힘을 각성시킨다."

"에…… 에에에엑!"

왕의 아무렇지도 않은 한마디를 듣자 미로는 얼빠진 소리를 내질렀다.

"동족에게, 지금의 임금님 같은 꽃의 힘을 싹트게 한다는 건가요?!"

"소메요시가 가진 벚꽃의 힘도 짐이 부여했다고 말했을 텐데."

"그……! 그런 게 가능하다면! 지금 당장 모든 베니비시에게 꽃의 힘을 줬어야죠. 베니비시 백성 모두가 꽃의 힘에 눈뜬다면, 그 사타하바키에게 대항할 수 있어요!"

"그건, 안 된다."

"어째서죠?! 이런 상황까지 왔는데!"

"……."

호센은 발을 멈추고는, 풍류인에서 왕의 얼굴로 변하고는 진지한 표정으로 미로의 얼굴을 들여다봤다. 그를 똑바로 바라보는 지혜로운 안광을 본 호센은 고개를 끄덕이고는 그 질문에 대답하기로 했다.

"그것은, 우리 베니비시가 인간보다 월등히 뛰어날 가능성이 있기 때문이다."

"……네엣?! 그건 대체 어째서……."
"조금, 진정하고 들어라."
호센이 낮은 목소리로 말하자 미로는 침을 삼키며 끄덕였다.
"너의 말대로, 짐이 이 봉숭아의 화력을 사용해 모든 베니비시에게 꽃의 힘을 눈뜨게 한다면, 이 감옥을 깨부수는 건 쉽겠지. 그뿐만 아니라 일본을 제압하는 것도 어렵지 않다."
"……."
"꽃을 단 베니비시는 『인간에게 대항할 수 없다』라는 노예의 제약에서 풀려나기 때문이다. 원래부터 노예로 태어난 우리 베니비시는, 잠재적으로 그대들 인간에게 원한을 품은 자가 적지 않아. 아마 일방적인 학살이 벌어지겠지. 그리고 일본에서 인간은 사라질 거다."
"그, 그런……!"
"짐은 그걸 좋게 생각하지 않는다. 인간과의 전쟁은 어떻게든 피해야 하고, 동시에 동족들을 인간에게서 지킬 필요도 있지."
"……그 양쪽을 만족하는 방법으로, 베니비시를 수감시켰다는 건가요?"
"난폭하다고 생각하나? 하지만 어쩔 수 없다."
호센은 잠시 고민하듯이 턱을 어루만지며 말을 이었다. 그 모습은, 호센 자신도 여전히 고민 속에 잠겨있는 것처럼 보였다.
"하지만 이 방식에 한계가 가깝다는 것도 사실. ……몇 달 전, 하늘에서 무지갯빛 가루가 내려오는 기묘한 사건이 있었다. 인과 관계는 모르겠지만, 그걸 계기로 자력으로 『덩굴』을 발현하여……『꽃』의 전조를 보이는 베니비시가 나오고 있지. 소메요시의 폭주도 그게 원인으로 보인다……. 일족을 항상 파악할 수 있는 곳에 왕이 있지 않으면, 위험하지."

호센은 독방 안에서 제멋대로 사는 남자에서 돌변, 위엄 있는 왕의 관록을 보이며 미로에게 더듬더듬 말했다. 한편, 미로는 갑자기 스케일이 커진 이야기에 반쯤 압도당하고 있었다.

"판다."

"네, 네?!"

"조금 전 힐끔 봤다. 정체 모를 주력을 다루더군?"

"……."

"너의 파트너, 아카보시라는 녀석도 강한가?"

"네. 저의 100배는."

"흠. 좋다."

호센은 그렇게 말하며 칼끝을 아득한 골짜기 너머로 겨누고는 퍼엉! 광탄 같은 걸 날렸다. 잠시 뒤, 퍼어엉! 하고 거대한 꽃이 열리는 소리가 들렸다.

"씨앗을 날려서 수라도의 문을 열어젖혔다. 너는 파트너에게 가거라."

"임금님!"

"확실히 너의 말대로 소메요시를 어떻게든 하지 않으면 우리는 몰살당하겠지. 하지만 짐은 왕족의 법에 따라 동족에게 손을 댈 수 없다. 소메요시를 쓰러뜨릴 수 있는 건, 이곳에서는 식인 버섯지기 두 사람밖에 없겠지."

"저희보고 사타하바키를 쓰러뜨리라고 하시는 건가요. 버섯이 안 통하는데?!"

"너희라면 지혜로 헤쳐나갈 수 있을 거다. 그런 수라장을 넘어서 왔다는 얼굴이거든."

가운을 확 펄럭인 호센은 인간도로 돌아갔다. 민중의 갈채가 그를 맞이했다.

"염려 마라. 물론 소메요시와는 대화로 해결하도록 하지……. 짐의 위엄과 화술로 실패했던 교섭은 없다. 여차할 때의 보험 정도라고 생각해라."

"바로 지금 실패했잖아요!"

"이크. 그리고…… 중요한 말을 남기는 걸 잊었구나."

호센은 미로의 불평은 귀에 들어오지 않았다는 듯이 말했다.

"도중에 그것을 잘 돌봐다오. 부탁한다."

"……? 그것……?"

"시시 말이다."

호센은 그 이름을 낸 순간부터 약간 진지한 눈초리가 되어 미로를 바라봤다. 미로도 호센이 시시와 자신이 아는 사이라는 걸 알고 있다는 사실에 관해서는 딱히 물어보지 않았다.

"그것의 겨울 동백꽃 향이 급격하게 강해지고 있다. 진화에 눈을 뜨는 것도 시간문제겠지."

"시시는 후계자잖아요. 기쁜 일이 아닌가요?"

"『왕이 된 자, 자신을 죽이고 백성의 행복을 위해서만 꽃을 바쳐야 한다』."

“……그게, 뭔가요?”

“왕이 된 자의 마음가짐이다.”

호센의 목소리는 메마른 바람 속에서도 잘 들렸다.

“그건 아직 너무 어리다. 피어나기 시작한 꽃은 격정을 동반하기에, 엉뚱한 곳에 칼날을 겨눌 수도 있지. 사적인 분노에 몸을 맡겨 쓸데없는 살생을 벌인다면, 그것은 왕의 길에서 벗어나게 된다.”

“………….”

“시시가 힘에 취해 날뛰지 못하도록 지켜보거라. 이건 왕명이다.”

“저는 인간이에요. 베니비시 왕의 명령에 따를 의리는 없어요!”

“그렇긴 하지. 그럼, 한 명의 앳된 소녀를 구할지 말지는 너의 의지에 맡기마.”

웃으면서 인간도로 돌아가는 호센을 지켜본 미로는 약간 입술을 깨물었다.

‘분하지만, 역시 베니비시의 왕이야. 전부 내다보고 있었던 것 같아…….’

시종일관 호센의 손바닥 위에서 놀아난 것이 조금 굴욕이었지만, 그래도 미로는 곧장 사고를 전환하고 수라도로 가기 위해 섬광 같은 속도로 골짜기 밑바닥을 내달렸다.

10

"영차, 영차……. 자~아, 짐승들아. 먹이다아~."

강렬한 냄새를 발하는 먹이를 가득 채운 짐수레를 끌고 온 간수 한 명이 느긋한 목소리로 외쳤다. 그에 응해서 주변의 풀밭이 소리를 내더니 어두운 밀림 속에 날카로운 눈동자가 수도 없이 반짝였다.

"아직이다. 기다려. 기다려. 풀밭에서 나오지 마라. 나오면 평소처럼 전기 찌릿찌릿이야."

간수는 익숙한 손짓으로 짐수레에 쌓은 육수통에서 먹이를 국자로 퍼서 날벌레가 모여든 그것을 풀밭에 뿌렸다. 곧바로 저편에서 맹수들의 흥분한 외침이 들려왔고, 밀림의 나무들이 흔들리며 나뭇잎이 여기저기에 흩어졌다.

"와~하하하! 사이좋게 먹어라, 짐승들아! 식사 시간 때마다 싸우면 바로 뒈져버리니까아."

맹수들은 어지간히 배가 고팠는지, 간수가 얼마 안 되는 먹이를 뿌릴 때마다 여기저기에서 비슷한 싸움이 벌어졌다.

"허억, 허억. 이거야 원, 먹이 주기는 매번 지친다니까. 오늘은 이 정도면 됐겠지. 귀찮단 말이야. 삼도천에 흘려버리면 안 들키겠지……."

간수는 땀범벅이 된 목 주변을 로브로 닦으면서 풀이 우거진 지면에 난 맨홀을 당겨서 열었고, 그곳에 먹이가 든 육수통을 기울이려고 하다가…….

"……으응? 뭐지? 뭔가 삼도의 낌새가……."

고고고고고, 떨리는 지면의 위화감을 느낀 감수가 조심조심 맨홀을 들여다보고는…… 그 두 눈이 크게 뜨였다.

"무, 물이…… 으아와아아, 우와악—!"

콰아아아, 맨홀 구멍 자체를 도려낸 간헐천 같은 탁류가 위로 치솟아 올랐다. 간수는 도망칠 새도 없이 분수에 휩쓸려서 빙글빙글 돌다가 지면에 풀썩 떨어졌고, 반쯤 멍하니 그 물기둥을 올려다봤다.

"사, 삼도천이, 망가졌잖아! 크, 큰일이다아. 고, 고피스 님—!"

간수가 흠뻑 젖은 채 도망치는 바로 뒤에서, 새빨간 거구의 로봇이 두 사람을 안고 물기둥 위로 올라왔다. 분수 위에서 재주 좋게 둥둥 뜬 시시가 「푸아앗!」 물기둥에서 고개를 내밀었다.

"다, 다행이다. 살았어……! 낙반으로 강을 막고 물의 흐름을 타서 위로 올라오다니. 너무 무모해서 미로는 못 할 작전이네요. 형님!"

"칭찬인지 바보 취급하는 건지 확실히 정해!"

비스코는 그렇게 말하면서 시시가 걸어준 덩굴을 목구멍에서 뜯어내고는 「우웨엑」 하고 내뱉었다. 물기둥의 기세가 약해지는 걸 계산한 세 사람은 풀밭 위로 나왔다.

"여기도 감옥인가? 아귀도하고는 무척 다른데."

비스코는 그렇게 말하면서 울창한 식물이 우거진 아열대 같은 주변을 돌아봤다.

그 새빨간 머리는 물에 젖어서 여느 때와 같은 바늘처럼 뾰족한 머리모양이 아니라, 흐물흐물 내려가서 피부에 짝 달라붙어 있었다. 이렇게 되니 신기하게도 평소의 흉포함이 줄어들고 무구한 소년의 측면이 외모에 강하게 드러난다.

'……그러고 보니. 형님의 나이도 나와 별로 차이가 안 나는데…….'

시시가 신기한 광경에 눈을 빼앗기자, 비스코는 갑자기 강아지처럼 『붕붕』 고개를 돌려서 머리의 수분을 털어내더니 그 잠깐 사이에 바늘 같은 헤어스타일로 돌아왔다.

"우왓! 괴, 굉장해. 지금 그건……!"

"뭔데?"

"아, 아뇨…… 어흠. 맞아요. 여기가 『축생도』…… 아귀도의 이웃 감옥이에요."

비스코의 감상대로, 문을 하나 사이에 두기만 했는데도 그 메마른 아귀도의 토지와는 달리 푸른 초목이 활기차게 살아가고 있으며, 여기저기에 야생이 느껴지는 냄새가 풍긴다.

"축생도에는 인간이나 베니비시 죄수가 없어요. 옥장이 직접 잡은 『수수(囚獸)』…… 세상을 크게 소란스럽게 만든, 이름 있는 흉포한 짐승들이 수감되어 있다고 들었어요."

"수, 수수~?! 동물까지 감옥에 넣는다고? 그 염라대왕 봉행, 구별 없는 것도 정도가 있지."

"사타하바키의 철학에 따르면, 인간도 동물도 동등하게 재판해야 한다는 모양이에요. 그렇지만 평소에는 그 자리에서 죽여야 하는 동물들이니까, 여기에 살려두고 있는 건 온정이라고 할 수 있을지도 모르겠네요."

"전혀 이해할 수 없지만, 오랫동안 실례하고 싶지는 않은 곳이라는 건 알겠어."

비스코는 그렇게 말하고는 시시의 팔을 바로 잡아당겨서 그 작은 몸을 끌어안았다. 당혹스러워하던 시시의 바로 앞쪽 풀밭에서 뛰쳐나와 덤벼든 대형 살쾡이가 그 톱 같은 이를 딱 악물었다.

"우, 와악!"

"어느 놈이건 배가 고픈 모양이야. 주변을 잘 봐둬."

살쾡이는 크르르르릉 하고 울며 끝까지 뻗은 목줄을 철컹철컹 울렸고, 이윽고 원망스러운 듯이 시시를 포기하고는 풀밭 속으로 돌아갔다.

"위, 위험했네요…… 형님. 이제 괜찮아요. ……저, 저기, 이제 놓아주세요……."

"……."

『그르르. 바우우—!』

"……두 분, 왜 그러시나요?"

"쉿. 뭔가 여기로 오고 있어……."

비스코의 팔에 안긴 시시가 귀를 기울이자, 확실히 바람 소리에 섞여서 공기를 가르는 정체 모를 소리가 멀리서 들린다.

"뭐지? 뭔가 낯선 소리가……."

"또 묘하게 생긴 것들이 튀어나왔네. 시시, 1호! 위다!"

비스코가 상공을 노려보며 두 사람을 불렀다. 시시가 황급히 시선을 쫓자, 맑고 푸른 하늘을 배경으로 다수의 도마뱀 같은 생물이 급강하했다.

그 목 주변에는 프로펠러 같은 것이 고속으로 돌면서 공중에서 재주 좋게 자세를 제어하고 있었다. 아무래도 조금 전부터 들리는 하늘 가르는 소리는 저 목도리 프로펠러에서 나오는 모양이었다.

"전익(轉翼) 도마뱀붙이!"

"알고 있냐?"

"축생도에서 기르는 생물병기에요! 굉장한 숫자야……. 저런 건 뿌리칠 수 없어!"

『바우오—!』

시시의 목소리를 들은 1호는 크게 으르렁대고는 두 사람 앞으로 나와 흉부 장갑을 쩌억 열고 거기서 무수한 미사일을 연이어 발사했다. 하얀 연기를 내뿜으며 두두두두두 날아간 미사일은 상공에서 도마뱀붙이를 차례차례 포착하여 작렬했다.

"해, 해냈다! 굉장해, 1호!"

숯덩이가 되어 낙하한 도마뱀을 보며 좋아하는 시시와는 반대로, 비스코는 약간 인상을 찌푸리며 그 모습을 지켜봤다.

이윽고 세 사람의 시야는 미사일의 흑연에 뒤덮였다. 비스코는 그 옆에서 고양이귀 고글을 내리고 동체 감지 센서에 다수의 도마뱀붙이를 파악하고는 잽싸게 1호의 거구를 밀쳐냈다.

"1호, 피해!"

『바우!』

서걱, 서걱! 흑연을 뚫고 나타난 도마뱀붙이 몇 마리의 프로펠러가 1호의 강철 장갑과 순간적으로 감싸려던 비스코의 살을 베었다.

"끄악!"

"형님!"

비스코에게서 선혈이 뿜어져 나오자 시시가 비명을 질렀다. 비스코는 아픔에 움츠러들지 않고 일어나서 흑연에 감싸인 주변의 상황을 고글로 돌아봤다.

"미사일은 악수였어, 1호. 여기는 내게 맡기고 시시를 지켜줘!"

『우—!』

"형님! 저도 싸우겠어요!"

"시끄러워, 방해하지 마! 마침 스트레스가 쌓였던 참이야."

통과한 도마뱀붙이들이 다시 꺾어서 세 사람에게 오는 모습을 연기 너머에서 고글로 확인했다. 부우웅, 흑연을 뚫고 프로펠러 커터로 덮쳐온 녀석들을 향해.

"시잇!"

비스코의 발차기가 일섬, 도마뱀붙이를 배에서부터 두 쪽 낼 정도의 절삭력으로 꽂히자 놈은 「캐엑」 비명을 지르며 지면에 쓰러졌다. 비스코는 계속해서 연기에 숨어 덮쳐오는 파상 공격을 두 마리, 세 마리, 네 마리씩 예리한 발차기 기술로 날려버렸고, 다섯 번째는 프로펠러를 피할 때 꼬리를 잡아서 근처 거목 줄기에 콱 찍어버렸다.

"동물이 상대라면 문신도 따지지 않나. 발차기를 덜 썼어. 덤비라고!"

전 방위에서 덮쳐오는 도마뱀붙이를 약동하는 육체가 맞받아치며 모든 것을 걷어찼다. 비스코의 귀신과도 같은 싸움 앞에서 도마뱀붙이들은 경계심을 느꼈는지 비스코에게서 거리를 두고 그 자리에서 연기가 걷히기를 기다렸다.

"……뭐야아? 도마뱀붙이 주제에 묘하게 통제가 되어있잖아."

"키시시시……! 역시 바보 같은 힘이구나아. 아카보시이."

비스코의 중얼거림을 덮어씌우는 여자의 낮은 웃음소리가 들렸다.

밀림 너머에서 도마뱀붙이 무리와 함께 파란 드레스에 백의를 걸친 안경녀가 나타났다. 여자가 입가를 누르며 웃을 때마다 편자 피어스가 딸랑 흔들렸다.

"이야~ 솔직히 대단하다니까아. 문이 얌전하다 싶었는데, 설마 삼도천을 지나 지하에서 여기까지 올 줄이야……. 하지만 아무리 잔꾀를 부려도 축생도를 빠져나갈 수는 없어."

일동에게서 주의 깊게 거리를 벌리고, 도마뱀붙이들의 보호를 받으며 웃는 건 육도옥 부옥장 메파오샤였다.

"또 만났구나, 안경. 네가 그놈들을 기르는 주인이냐?"

"맞아아. 똑똑한 애들이지. 인간 간수와 달리 이 녀석들은 도망치지 않거든."

"납득이 갔어. 애완동물은 주인을 닮는다고 하니까……. 저 도마뱀붙이들도 너랑 이빨이 닮았거든."

"……. 이, 이 버섯 자식이. 남의 콤플렉스를 잘도."

메파오샤는 자신의 뾰족한 이빨을 조금 신경 쓰면서 분한 듯이 이를 갈았고…… 안경 속 눈도 경련했지만, 심호흡을 한 번 하면서 마음을 진정시켰다.

"……지, 진정해 진정해. 바보의 도발에 넘어가면 안 돼…… 스읍, 하아."

"그래서. 서커스는 지금 그걸로 끝이냐? 볼일 없으면 거기서 비켜."

"키시시. 바보 같은 소리. 지금까지는 잠깐 낌새만 살폈을 뿐이야. 지금부터는 내가 이 녀석들의 지휘를 맡을 테니까. 거기 꼬마와 고물딱지를 지키면서 얼마나 싸울 수 있을까?"

"떠들지 말고 당장 시험해보시지. 근육이 식어버리잖아."

"좋아아. 너희들, 가라아! 껌처럼 씹어 죽여어!"

메파오샤의 호령에 맞춰 전익 도마뱀붙이 군대가 조금 전과는 달리 깔끔한 포메이션을 짜고 비스코를 덮쳤고, 일제히 입을 벌리며 예리한 이빨을 드러냈다.

"으랴압!"

비스코가 날린 순속의 발차기는 도마뱀붙이를 한꺼번에 휩쓰는 나기나타 같은 길이와 절삭력을 가졌다. 그러나 일찍이 쓴맛을 봤던 메파오샤는 도마뱀붙이 편대를 비스코 전용으로 짜서, 아무리 노력해도 한 번의 발차기로는 모두 휩쓸어버릴 수 없게 교묘하게 조절했다.

촤악!

"큭! 치잇."

"자, 한 번 물었다아."

놓친 한 마리가 비스코의 정강이를 물었다. 바로 그걸 벗겨낸 비스코를 향해 즉시 새로운 도마뱀붙이 편대가 날아왔다.

"하하아! 알았냐? 싸움은 숫자라고오. 아카보시이! ……어이쿠, 나는 숨어있어야지. 너는 몰라도 그 덩치는 벚꽃의 저주가 안 통하니까."

"젠장. 저 여자, 자기는 아무것도 하지 않는 주제에!"

"키시시……! 분통한 표정이구나아. 그걸 보고 싶었어! 가라가라아, 녀석들을 내게 접근시키지 마. 한꺼번에 물어 죽여어!"

분전하는 1호도 상황은 비스코와 마찬가지라서, 파워는 어마어마하지만 동작이 크다는 빈틈이 있기에 물량으로 밀어붙이는 도마뱀붙이의 프로펠러가 조금씩 장갑을 깎아냈다. 팔을 변형해서 무기를 만들려고 해도, 도마뱀붙이의 끊임없는 공격이 빈틈을 주지 않았다.

'확실히 이 녀석들은 빨라, 무시하고 도망칠 수도 없어. 저 여자, 그런대로 제법인데!'

다친 시시를 보호하면서 이 도마뱀붙이 군대를 상대하는 건 굉장히 어려웠는지라, 두 사람의 몸에는 점점 상처가 늘어났다.

'젠장. 미로가 있었다면 이런 녀석들쯤……!'

"아—하하하! 열심히 하는구나아, 아카보시, 고물딱지! 그래그래에. 귀중한 도마뱀붙이지만 너희에게는 아낄 수 없으니까아. 과연 죽을 때까지 몇 마리를 쓰러뜨릴 수 있을지, 어디 해보라고오!"

'혀, 형, 님……!'

두 사람의 보호를 받아 몸을 숙이고 있는 시시는 상처가 늘어가는 비스코를 볼 수밖에 없다는 무력함에 시달리며 입술을 강하게 깨물었다. 귀의 동백꽃도 완전히 봉오리가 되어 오므라들었다.

'한심해…… 나는, 약해! 형님에게 보호만 받을 뿐이고, 무엇 하나…….'

시시는 눈물 맺힌 눈으로 고개를 수그렸고…… 그제야 초목에 덮인 우리 안에서 인간과 도마뱀붙이의 싸움을 신기한 듯이 바라보는 커다란 고양잇과 동물과 눈이 마주쳤다.

'수, 수……?'

시시가 주변을 확 돌아보자, 주변에 몰려든 도마뱀붙이 무리 건너편 풀밭에서 나온 맹수들이 목줄을 당기며 비스코 일행의 싸움을 지켜보고 있었다.

시시는 거기서 번개처럼 영감을 얻고는, 엎드린 몸을 일으켜서 메파오샤의 반대 방향을 향해 살쾡이처럼 재빨리 내달렸다.

"앗! 시시! 위험해, 나와 1호에게서 떨어지지 마!"

"아—하하! 바보네에, 도망치려면 반대쪽이라고오. 그쪽은 막다른 곳, 커다란 우리가 있을 뿐이야아!"

메파오샤는 비스코에게서 흩어지는 선혈을 보더니 기분이

점점 좋아져서 모든 도마뱀붙이를 비스코와 1호에게 보냈다.
“키시시시……! 얼추 따져보면 아카보시가 100, 고물딱지는 50 정도인가. 자, 죽기 전의 보너스 타임이다! 열심히 스코어를 벌다가 뒈지라고오!”
“저년이~. 기고만장하기는……!”
찢어진 이마에서 눈에 들어온 피를 닦은 비스코가 1호와 등을 맞대고 마지막 도마뱀붙이 무리를 맞받아쳤다.
“야, 1호! 이대로 가면 우리 둘 다 모조리 도마뱀붙이 먹잇감이야. 뭔가 비장의 필살기 같은 거 없냐?!”
『바르르—!』
“어느 쪽이야, 젠장!”
“마지막이다아! 가라아, 도마뱀붙이들아!”
메파오샤의 호령과 함께 전익 도마뱀붙이들이 일제히 목도리를 회전하며 두 사람을 덮치……기 직전.
두두두두…… 뭔가를 짓밟는 감촉이 대지를 흔들며 도마뱀붙이들의 움직임이 뚝 멈췄다.
“……응? 너희들, 왜 그래…… 으잉? 뭐야, 이 흔들림은……?!”
두두두두, 대지의 흔들림은 점점 기세를 늘려 일동에게 접근해왔고, 그 이질적인 기척에 비스코와 1호가 얼굴을 마주 봤다.
그곳에.
“형니임——!!”
시시가 보라색 머리를 휘날리며 어마어마한 속도로 굴러오

듯이 두 사람에게 달려왔다. 전신에는 구슬땀이 흐르고, 표정도 결사적이다.

"시시! 무사했었냐!"

"1호, 형님을 태우고 날아! 빨리!"

"너, 갑자기 무슨 소리를…… 크에엑!"

외치는 시시의 뒤쪽에 시선을 옮긴 비스코가 일그러진 목소리를 냈다.

두두두두, 대지를 흔들며 시시를 따라온 것의 정체는, 각각이 거의 2톤 정도는 되는 거대한 물소 무리였다.

그 박력은 지금까지 비스코 일행을 구경하던 수수들이 두려워서 풀밭에 숨어들 정도. 물소 무리는 가느다란 나무 따위는 아랑곳하지 않고 부러뜨리면서 달려와, 도망치려는 도마뱀붙이 한 마리를 뿔에 받아서 머나먼 저편으로 던져버렸다.

"이 꼬마! 비, 비와(琵琶) 물소의 우리를 열어버린 거냐?! 어떻게 자물쇠를…… 아니, 이럴 때가 아니야. 우와아아. 바보바보. 무슨 짓을 한 거야아?!"

"붙잡아, 시시. 여기야!"

등의 버니어를 최대한 뿜어내며 떠오른 1호에게 다리를 잡힌 비스코가 달려오는 시시에게 손을 뻗었다.

뚜둑! 하고 어깨까지 빼서 길게 내민 비스코의 팔이 간발의 차이로 시시의 손끝을 잡았고, 밀려오는 물소의 바다에서 가까스로 시시를 구해낼 수 있었다.

시시의 발목에 달려들려던 도마뱀붙이는 뛰어오른 물소의

이빨에 걸렸다.

무수하게 있던 도마뱀붙이들은 목도리를 돌려 날아오르지도 못한 채 통째로 물소의 바다에 치어 뭉개졌다.

"……화려하게 저질렀구나, 시시!"

뚜둑, 어깨를 다시 넣은 비스코가 즐거운 듯이 시시에게 웃었다.

"비와 물소라면 시가의 게릴라가 사용하던 군용 소잖아. 비와호를 헤엄쳐서 건널 수도 있다는…… 설마 이런 곳에 한꺼번에 수감되어 있었을 줄이야."

"무, 무모한, 짓이었어요. 형님. 죄송해요, 무아지경으로……."

"무슨 소리야. 나도 1호도 네 덕분에 살 수 있었잖아."

"형, 님……!"

만신창이인 시시의 얼굴, 귀 뒤편의 동백꽃이 자랑스러운 듯 붉게 피어났다.

『바우우.』

"오, 1호. 너도 잘 버텼어! 그나저나 너는 몸놀림이 너무 큼지막하다고. 그렇게 무리 지어 몰려오는 녀석들을 상대하려면 좀 더 콤팩트하게……."

『바, 우우.』

"혀, 형님! 1호가 떨어질 것 같아요!"

"어."

『우—!』

1호는 드문드문 끊어지는 버니어로 어떻게든 착지하려고 했지만 마침내 힘이 다했고, 결국 세 사람은 한꺼번에 지면에 격돌하게 되었다.

쿠웅!

"혀, 형님! 그런, 제 밑에 깔리다니……!"

"콜록. 생각보다는 나았어. 도마뱀붙이 시체 덕분에 살았네."

비스코가 일어나서 주변을 돌아보자, 이미 물소는 떠난 뒤였고 짓뭉개져 죽은 도마뱀붙이의 시체만이 여기저기에 널려 있었다.

"……그 여자, 어디로 사라졌지? 또 뭔가 꾸미기 전에 해치워두지 않으면 위험해. 시시, 가자."

"네, 에. 형, 님……."

"시시……? 야, 시시!"

자신을 따라오려고 하던 시시가 콰당! 하고 화려하게 쓰러지자, 비스코는 황급히 그 몸을 일으켰고…….

"너…… 그 상처!"

그 등에서 느껴지는 끈적한 피의 감촉을 느끼고는 비취색 두 눈을 크게 떴다.

시시의 등에는 두껍고 예리한 것에 찔린 타원형의 상처 두 군데가 견갑골과 옆구리 주변에 뻥 뚫려 있었고, 그곳에서 어마어마한 피가 끊임없이 흘러나왔다.

특히 견갑골에 뚫린 구멍은 그대로 쇄골 주변을 관통해서 몸 앞면에까지 작은 구멍을 뚫을 정도의 중상이었다.

"너, 물소를 놓아줄 때 뿔에……!"

"또, 형님의, 도움이, 되었어요……."

시시는 창백한 표정으로 살며시 웃으면서 입가에서 피를 주르륵 흘렸다.

"약한 제가 할 수 있는, 최선을, 다했어요. 여기까지가, 저의 한계라면…… 이제, 괜찮아요. 자, 가세요. 형님…… 그리고, 부디, 아버님을……."

"바보 같은 소리 하지 마. 이런 상처로 너를 죽게 두지 않아."

"……."

뭔가 말하려던 시시는 그대로 정신을 잃었다.

파트너만 있다면, 그런 생각을 마음속에서 꾹 눌러 참은 비스코는 조용히 호흡을 가다듬고 집중했다. 그리고 조금 전까지의 대행진에서 꺾인 물소 뿔을 주워서, 그걸 조금의 주저도 없이 자신의 왼쪽 가슴을 향해 힘껏 꽂았다.

'……자. 숙주의 위기다…… 당장 일어나!'

격통 속에서 비스코는 추가라는 듯이 뿔을 강하게 후벼 파서 심장의 벽을 문질렀다. 커헉, 하고 뿜어낸 피가 시시의 하얀 몸에 쏟아졌고…….

그리고 서서히…… 태양의 색으로 빛나면서 미약한 불똥 같은 것을 내뿜기 시작했다.

'좋아…… 그러면 돼……!'

뿔을 타고 흐르는 비스코의 피가 점점 광채를 늘렸고, 이윽고 두 사람과 그걸 지켜보던 1호마저 환하게 비췄다.

인지(人知)를 초월한 생명의 버섯, 『녹식』의 광채다. 비스코는 자신의 몸을 일부러 사지에 몰아넣어서 핏속에 잠든 그 포자를 눈뜨게 한 것이다.

비스코는 때를 봐서 뿔을 가슴에서 뽑아내고 그대로 자기 손목을 좌악 그었다.

"흉터가, 부럽다고 했던가."

비스코는 시시의 무명천을 벗겨서 등의 상처를 노출시킨 뒤, 그곳에 피가 흐르는 손목을 대고 『녹식』을 머금은 생명의 피를 흘려 넣었다.

"이젠 너에게도 생겼다고, 전사의 상처가…… 직접 아버지를 만나서 자랑해."

"으, 으…… 뜨, 뜨거, 워……!"

시시가 무의식적으로 신음했다. 비스코가 흘리는 태양의 피가 시시의 상처로 들어가서 점점 상처를 막았다.

'……이 녀석. 포자의 흡수가 이상하게 빠른데……?'

상처에 스며드는 태양의 피를 살피던 비스코가 그 작용을 보고 약간 눈을 크게 떴다.

지금까지 검붉은 색깔로 처참하게 벌어져 있던 시시의 상처는 녹식의 피에 닿자마자 곧바로 가느다란 식물 조직 같은 걸 생성하면서 스스로 상처를 메우기 시작했다.

시시의 몸을 뒤덮은 덩굴도 흑색에서 점점 오렌지색으로 반짝이기 시작했고, 온몸에 있던 상처를 휘감으면서 출혈을 막았다.

물론 비스코도 자신이 가진 녹식의 피에 치유 능력이 있다는 건 알고 있었고, 그래서 이런 행동에 나섰다. 그러나 마치 녹식을 탐식하는 듯한 시시의 신체 반응은 지금까지 본 적이 없었다.

'이 덩굴의 힘인가? ……뭐, 됐어. 낫는 속도가 빠른 건 좋은 일이니까.'

점차 혈색을 되찾아가는 시시의 얼굴을 바라보며 비스코가 한숨 돌리던 그 귓가에.

『하하하! 메파오샤 따위를 상대로 만신창이구나. 아카보시이—!』

확성기 너머로 여자의 커다란 웃음소리가 들려왔다. 앞선 메파오샤와는 다른, 그야말로 오만하고 낮은 목소리. 또 한 명의 부옥장, 고파스의 목소리였다.

비스코는 재빨리 피가 흐르는 상처를 묶고 목소리가 난 방향을 돌아봤다.

"……금발 쪽이냐! 어디에 숨어있어!"

『그 녀석하고 똑같이 보지 말라고. 나는 도망치지도, 숨지도, 않아. 멍청아아!』

쿠웅! 쿠웅! 커다란 발소리를 내며 뭔가 거대한 것이 밀림의 나무를 쓰러뜨리며 비스코에게 다가왔다. 놀랄 만큼 거대한 다리가 올라가는 게 보였고, 사로잡힌 맹수가 있는 것도 아랑곳하지 않은 채 풀밭을 콰직 뭉개버렸다.

『바르르—!』

"저 녀석, 어이가 없네. 대체 뭘 기르고 있는 거야?!"

시시를 지키듯이 선 비스코 옆에 1호가 나란히 와서 자신들에게 다가오는 거대한 동물을 올려다봤다.

"진짜 『숲을 삼키는 자』잖아. 이런 것까지 조련한 거냐?!"

『메파오샤 그 멍청이를 치워준 건 감사를 표해주마…… 하지만, 나의 이 다하카는 그 여자의 약해빠진 도마뱀붙이들과는 다르다고. 이 혀로 너를 통째로 삼켜서! 내가 차기 옥장이 될 거다!』

비스코 일행의 눈앞에 바위처럼 그림자를 드리운 것은 숲을 삼키는 자라고 불리는 이상 변화한 맥의 일종이었다. 개미핥기처럼 긴 혀와 날카로운 이빨을 가졌고, 변덕을 부리면 마을 하나를 통째로 쓸어버리는 탐욕도 가진 데다, 퇴치하려면 군대를 동원해야 할 만큼 위협적이다. 비스코도 본 적이야 있지만, 누군가가 길들인 것과 만나는 건 처음이었다.

숲을 삼키는 자의 입에서 뻗은 혀에는 조금 전에 봤던 물소 두 마리가 통째로 휘감겨 있었고, 비스코가 보는 앞에서 입에 들어가 예리한 이빨에 부서지며 단말마의 절규를 내질렀다. 조금 전 그렇게나 많았던 비와 물소도 모두 이 숲을 삼키는 자의 먹이가 된 모양이다.

"크긴 하지만, 약점도 노리기 쉬운 상대야."

비스코는 근처에 있는 1호에게 속삭이듯이 말했다.

"미간 안쪽에 뇌가 있어. 한 방 먹여서 머리 위를 뚫고 나가자!"

바우, 하고 끄덕인 1호와 타이밍을 맞춰서 잠든 시시를 업은 비스코가 나무를 박차고 뛰어올라, 식사를 마친 숲을 삼키는 자의 콧대를 향해 힘차게 발등을 내리찍었다.

"으랴아아압!"

잔상을 그릴 정도의 스피드로 공중을 돈 비스코는 콰아앙! 하고 숲을 삼키는 자를 향해 건곤일척의 발차기를 날렸다. 숲을 삼키는 자가 순간 움츠러든 듯이 몸을 빼자, 비스코의 뒤에서 뛰어오른 1호가 통나무 같은 양팔을 내밀었다.

"가라아, 1호!"

『바르르아—!』

1호의 양팔에서 날아간 전자 앵커가 각각 숲을 삼키는 자의 콧구멍을 노리고 꽂혀서 청백색 빛과 함께 강력한 전기를 내뿜었다.

빠직빠직빠직! 공기를 태우는 강력한 전기가 숲을 삼키는 자에게 흘러 들어갔다.

"좋았어! 1호, 그대로……?!"

비스코는 흰자위를 보이던 숲을 삼키는 자의 눈이 번뜩이면서 숨결을 되찾았다는 걸 단번에 알아챘다. 말로 하기도 전에 몸이 움직여서 방전을 이어가는 1호의 몸을 옆에서 걷어찼다.

『바우!』

숲을 삼키는 자의 발톱이 비스코의 발차기에 날아간 1호를 간발의 차이로 스쳤다. 비스코가 숨을 돌릴 새도 없이, 1호를 처치하지 못한 숲을 삼키는 자가 크게 머리를 흔들어서 비스코를 옆면으로 강하게 후려쳤다.

"크악!"

비스코는 그 일격에 성대하게 날아가면서 시시를 놓쳤고, 그 몸은 나무줄기에 힘껏 부딪혔다가 지면에 주르륵 떨어졌다.

『하아하하, 멍청아아! 도마뱀붙이와는 다르다고 했을 텐데. 다하카에게 그런 잔재주가 통할 것 같으냐! 먼저 시작으로…… 그 꼬마를 받아갈까아.』

“시시이이—! 빌어먹을!”

숲을 삼키는 자의 기다린 혀가 지면에 떨어진 시시를 휘감고 순식간에 입 안으로 삼켜버렸다. 이빨로 씹기 직전, 비스코는 화재 현장과도 같은 도약력으로 숲을 삼키는 자의 입으로 뛰어들어서 턱이 닫히지 않게 양손, 양발로 힘껏 버텼다.

『오, 오오?! 이 멍청이, 무슨 짓을…… 안에서 버티고 있는 거냐?!』

“제, 젠장…… 일어나, 시시! 시시—!”

“……앗?! 혀, 형, 님……!”

“시시!”

비스코의 필사적인 호소에 응한 시시가 눈을 떴다. 시시는 아픔에 신음하면서 몸을 비틀어 어떻게든 숲을 삼키는 자의 혀에서 벗어나려 했다.

“잡아, 어서!”

비스코가 손을 한껏 뻗자, 시시의 가느다란 팔도 뻗어서 그 손을 잡으려고…….

휴우웅! 가죽 채찍이 날아와 간발의 차이로 비스코의 팔을 휘감아 그대로 그 몸을 숲을 삼키는 자의 입에서 끄집어냈다.

"내버려 둘 것 같냐. 멍청아아!"

"우, 오오옷?!"

숲을 삼키는 자의 등에서 코를 향해 미끄러진 고피스가 떨어지면서 특기인 채찍 기술로 비스코를 붙잡은 것이다. 고피스의 채찍은 그대로 비스코의 몸을 지면 풀밭에 내던졌고, 숲을 삼키는 자의 커다란 입은 비정하게도 꽉 닫혀버렸다.

"아앗! 시시!"

"이걸로 나를 거역한 멍청한 꼬마가 한 명 죽었다…… 크크크. 그런 빈약한 몸으로는 다하카에게는 털끝만큼의 영양도 되지 못하겠지만."

"이 자식……."

출력을 모두 내뿜어서 쓰러진 1호를 지키기 위해 선 비스코의 비취색 눈동자가 번뜩였다. 선혈에 젖은 그 얼굴은 평소보다 본심인, 수라의 기풍이 감돌았다.

"저 덩치한테 시시를 뱉으라고 지시해. 지금이라면 위아래 앞니 네 개로 봐주마."

고피스는 붉은 머리 소년이 발하는 위압감에 주눅이 들었지만, 어떻게든 겉으로 드러내지 않고 거세게 외쳤다.

"내가 그걸 알겠다고 들어줄 것 같냐? 정말이지, 멍청이가 하는 말은……."

휴우웅! 바람을 가르는 소리가 들린 것과, 고피스의 몸이 날아간 것은 거의 동시였다. 비스코의 정권이 정면에서 고피스의 콧대를 후려쳐서 비명도 용납하지 않은 채 그 몸을 맞은편 나무까지 날려버렸다.

“끄어억! 콜록, 콜록…… 크, 후. 크후후후…… 아아하하하하—!”

고피스는 통증에 허덕였지만, 곧바로 유열에 가득한 웃음으로 변했다. 코피를 흩뿌리는 고피스의 눈앞에서는, 지면에 무릎을 꿇고 고통스러운 표정을 지은 비스코의 모습이 있었다.

“끄, 으, 오오……!”

“직접, 때렸겠다? 나를.”

비스코에게 격통과 마취를 주고 있는 건 사타하바키가 건 벚꽃 눈보라 문신이다. 고피스에게 일격을 가하자 그것은 단숨에 비스코의 피부를 침식하여 배나 등, 그리고 얼굴 절반을 슬금슬금 메웠다.

“멍청하기는. 사타하바키의 벚꽃 저주를 받았다면…… 짐승이라면 몰라도, 간수를 향한 폭력은 대죄. 그것도 하필이면 부옥장 고피스 님에게, 손을 대다니!”

촤아악!

“끄아악!”

“죄인 주제에 무례하기 짝이 없구나. 만 번 죽어 마땅하다, 아카보시이—!”

차악, 촤아악. 칼날 같은 고피스의 채찍이 저주받은 벚꽃 눈보라를 계속해서 후려쳤다. 전신이 마비된 비스코는 그걸 피하지 못하고 그저 묵묵히 고피스의 채찍을 견딜 수밖에 없었다.

"나의, 아름다운 얼굴에서, 코피를……! 하필이면 코피가 나오게 하다니! 죽여버리겠어, 희롱하다 죽여버리겠어! 살갗을 벗겨서 융단으로 써주마, 아카보시이!"

고피스의 가죽 채찍이 날카롭게 비스코의 몸을 계속 찢어갔다.

그러나.

이런 상황에서도 번뜩! 하고 빛나는 안광에 눌린 고피스의 채찍이 순간 멈췄다.

'이…… 이 녀서억!'

고피스는 움직이지 못하는 상대에게 겁을 먹었다는 굴욕을 감추듯이, 그 오른눈을 향해 힘껏 채찍을 휘둘렀다.

좌아아아아악! 아픈 소리와 함께 한층 강한 일격이 비스코의 얼굴 절반을 찢었다. 흐르는 피가 비취색 안광을 가리는 걸 본 고피스의 입에 미소가 떠올랐다.

"가증스러운 눈을 뭉개줬다고. 자, 하나 더……!"

『고아아아아아.』

"기다려, 다하카! 지금 딱 좋은데……."

『고, 고보옥. 고, 고가악!』

"으, 으응?! 왜 그래, 다하카!!"

명백하게 이상한 애완동물의 울음소리를 듣고 저도 모르게 돌아본 고피스의 눈앞에서.

퍼어엉!

뭔가 새빨간 것이, 그 작은 산 같은 몸을 찢어버렸다.

"다, 다하카! 무슨 일이야?! 아카보시. 너, 뭘 한 거냐!"

"……콜록. 아직, 아무것도, 안 했어."

퍼어엉! 두 번째 작렬. 동시에 피어난 커다랗고 붉은 것…….

『고보오오오아아.』

숲을 삼키는 자가 격통에 시달리며 날뛰었다. 쿠웅, 쿠웅, 짓뭉개지는 대지에 누워있던 비스코는 그 커다란 발에 짓밟히기 직전에 1호가 두꺼운 팔로 잡아당겨서 위기를 피했다.

"1호…… 저건 뭐야?!"

비스코는 눈앞에서 펼쳐지는 광경에 그대로 못 박혀버려서 아픔조차 잊고 외쳤다.

숲을 삼키는 자 다하카의 몸을 뚫고 나온 건, 거대한『꽃』이었다.

새빨간 겨울 동백꽃이 거대한 네발짐승 맥의 배에서 피어났고, 그곳에서 태양의 색으로 빛나는 덩굴 같은 게 뻗어 나와 전신을 휘감았다.

퍼엉, 퍼엉!

고보오오오, 비명을 지르는 숲을 삼키는 자의 혀마저도 덩굴에 휘감겼고, 입 안에서 거대한 동백꽃이 피었다. 숲을 삼키는 자 다하카는 몇 분도 지나지 않아 체력을 꽃에 모두 빨렸고, 그 거대한 몸이 쿠우우웅! 하고 옆으로 쓰러졌다.

"무, 무슨 일이 일어난 거야?! 이, 이런……."

"형님에게……!"

"뭐, 뭐야?!"

멍하니 선 비스코의 머리 위에서, 낮게 깐 목소리가 들렸다. 숲을 삼키는 자의 옆구리를 좌악 찢으면서, 선혈에 물든 가느다란 몸이 안쪽에서 스르륵 기어 나왔다.

"형님에게. 손대지, 마라! 고피스—!!"

"저, 저 꼬마! 저 몸의 어디서 저런 힘이!"

피로 물든 소녀 시시가 휘두른 덩굴이 맞받아치려는 고피스의 채찍과 얽혔다. 덩굴은 노린 곳에서 약간 빗나간 지면을 강하게 후려쳤고, 퍼엉, 퍼엉! 붉은 꽃이 피어났다.

"1호! 형님을 안전한 곳으로!"

『바우.』

"시시! 그 힘은 대체 뭐야?!"

"저에게도『꽃』이 피어난 거예요……! 형님이 주신 피의 힘으로! 아직 잘 제어할 수는 없으니까요. 잠깐만 떨어져 계세요!"

"놓칠 것 같으냐, 멍청아!!"

"발화!"

고피스의 채찍을 향해 시시가 주먹을 내밀자, 순식간에 덩굴 무리가 모여서 날카로운 덩굴 검이 되어 고피스의 채찍을 잘라냈다. 덩굴 검은 꽃 몇 개를 퐁, 퐁 피우면서 비스코의 혈액처럼 태양의 색깔로 반짝였다.

"나, 만이 아니라. 형님마저도, 욕보였구나. 고피스……!"

시시의 목소리는 이미 앳된 소녀의 것이 아니었고, 또렷한 살기를 담아 눈앞의 고피스에게 외쳤다. 포악한 부옥장 고피스의 화장이 번지면서 굵은 땀방울이 흘렀다.

"힘이, 솟아나고 있어…… 형님이 주신, 태양의 힘이. 너는 응보를 받아야만 해……. 지금의 나라면, 너를 죽일 수 있어!"

"나를, 죽인다고……? 하하하, 베니비시 꼬마가 잘난 듯이!"

허리에서 스페어 채찍을 꺼낸 고피스가 그걸 시시에게 들이밀었다.

"멍청하기는! 베니비시는 노예 일족. 인간님에게는 거역할 수 없다고 유전자에 적혀있다고! 아카보시를 구했다며 잘난 듯한 얼굴이지만…… 결국은 네가 대신 죽을 뿐이야. 학대당하거나, 죽거나! 너희에게는 그것밖에 없다고!"

"인간에게는, 거역할 수 없다……."

"그래. 얌전히 내 장난감으로 돌아온다면 살려줄 수도……."

퍼어억! 시시가 파고들어 날린 재빠른 발차기가 고피스의 무릎을 후려쳐서 뼈를 깔끔하게 부러뜨렸다. 고피스는 순간 무슨 일이 일어난 건지도 모른 채 자기 체중을 지지하지 못하게 되어 쓰러졌고, 경악과 두려움이 섞인 비명을 질렀다.

"끄……아아아아악?! 어, 어째, 서……!"

"이건, 거역에 들어가지 않는 건가?"

"히, 히이이익……?!"

시시의 눈에는 어둡고 강한 불꽃이 깃들었고, 죽어간 동포의 원한과 고통을 장작으로 삼아 더욱 강렬하게 타올랐다.

시시가 어떻게 베니비시의 본능적 속박을 깨버렸는가. 고피스는 물론이고 시시 자신도 알지 못했다. 시시는 그저 해야 할 일을 할 뿐이라고 강하게 생각했다. 몸에서 불타오르는 꽃의 힘을 접한 시시의 정신은 달궈진 강철처럼 변질되고 있었다.

"샤아앗!"

시시가 감회에 잠긴 잠깐의 틈을 타서, 쓰러진 고피스가 재빨리 채찍을 날렸다.

촤아악! 썩어도 육도옥 부옥장의 채찍은 변함없는 예리함을 보여주며 시시의 아름다운 얼굴을 비스듬하게 찢었다.

"……."

"하, 하앗! 오, 오지 마, 멍청아! 노예 주제에, 꼬마 주제에! 분수를, 알라고!"

"……이 정도의, 아픔으로……."

"……히, 이이익……."

"지금까지 비참하게, 울부짖고 있었던 건가. 나는……."

콧등을 비스듬히 찢겨서 뚝뚝 피를 흘리는 시시의 지금 모습은 자비의 마음이 조금도 없는 처형인과도 같았다. 「와아아악!」 하고 다시 날아온 채찍을 덩굴로 휘감은 시시는 그대로 대충 휘둘러서 고피스의 부러진 다리를 촤아악! 하고 강하게 후려쳤다.

"끄아아아아악! 아, 아아악!"

"……흉해, 더러워……!"

촤악. 촤악. 촤아악!!

"끄아아아, 싫어어어어어어! 용서, 용서해주세요! 이제, 이제 안 할 테니까…… 당신을 괴롭히지 않을 테니까아!"

"아까까지의 오만한 태도는 어디로 갔어……! 그런, 그런 약한 몸으로, 마음으로! 우리의 목숨을, 희롱하며, 놀고 있었던 거냐!"

스스로도 제어할 수 없는 분노에 휩싸인 시시의 채찍이 계속 번뜩이며 고피스의 온몸을 집요하게 후려쳤다. 고피스의 드레스와 아름다운 피부가 완전히 찢어져서 안쓰러운 복장과 피투성이의 몸으로 전락했을 즈음, 강하게 휘두른 채찍이 찢어지자 시시는 거친 숨을 몰아쉬며 정신을 차렸다.

"허억, 허억, 허억, 허억……!"

"으으…… 훌쩍. 으으으……. 용서해줘. 용서해줘어어……."

"…………."

그렇게나 자신을 학대하고, 동포들을 처참하게 죽여온 여자가 지금은 너무나도 안쓰러운 모습으로 발밑을 굴러다니고 있다. 시시는 달성감과 허망함이 뒤섞인, 뭐라 형용할 수 없는 감정 앞에서 그저 우두커니 서 있었다.

그, 발밑에서…….

"요, 용서해, 주세요…… 부디, 목숨, 만은……."

고피스가 피로 물든 팔로 자신을 붙잡고는 이마를 신발에 문질렀다.

"우, 우와앗! 뭐야…… 이, 이거 놔!"

"제, 몸으로, 마음껏 놀아주세요. 괴롭혀도 좋아요. 그러니까, 목숨만은 살려줘요. 지금까지의 일은 용서해주고, 저를, 살려줘요, 부탁이에요……."

"우, 우왓…… 그만둬……!"

"노예가 될게요. 당신의 노예로, 삼아주세요. 시시 니임. 고피스는, 이제 절대로, 거역하지 않을게요. 부탁이에요. 저를, 노예로……."

"노, 노예……."

'인간을, 노예로 삼는다고. 베니비시인, 내가……?!'

고피스의 피에 젖은 시시의 발이 저도 모르게 고피스의 손등을 힘껏 밟아버렸다.

고피스는 상처가 밟혀서 아팠는지 가느다란 비명을 질렀고…….

그리고, 그 아픔이 사랑스럽다는 듯이, 더 밟아달라는 듯이…… 전신으로 아양을 떨면서 시시의 발밑에서 굴복했다.

그, 순간.

오싹오싹오싹! 달콤하고 요사한 것이 시시의 등골을 스치고 지나갔다.

소녀인 시시는 그걸 말로 표현할 수 없었지만, 그건 틀림없는 가학의 기쁨, 지배하는 자의 열락이었다. 노예로 굴복하는 것을 당연하게 여기던 시시가 처음으로 맛보게 된, 극상의 꿀이다.

꽈악, 다시 고피스의 손을 밟았다. 고피스는 작게 울면서 다가붙었다. 다시 강하게 밟았다. 고피스는 복종했다. 아양을 떤다. 운다…….

"……하하. 아하하…… 아하하하하!"

자신의 입에서 웃음이, 목소리가 새어 나오는 걸 깨닫지 못한 것이리라. 시시가 이번에는 다른 손을 밟으려고 다리를 들었을 때…….

"즐거워? 시시."

많이 들었던 목소리가 귀를 찌르자, 시시는 순간 정신을 차렸다.

"신경 쓰지 말고 계속해. 네가 받아온 굴욕을 한꺼번에 갚아주라고."

"으, 으아, 으와아아!"

새파래져서, 자신의 발밑에 쓰러진 고피스의 모습에 놀란 시시는 조금 전까지 보인 자신의 모습을 없애버리려는 듯이 곧장 덩굴 검을 형성해서 고피스에게 힘껏 내리쳤다.

온 샤드 켈러 스네우
"won/shad/keler/snew(대상을 향한 공격을 흘려낸다)!"

진언을 사용하자, 아래로 떨어지던 덩굴 검을 흘려내려는 듯이 고피스를 지키는 반원형의 녹 방패가 형성되었다. 검은 간발의 차이로 방패에 튕겨났고, 시시의 팔이 찌이잉 저렸다.

시시는 이를 으득 갈고 눈을 실룩이면서 진언을 사용한 뒤쪽을 돌아봤고, 간수 로브를 펄럭이는 하늘색 머리의 소년을 노려봤다.

'어째서 여기에……!'

시시는 순간적으로 떠오른 의문을 바로 날려버렸다. 명색이 스승 비스코의 파트너라면 인간도를 빠져나와 여기에 오는 것도 간단할 테니까.

그보다도, 시시는 앞선 장면을 방해했다는 것에 격양했다.

"어째서 방해하는 거야…… 미로. 이 녀석은 악랄한 여자야. 수많은 베니비시가 이 녀석의 불합리한 짓에 죽었어. 저승으로 보내주겠어. 원수를 갚아줄 거야!"

"그럼 당장 그랬으면 됐잖아. 네가 그 사람을 괴롭히며 즐기고 있었으니까 보다 못해 나섰을 뿐이야."

"아니야!! 그, 그건, 이 녀석이 스스로……!"

"예쁘더라."

미로의 아름다운 얼굴이 평소보다 차가운 표정을 지으면서 시시의 시선을 받아냈다.

"그 사람을 짓밟을 때, 네 귀에 있던 동백꽃은 지금까지 본 것 중에서 제일 예뻤어."

"으, 아, 아아……!!"

"그 채찍 흉터는, 학대받아온 자의 아픔을 잊지 않는 왕의 상처인 줄 알았어. 나의 과대평가였나? 거기에는, 그저! 네 원한의 숫자가 새겨져 있을 뿐이었던 거냐, 시시!"

"닥쳐어—!!!"

시시의 하얀 몸이 수면에서 사냥감을 덮치는 범고래처럼 번뜩였고, 불타오르듯이 빛나는 덩굴 검이 미로에게 떨어졌다. 미로는 즉시 호센에게 빌린 와키자시 칼집으로 받아내서 2합, 3합 부딪친 뒤 거리를 벌렸다.

"검을 내려. 싸우고 싶은 게 아니야."

"시끄러워! 허억, 허억……! 젠장, 젠자앙!"

"너에게는 강인한 수라의 자질이 있어. 그건 씻을 수 없는 일이야. 시시. 그걸 자각하고, 그걸 받아들여야 처음으로 너의 힘이 의미를 가지게 돼."

"내가…… 후계자를 감당할 수 없다고! 그렇게 말하고 싶은 거냐, 미로!"

"적어도, 그 힘에 놀아나는 중에는 말이지. 그러니 검을 내려. 힘은 길을 개척하는 것이지, 휘둘리는 게 아니잖아."

미로의 싸늘한 목소리가 닿을 때마다 시시는 숨을 내쉬며 눈을 감았다. 그러나 그 손이 반짝이는 덩굴 검을 거두는 일은, 역시 없었다.

"역시…… 대단한 말이네. 미로……."

"……."

"눈부셔. 그렇게 계속 청렴한 마음으로…… 족쇄의 차가움도 모르고, 자유분방하게 세상을 돌아다녔겠지. 형님과, 함께……!"

"시시. 검을……."

"나는! 네가 그렇게 축복받은 철학에 도달할 때까지, 아무것도 못하고! 동포의 죽음을 지켜보기만 했어……. 그 차가운 몸에, 흙을 덮어줄 수밖에 없었다고! 높은 곳에 서서, 나의 원통함도 모르고……!"

시시의 홍색 눈동자는 말을 이으면서 선망과 질투의 불꽃을 태웠고, 귀의 동백꽃은 한층 반짝이는 꽃가루를 흩뿌리며 미로의 얼굴을 아련하게 비췄다.

"……아름다운, 충족된 얼굴이야. 형님에게, 보호받고 있다는 증거야……."

서서히.

"……치사해. 치사하잖아. 이런 녀석은, 어울리지 않아……!"

목소리가, 어두운 원한을 불태웠다.

"내가, 훨씬. 훨씬 형님의 힘이 될 수 있어. 그 사람의 등을 지켜줄 수 있어……. 너처럼 보호만 받는 녀석보다는, 그럴 자격이 있다고!"

미로는 한동안 격정에 몸을 맡긴 시시의 말을 듣고만 있었지만.

문득…….

그 마지막 말을 듣자 푸른 눈을『번뜩』, 찌르듯이 빛냈다.

"……기운이, 넘치는 건, 좋은 일이야. 시시."

"어린애의 이야기라고 흘려들을 생각이었어."

"하지만, 미안."

"마지막, 뭐라 그랬어?"

화악! 미로의 몸속에서 정신만을 얼어붙게 만드는 한파와 같은 것이 몰아치며 시시의 몸을 뚫고 지나갔다.

"으윽?!"

정체 모를 오라에 꿰뚫린 시시는 몸을 움찔 멈췄고, 귀의 동백꽃에서 꽃잎 한 장이 하늘하늘 떨어졌다.

눈앞에는, 조금 전과는 전혀 다르지 않은 미로의 모습이 마치 푸른 불꽃을 두른 것처럼 슬금슬금 타오르며 살기로 채워졌다.

'이, 이 녀석. 갑자기, 뭐야……?!'

"내가, 비스코와는 어울리지 않는다. 그렇게 말했어? 시시."

"그럼 시험해봐."

"하지만, 조심해."

"나는 비스코만큼, 무르지 않아."

"……우우오오오!"

시시는 반쯤은 미로가 내뿜은 살기에 유도된 형태로 덤벼들었다. 까앙! 소리를 내며 받아낸 미로가 그대로 칼집에서 와키자시를 뽑았다.

깡, 깡, 깡, 까앙!

두 사람의 가느다란 팔이 다루는 두 칼이 서로의 급소 아슬아슬한 곳에서 몇 번이고 맞부딪치며 어마어마한 속도로 번뜩였다. 마치 그것은 생명의 갈림길에서 벌어지는 지고의 춤과 같은 일막이었다.

'이, 이 녀석. 왕의 춤을 알고 있는 건가?!'

시시가 추는 검무는 아름다운 형태 속에 필살의 검술이 수없이 들어간 비전의 춤. 이렇게 몇 번이고 받아낼 수 있는 게 아니건만, 미로는 표정 하나 바꾸지 않고 전부 받아내고 있었다.

까아앙!

'15보까지 받아내다니! 어떻게 이 춤을 간파하는 거지?!'

"호센 왕의 춤을, 아까 봤거든."

"윽?! 뭣이이!"

찰싸악! 순간적인 방심을 틈타서 미로가 든 와키자키 칼집이 시시의 팔을 후려쳤다. 시시는 비명을 참으면서 고통스러운 표정으로 물러났다.

"하, 한 번 본, 것만으로…… 간파했다는 거냐. 아버님의 춤을!"

"그 사람과 달리, 시시의 춤은 읽을 수 있으니까. 다음에 벨 곳을 노리는 살기가 보이니까, 그곳을 막기만 하면 되거든."

"살기를, 본, 다고……?!"

"너 말이야."

미로가 하늘색 머리를 쓸어올리면서 고개를 뚜둑 꺾었다.

"그런 꼴로 비스코의 등이니 뭐니 말하던 거야? 미안하지만, 비스코는 시시가 생각하는 것보다 천 배는 굉장하거든. 동경하는 건 자기 마음이지만, 어린애 장난에 끌어들이지는 말아줘."

"어, 어린애, 장난이라고오!"

"덤벼봐. 벌써 끝이야?"

거친 숨을 내쉬는 시시에게 차갑게 꽂히는 시선을 보낸 미로는 눈앞에서 손가락을 까닥까닥 당기며 도발하는 모습을 보였다.

"파트너의 교육이 부족했던 만큼 내가 봐줄 테니까. 자, 안 덤빌 거야?"

"나, 나를…… 나를! 얕보지 마라! 미로—!!"

시시가 굴욕을 분노로 바꿔서 온몸에서 힘을 뿜어내자, 귀의 동백꽃이 파아앙! 하고 강하게 피어나며 몸을 뒤덮은 덩굴을 오렌지색으로 빛냈다.

"우우오오오!"

'……읏!!'

공중으로 날아올라서 내려친 덩굴 검이 파키잉! 하는 소리를 내며 막으려던 미로의 와키자시를 후려쳤다. 조금 전보다 한층 무거운 충격이다.

'잠깐 사이에 아까보다 강해졌어. 역시 이 아이는 위험해. 가능성으로 넘치고 있어.'

"수무(水舞), 4보, 5보! 뇌무(雷舞), 6, 7, 8보!"

연이은 검무가 숨 쉴 새도 없이 미로를 덮쳤다. 이번 춤은 미로의 방어에 맞춰서 형태를 바꾸고, 완급을 조절하며 표적을 좁히지 못하게 했다. 살기 탓에 공격을 읽기 쉬운 점은 변하지 않았지만, 기백을 실은 일격을 끊임없이 막아내던 미로의 목덜미에도 땀이 흐르기 시작했다.

"그런 와키자시로, 언제까지 내 검을 막아낼 수는 없어! 굴복해라, 미로! 왕은 은혜를 입은 인간을 죽이지 않아. 내게 무릎을 꿇고 충성을 맹세해!"

"무척이나 기고만장한 말이네. 기운이 넘쳐서 좋아."

"그 거들먹거리는 얼굴에, 상처가 나야…… 마음이 달라질 거냐. 미로!"

시시는 그렇게 말하자마자 공중에서 빙글 몸을 회전해서

미로의 앞쪽 지면을 베었다.

퍼엉!

“오오?!”

“거기!”

미로의 발밑에서 새빨간 동백꽃이 강렬한 기세로 피어났다. 그 충격에 저도 모르게 튕겨나서 등을 젖힌 미로를 향해 덩굴 검이 번뜩이며 덮쳐왔다.

파키이잉!

“크윽!”

가까스로 참격을 받아낸 미로의 눈앞에서 시시가 살며시 웃었다.

시시의 덩굴 검은 수없는 타격으로 대미지가 들어간 미로의 와키자시를 앞선 일격으로 잘라버렸다.

“눈에 거슬려……! 온정을 거부한다면, 바라는 대로 죽여주겠어!”

미로의 어깨 힘줄을 노리고 휘두른 참격을 종이 한 장 차이로 피한 미로는 지면에 떨어진 와키자시 끄트머리를 줍고는 피가 배어 나오는 손으로 의식을 집중했다.

“won(온)/ul(울)/viviki(비비키)…….”

“죽어어어!”

“snew(스네우)!(자신이 바라는 무기를 부여한다!)”

까앙!

미로의 안면에 내려친 덩굴 검을 받아낸 것은, 미로가 생성한『녹 단검』이었다. 그 도신은 조금 전 부러진 와키자시의 절반으로 이루어졌고, 거기서 에메랄드색의 녹이 칼자루, 손잡이를 형성하고 있었다.

힘겨루기를 벌이는 도신 너머에서, 미로가 조용히 말했다.

"너는 굉장해, 시시. 그런 흐트러진 마음으로 이 정도까지 할 수 있다니."

"아, 아직도, 저항하는 거냐……! 급조한 단도 따위로 뭘 할 수 있다고!"

"반대로 묻는데, 용케 그런 기다란 걸 휘두를 수 있네?"

미로는 그렇게 말하자마자 진언의 단도로 시시의 검을 쳐올리고는, 섬광 같은 속도로 휘둘러서 시시의 팔에 휘감긴 덩굴 무리를 싹둑! 잘라냈다.

"우와, 아악?!"

너무나도 빠른 스피드여서, 시시는 아픔을 느낄 새도 없이 휘청거렸다. 지금까지 봤던 와키자시의 움직임과는 격이 다른 속도. 태양의 광채로 가득했던 덩굴 검은 시시 본체와 접속하는 핵심이었던 덩굴이 절단되자 광채를 잃고 그대로 바싹 메말라서 무너졌다.

지각조차도 할 수 없는, 회오리 같은 일격이었다.

"내, 내 검이! 거짓말이야. 그런 장난감 같은 걸로……!"

"우리의 전문은 단도(이거). 장난감이라고 하면 비스코가 화낼걸."

여전히 힘을 쥐어짜서 덩굴 검을 만들려던 시시를 걷어차서 쓰러뜨린 미로가 소녀의 몸에 말타기 자세로 올라타 목덜미에 단도를 갖다 댔다.

"으, 아아! 제, 젠장, 젠자아앙!"

"……."

"미로, 너……! 인정을 베풀 셈이구나! 지금 죽이지 않으면 후회할 거다. 반드시 나는 오늘의 굴욕을 풀겠어! 죽여, 죽이라고!"

"패한 주제에 어리광만 부리는 녀석이네."

가느다란 팔에서는 믿어지지 않을 정도의 힘으로 날뛰는 시시를 억누른 미로가 푸르게 빛나는 눈동자를 시시와 맞췄다.

"죽이지는 않아. 얼마든지 덤비라고. 몇 번을 해도 똑같겠지만."

"으, 으으……! 젠장. 죽여버리겠어, 죽여……."

"『왕이 된 자, 자신을 죽이고 백성의 행복을 위해서만 꽃을 바쳐야 한다』."

"……으윽!!"

날뛰던 시시의 몸이 미로의 말을 듣자 움찔 떨렸고, 이윽고 저항을 그만두고 얕은 호흡만을 반복했다.

"나는 답답한 말이라고 생각하지만. 적어도 너의 아버지는 그렇게 말씀하셨어."

"…………아버, 님……."

활짝 피었던 시시의 귀 뒤쪽 동백꽃은 미로의 말과 별의 눈동자에 닿자 서서히 작은 봉오리로 돌아갔다.

'……. 이걸로, 의리는 다했어.'

한편, 미로는 그 모습을 보고 에메랄드 단도를 빙글빙글 돌리고는 재빨리 품에 넣었다.

"뒷일은 나와 비스코가 어떻게든 할 거야. 너는 안전한 곳에 있어. 모든 게 끝나면 머리도 식을 테니까."

"……아, 기다려…… 도, 도망치는 거냐. 미로!"

"복수는 받아주겠지만, 나중에."

미로는 시시가 진정하는 것을 계산해서 이젠 신경 쓰지 않겠다는 듯이 물러났고, 선명하고 크게 남은 1호의 발자국을 따라서 바람처럼 내달렸다.

그걸 어쩔 방도도 없이 바라보던 시시는 분함과 원통함으로 흘러나온 눈물을 닦았고…….

문득 시야 구석에서 전신이 너덜너덜해진 고피스를 봤다.

기어서 이곳에서 도망치려는 모습을 본 시시의 가슴속에 불꽃이 확 치솟아 오르며 오른손에 다시 덩굴 검을 형성했고…….

"…………크."

거기서, 후우우우우 하고 깊은 한숨을 내쉬고는 발을 멈추고 자기 가슴에 주먹을 움켜쥐었다. 가슴속에서 끓어오르는 분노를 눌러 죽이자 덩굴 검이 풀려서 슈르르륵 손목으로 돌아왔고, 그 틈을 타서 고피스는 수풀 속으로 모습을 감췄다.

'…………미로의.'

'미로의…….'

'말이, 옳아.'

'나의 꽃은, 백성을 위해 피어난 꽃…….'
'저런, 시시한 걸 베기 위해 핀 게 아니야……!'

시시는 잠시 눈을 감고 망설임을 끊어내듯이 고개를 흔든 뒤, 홍색의 눈을 다시 떴다. 그리고 미로와 마찬가지로 1호의 발자국을 따라 살쾡이 같은 속도로 달려갔다.

11

"그럼, 이 작은 벌레를 몸에 넣으면 벚꽃의 침식은 막을 수 있는 거지?"
"키, 키시시…… 글쎄다아~? 그 밖에도 조치가 필요할지도……."
"뇌에서 피어나서 비밀을 자백하게 만드는 버섯도 있는데."
"네엡! 넣어두기만 하면 멈춥니다앗. 부옥장용 최상급 풍뎅이야, 저주가 그 이상 번지지는 않을 거야."
축생도 간수용으로 펼친 천막 안에서 짐승을 묶기 위한 사슬에 몸이 칭칭 묶인 메파오샤가 미로를 무서워하며 대답했다. 풀밭에서 수수에게 먹힐 뻔했는데 미로가 구해준 것이다.
미로의 눈앞에는 벚꽃 눈보라 문신의 작용으로 기절한 파트너와, 그를 안은 채 마찬가지로 연료가 고갈된 1호가 수술대에 누워있었다.
"사타하바키의 벚꽃 저주는 강한 죄인을 세뇌해서 간수로 만들기 위한 것인데, 때때로 꽃가루를 뿌려서 주변에 전염되기도 하는 민폐스러운 놈이거든."

"그렇구나. 그래서 간수들은 이 갑충을 임플란트해서 감염을 막는 건가."

"판다는 머리가 좋은 것 같네. 내가 개발했다고오. 굉장하지? ……이이봐, 무시하지 말라고오. 나는 고피스와 달리 못 싸운단 말이야아. 그러니까 저기, 이거, 풀어줘……."

미로는 메파오샤의 말을 무시하고 바로 수술에 들어갔다. 파트너인 비스코는 벚꽃의 저주가 채찍에 맞은 상처에까지 들어갔는지 1호의 품에서 기절한 상태였다.

'……응. 메파오샤의 말은 사실이야. 이 풍뎅이가 벚꽃을 중화하고 있어…… 이걸 잘 넣어두면, 이후에는…….'

문득 살며시 풍기는 꽃향기를 느낀 미로가 수술을 멈췄다. 잠시 뒤, 소란을 부리는 메파오샤를 지나친 미로가 텐트 바깥으로 나왔다.

그곳에는.

바람을 맞아 보라색 머리털을 흔드는, 시시의 모습이 있었다.

"…………."

"…………."

미로는 허리춤의 단도를 의식하면서도 아직은 칼자루를 잡지 않았다.

"여기, 있었구나……."

"시시. 말했잖아, 리턴매치는……."

"미로. 아까는, 미안. 막아줘서, 고마워……."

"어."

"……왕의 길에서, 벗어날 뻔했어. 미로 덕분에, 직전에서 멈출 수 있었어……."

미로는 조금 놀라며 시시의 얼굴을 바라봤다.

그렇게나 거세게 수라의 기운을 내뿜던 시시의 모습은 확실히 잠잠해졌다.

'……그 감정을, 억눌렀다고? 설마. 이 나이에……!'

호센의 말에 따르면, 젊은 베니비시가 꽃에 눈을 뜰 때 보이는 감정의 폭주는 억누르기 힘들어서, 제정신을 찾으려면 오랜 시간이 필요하다. 시시의 경우는 그에 더해서 많은 동포를 죽인 원적(怨敵)을 눈앞에 두고 분노를 폭발시켰으니까, 냉정해지려면 상당한 시간이 필요하리라 보고 있었다.

그러나 지금, 시시의 귀에 있는 동백꽃은 하늘하늘 아름답게 피어나 미로에게 마음을 열었고, 그 조용한 각오를 담은 표정은 진실이라는 걸 드러내고 있었다.

"미안, 이것만 말할게. 형님을 부탁해."

"시시!"

미로는 황급히 시시에게 달려가서 발길을 돌리는 몸을 살짝 끌어안았다. 시시는 순간 몸을 확 굳혔지만, 이윽고 안도한 듯이 깊은 한숨을 내쉬고는 미로와 시선을 맞췄다.

"나야말로 미안. 심한 소리를 했어…… 시시, 정말로 이제 진정한 거야?"

"……그때는 고피스를 보고 머리에 피가 몰렸지만…… 이제 괜찮아. 명색이 왕자인데, 원한이나 분노로 검을 휘두른다면, 베니비시들에게…… 아버님에게, 모범이 될 수 없으니까."

시시는 홍색의 눈을 반짝이면서 조금 부끄러운 듯이 말했다.

"형님에게 받은 힘이니까. 이제 시시한 분노를 위해 쓰고 싶지 않아. 후계자로서, 베니비시 백성들을 지키기 위해 이 힘을 사용하겠어."

시시의 말은 강했고, 조용하지만 굳은 심지가 있었다. 이 범상치 않은 마음의 강함은 왕족이기 때문일까. 미로는 정말 감탄하고 말아서, 시선을 맞댄 시시의 어깨를 흔들었다.

"너의 정신력은 굉장해……. 훌륭해, 시시! 비스코도 항상 시시한 분노 때문에 화살을 쏴대는데."

"형님. ……맞다. 미로, 형님의 상태는 어때?"

"이리 와. 생명의 은인인 시시에게 감사의 말을 하라고 해야지! ……아, 기절했었지."

미로가 손을 잡고 권유했지만, 시시는 부드럽게 거절하고는 조용히 고개를 내저었다. 미로가 의아해하자, 시시는 조용히 말을 꺼냈다.

"무사한 거구나. 미로가 진료해준다면 이제 괜찮겠지. 형님과 1호를 부탁해."

"부탁, 한다니…… 시시는 어쩌려고?"

"먼저 수라도로 가겠어. 두 사람보다 먼저 가서 안쪽 상황을 살펴볼게…… 베니비시 동료들도 걱정이야."

"……뭐어? 시시 혼자서?! 비스코가 낫는 걸 기다렸다가 함께……."

"시간이 없어. 이렇게나 화려하게 저질렀으니 사타하바키가 언제 실력 행사에 나설지 몰라. 그렇게 되면 베니비시는 끝장이야. 은밀 행동은 특기니까…… 내게 척후를 맡겨줘."

"시시, 그래도……."

"식인 판다가 단도를 뽑을 정도의 실력은 가졌어. 그래도, 안 돼?"

"윽……."

미로는 시시의 말을 듣고 판단을 망설였지만, 그 결연하게 광채를 발하는 홍색의 눈동자를 보고는 이윽고 고개를 끄덕였다.

"……알았어. 절대 무리는 하면 안 돼. ……작전이 있어, 들어봐."

미로는 텐트 안의 메파오샤에게 들키지 않게 시시의 귓가에 뭔가를 속삭였다. 시시는 고개를 끄덕이면서 이야기를 모두 듣고, 걱정하는 미로에게 힘찬 미소를 보여줬다.

"아귀도에서 탈옥했던 것도 미로의 작전이었으니까. 믿고 있어…… 반드시 해낼게!"

"시시. 위험해지면 무리하지 마. 우리가 반드시 따라갈게!"

시시는 미로의 말을 듣자 웃으며 끄덕이고는 수라도를 향해 달려갔다. 그 뒷모습을 배웅한 미로는 텐트로 돌아오면서 입안에서 중얼거렸다.

'……너무 기특하잖아. 아이 혼자서 일족의 명운을 짊어지다니. 호센 왕은 뭘 하는 거야?! 단 한 명 있는 아버지면서!!'

"저, 저기이. 퐁뎅이 가르쳐줬잖아? 슬슬 이거 풀어줘……."

"안 돼. 지금 생각 중이야."

"잠깐만! 진짜로 농담 아니야! 풀어줘. 나, 이제 정말로……."

"싸면 되잖아?"

"웃기지 마—! 나 내년이면 30대라고오!! 누가 좀 구해줘—!!"

버둥거리는 메파오샤를 지나친 미로는 비스코를 돌아봤다. 아무튼 파트너가 기운차게 날뛸 수만 있다면 어떤 상황이 되더라도 반드시 어떻게든 된다…… 그런 마음과 함께, 천재 의사의 기능은 한층 예리해져서 비스코의 상처를 순식간에 꿰맸다.

『축생도와 수라도 사이에는 거대한 골짜기가 있고, 문 사이에 다리가 놓여있어. 아무리 그래도 거기를 돌파하는 건 무리 같아서, 문에서 서쪽으로 한동안 나아간 곳에 다른 다리를 놓았어.』

『다리를…… 놓았다고? 그 단애 절벽을, 미로 혼자서?』

『내가 허가한 사람에게만 구현화되게 해놨어. 내구성은 자신 없으니까 너무 무거운 걸 가져가면 안 돼.』

시시는 몸을 낮추고 풀밭을 달리면서 미로와의 대화를 떠올렸다. 축생도의 문에 접근함에 따라 순회하는 간수가 늘어났지만, 시시가 유연한 몸을 살려서 풀밭을 부스럭부스럭 헤치고 나가자 수수의 시간 때우기로밖에 보지 않았는지라 눈을 속이는 건 편했다.

'……다리를, 놓았다니…… 무슨 뜻일까?'

비스코도 그렇고 미로도 그렇고 들어본 적 없는 말을 당연한 듯이 하는지라 시시는 도저히 이해할 수가 없었다. 그렇지만 두 사람이 해온 일을 생각하면 뭐, 그 말대로 하면 틀림없을 거다. 시시는 그 말에 따라 내달려서 이윽고 커다란 골짜기로 나왔다.

"저게 축생도의 대문…… 으음. 서쪽으로 가라고 했었지."

시시는 완전히 너덜너덜해진 신발을 벗고 커다란 다리 옆을 보고는 맨발로 달렸다. 그러나 눈앞에 펼쳐진 절벽 골짜기에는 다리 같은 것이 조금도 보이지 않았다.

"어, 어라? 서쪽은 이쪽 맞지? 미로는 대체 어디에……."

곤혹스러워하며 스피드를 줄인 시시의 시야 한곳에서, 태양빛을 반사한 무언가가 빛났다. 반짝, 반짝 빛나는 그걸 본 시시는 눈을 가늘게 뜨며 인도에 따라 그곳으로 달렸다.

"……빛나는 가루 같은 게, 떠 있어. 다리라는 게, 이거?"

70~80미터는 되어 보이는 골짜기 건너편까지 반짝반짝 빛나는 입자가 머물고 있었다. 그건 확실히 멀리서는 알 수 없을 정도로 얇고, 미덥지 못한 것이었다.

시시가 골짜기 끄트머리에서 몸을 숙이고 그 입자를 조심조심 만지자…….

콰아악!

"와앗!"

놀라서 뒤로 물러난 시시 앞에서, 에메랄드색으로 빛나는 발판이 구현화되었다. 아무래도 시시의 손가락에 반응해서 녹색 가루가 응고된 모양이다.

"이게…… 미로의 다리!"

시시는 아무리 봐도 공중에 떠 있는 발판을 바라보며 침을 삼켰다. 정체 모를 두려운 주력이지만, 그 정체를 알아볼 시간은 없다. 시시는 각오를 다지고 에메랄드 발판에 발을 내밀었다.

삐걱, 삐걱, 삐걱…….

"이, 이, 이이이익……."

에메랄드 발판은 시시가 내디디는 발에 맞춰서 착실하게 생성되었지만, 아래를 보니 섬뜩할 정도로 깊은 골짜기다. 정체 모를 가루를 향해 발을 내디디는 건 상당한 용기가 필요했다. 자연스레 이를 악문 시시의 입에서 가느다란 비명이 새어 나왔다.

'거, 겁먹으면, 안 돼! ……서둘러야 해. 모두가 위험하잖아!'

"저, 저건 뭐야! 저 녀석! 탈주자다, 골짜기 위에 있다!"

"저 발판은 뭐야아? 이봐! 송곳니 개를 데려와!"

'아차!!'

축생도 쪽에서 간수가 외치는 소리가 들렸다. 돌아보자, 길들인 송곳니 개를 선두로 세운 간수 무리가 이리로 다가오고 있었다.

"스으으읍. 하아아아아—!"

'이런 곳에서 무서워해서 어쩔 거야!! 모두가 도움을 기다리고 있잖아!!'

시시는 심호흡 한 번으로 각오를 다지고는 홍색의 눈동자를 반짝이며 빛나는 입자 위를 전속력으로 달렸다. 삐걱, 삐걱, 삐걱, 삐걱! 시시가 달리는 한 걸음마다 입자가 응고되어 아름다운 다리를 형성했다.

"쫓아라 쫓아! 축생도에서 나가버리면 우리가 감봉당한다고."

"개부터 먼저 보내. 고, 고! 먹어도 된다. 물어 죽여!"

먹어도 된다는 신호를 받고 뛰쳐나간 송곳니 개 무리의 기세는 대단해서, 무시무시한 스피드로 시시를 쫓아왔다. 아무리 시시가 가볍고 빠르다고 해도 송곳니 개의 속도와 비교하면 뒤떨어진다.

"젠장, 이대로 가면…… 어, 아?!"

시시의 다음 한걸음이 삐거걱!! 하고 지금까지와는 다른 소리를 냈다. 바라보니, 응고된 발판에 명백한 금이 가서 강도가 약해진 걸 알 수 있었다.

"너, 너무 무거운 거야…… 다리가 못 버텨!"

"거기 꼬마아—! 거기서 양손 들고 멈춰라. 우리의 노예가 된다면 살려주마!"

"그만둬—! 오지 마! 그 이상 다가오면 위험해!"

"캬하하, 위험한 건 네놈의 몸이라고. 거기서 꼼짝…… 으악?!"

시시의 경고에서 2초도 지나지 않았지만, 에메랄드 다리는 끄트머리부터 소리를 내며 무너지더니 반짝반짝 빛나며 골짜기 밑으로 떨어졌다.

"우, 우와악. 다리가, 다리가 떨어진다!"

"살려줘어! 와아아아악—!"

무너지는 다리와 함께 간수 몇 명이 그대로 골짜기 밑으로 떨어졌다. 그 광경을 목격한 시시는 온몸에 털을 곤두세우면서 눈길도 주지 않고 다시 달렸다.

"가우우, 가우, 가우우!"

필사적으로 달리던 송곳니 개들도 붕괴의 기세에서는 벗어날 수 없었다. 시시는 전력을 다해 다리를 내달려서 무너지는 마지막 한 걸음을 계산해서 몸을 날려 오른손을 크게 뻗었다.

"발화!"

그 순간, 태양빛으로 반짝이는 시시의 덩굴이 손목에서 뻗어 나와서 몇 줄기가 묶인 채찍처럼 재빨리 날아가 반대쪽 수라도 암벽에 난 나무에 걸렸다.

'해냈다!'

그렇게 생각한 것도 잠시.

"크아악!"

복사뼈에 격통을 느낀 시시가 고통스럽게 신음했다. 시시의 뒤를 쫓아서 도약한 송곳니 개가 죽을힘을 다해 발에 이빨을 박은 채 매달린 것이다.

"……이 녀석—!"

시시와 송곳니 개는 그네의 요령으로 함께 암벽에 부딪혔다. 한 명과 한 마리의 무게 때문에 나무뿌리가 빠직빠직빠직 비명을 지르면서 당장에라도 부러질 것만 같았다.

"가그으으!"

송곳니 개는 마구 날뛰면서 예리한 발톱으로 시시의 살을 찢고 선혈을 흘리게 했다.

"이런…… 이런 곳에서!"

'죽을 수 없어!'

강하게 염원하는 시시의 마음에 꽃의 힘이 응했다. 시시의 복사뼈에 난 송곳니의 상처에서 퍼어엉! 하고 겨울 동백꽃이 힘차게 피어나 송곳니 개를 날려버렸다.

"가르오오—!"

그대로 아득한 골짜기 밑으로 떨어지는 송곳니 개를 지켜본 시시는 몸을 던져 위로 올라가 부러져가는 나무를 박차고 간발의 차이로 수라도로 올라왔다.

"위, 위험, 했어……!"

내려다보자, 부러진 나무와 몇몇 바위가 골짜기 밑에서 메마른 소리를 냈다. 한동안 멍하니 그 모습을 바라보던 시시는 이윽고 기합을 다시 넣기 위해 뺨을 짝짝 두드리고는 목덜미에 맺힌 땀을 닦고, 피를 뚝뚝 흘리는 복사뼈에 자신의 덩굴을 묶었다.

'이제 막 수라도에 도착했을 뿐이야. 모두를 구해야 해!'

시시가 몸을 돌리자, 그곳에는 검은 광택의 원형 스타디움이 우뚝 솟아 있고, 안쪽에서는 노성과 환성이 들려왔다. 순회하는 간수의 기척을 느낀 시시는 곧바로 몸을 숨겼고, 떨어진 나무를 바라보던 간수의 허리에 걸린 열쇠 다발을 덩굴을 교묘하게 조종해서 빼앗은 뒤에 출입구를 찾아 그림자처럼 내달렸다.

12

육도수옥의 감옥 중 하나, 수라도.

이곳은 육도옥 가운데서도 약간 특수한 위치이며, 아귀도나 인간도와는 조금 특이하게 죄수를 나눈다.

그 선정은.

『무술에 특히 뛰어난 자』

『그러나 개인의 역량으로 탈옥할 만큼 위험하지는 않은 자』

이런 심플한 기준으로 사타하바키가 직접 판단해 결정한다. 굶주림과 절망이 지배하는 아귀도에서 벗어나 수라도로 들어온 자도 있고, 어중간하게 무예에 뛰어나서 인간도에서 전락해버린 사람도 있다. 바위를 깎아 만든 스타디움에서 항상 피투성이의 싸움이 벌어지는, 문자 그대로 수라의 감옥이다.

명색이 법을 관장하는 감옥 안에서 어째서 이런 무법이 허용되는가?

그것은 카소현의 『감옥 비즈니스』라는 존재 때문이다.

카소현은 이 수라도를 콜로세움처럼 다른 현의 호사가들에게 개방하여 그 관람료로 수입의 상당 부분을 해결하고 있었다.

시모부키인, 텐카토원 등등 놀라울 만큼 개성 풍부한 죄수 전사들이 노성 속에서 싸우는 모습은 범상치 않은 흥분을 관객들에게 주어서, 높은 관람료에도 불구하고 단골로 찾는 사람이 적지 않다. 때로는 우수한 전사를 근위대로 삼고 싶다며 보석금까지 내서 구입하는 사람도 있다.

물론 이 화려한 행사 뒤편에는 사타하바키가 운영의 룰을 확실하게 준수하고 있어서, 『고의 살해에 따른 결판을 엄히 금한다』, 『인간과 베니비시와의 시합은 엄히 금한다』 등등, 죄수 전사들를 철저히 보호했다. 이 조치는 관객의 과도한 열기를 막는 것과 동시에 다양한 스타 선수를 만들어내는 결과로도 이어졌다.

그래서 오늘도 수라도 투기장은 열광의 소용돌이에 휩싸여 있었지만…….

"……뭐, 뭐야 이 시합은?!"

검은 로브로 몸을 감추고 열광하는 관객석을 헤치고 나와 모래가 깔린 투기장을 내려다본 시시는 그 모습을 보고는 저도 모르게 허덕이듯이 목소리를 높였다.

일반적으로 수라도의 결투는 일대 일로 기술만을 경쟁하여 승패를 가린다. 그러나 지금 시시의 눈 아래에서 벌어지는 싸움은 그것과는 전혀 양상이 달랐다.

갑옷도 뭣도 없이 소검과 방패만을 든 베니비시 전사들을 둘러싼 중장 이구아나 기병대가 빙글빙글 돌다가 필사적으로 저항하는 베니비시 한 명을 채찍으로 끌고 와 딱딱한 모래바닥 위를 질질 끌고 다녔다.

'이, 이런 건…… 승부도 뭐도 아니야. 그냥 학살이잖아!'

"효호~! 잘한다. 해치워 해치워—!"

눈을 부릅뜨고 입술을 깨문 시시 옆에서, 뚱뚱하게 살찐 남자가 양손의 반지를 빛내며 유쾌하게 짝짝 손뼉을 쳤다.

"응? 너는 방금 온 건가? 호호호. 이거 운이 좋네. 학살 쇼는 지금부터가 진짜라고."

"…………."

"원래 오늘은 소년 베니비시의 살육 쇼가 있다고 해서 기대하고 왔는데 중지돼서 말이야. 대신해서 마련된 게 이거거든. 이거이거, 이것도 꽤 볼만한데. 고대 콜로세움의 싸움을 재현했다는 모양이야."

"……이런."

얼굴을 가리고, 입술을 강하게 깨문 시시의 입에서 한 줄기 피가 흘렀다.

"이런, 승산 없는 시합을, 어째서……?! 베니비시와 인간의 시합은 위법이었을 텐데!"

"그게 오늘 수라도의 특별한 점이지. 피와 죽음이 흩날리는 프리미엄 데이라고!"

뚱뚱한 남자는 잔에 든 파란 와인을 꿀꺽꿀꺽 들이키면서 터질 듯한 가슴팍을 더럽혔다.

"옥장 사타하바키가 순회를 오지 않으니까, 오늘은 규정을 적용하지 않는다더군. 아무래도 조만간 베니비시를 전원 처형한다더라고. 수라도의 베니비시는 신체도 단련했고, 처형으로 죽이기에는 아깝잖나? 고피스 부옥장의 판단으로 이렇게 화려한 대처분 축제를 개최한 거지…… 자자, 자네도 술이라도 마시면서 보지 그러나?"

'이놈……!!'

시시의 홍색 눈동자가 분노의 불꽃으로 타올랐고, 그 패기로 검은 로브가 휘날렸다. 와인으로 흠뻑 젖은 옆자리 남자의 안면을 발판 대신 삼아 도약한 시시는 관객석을 뛰어넘어 아래에서 펼쳐지는 싸움 한가운데에 내려섰다.

"뭐냐, 뭐가 떨어졌어?!"

"난입자입니다. 부대장, 어떻게 할까요."

"상관없어, 사고다. 손님이든 뭐든 죽여!"

눈앞에서 빙글빙글 돌던 이구아나 기병대에서 붕붕 채찍이 바람을 가르는 소리가 들렸다. 무릎을 꿇은 시시 주변을 튼튼한 베니비시 병사들이 둘러싸서 감쌌다.

"아이잖아. 어째서 이런 곳에!"

"적어도 이 아이만이라도 지켜라! 어떻게든 활로를……."

"필요 없어!"

패기를 머금은 의연한 목소리가 로브 안에서 베니비시 전사들을 떨게 했다. 시시는 그대로 검은 로브를 벗어던지고 빛나는 덩굴에 휘감긴 몸을 드러냈다.

"다, 당신은……."

"시시 왕녀!"

"왕녀님이 어째서?!"

"으랴아압. 한눈팔지 마라, 죽다 만 것들아—!"

허둥대던 베니비시 한 명을 향해 기병의 채찍이 날아왔다. 자칫하면 그것이 병사의 육체를 찢어버리기 직전, 시시의 손에서 뻗어 나온 빛나는 덩굴 검이 그걸 휘감았다.

"어, 어라? 저기…… 와, 와아악—!"

시시가 채찍을 휘감은 검을 있는 힘껏 휘두르자 이구아나 위의 병사는 그대로 성대하게 날아가서 관객석에 강하게 부딪혔고, 관객들이 비명을 질렀다.

"눈앞의 벽을, 그저 운명이라 생각하지 마라!"

어안이 벙벙해진 채 병사를 바라보던 베니비시 전사들은 시시의 일갈에 정신을 차렸다.

"지금 처한 상황을 그저 운명이라고 생각하지 마라. 너희는…… 우리는, 흙 속에서 죽기 위해 태어난 게 아니야. 태양 아래에서 피어나기 위해! 태어난 거다!"

"시시, 님……."

"왕자로서 명한다! 그대들, 목숨에 꽃을 피울 때까지 죽는 것을 용납하지 않겠다. 나를 따라라! 반드시 너희를 태양 밑으로 데려가 주마!"

"네…… 네. 시시 님!"

"시시 님. 이 목숨, 바치겠습니다!"

"좋아! 다들 간다! 염화진(炎華陣)·3번으로 뭉쳐라!"

"예! 다들 염화·3번 진혀어어엉—!!"

전사들은 「오오!」 하고 기합을 넣고는 조금 전의 체념하던 표정에서 돌변하여 시시의 명에 따라 방패를 들고 진형을 형성했다.

"뭐, 뭐야? 이 녀석들, 갑자기……."

"허세야! 인간에게 거역할 수 없는 노예를 상대로 겁먹지 마라. 공격을 계속해!"

이구아나 기병들은 날카로운 채찍으로 계속해서 공격을 퍼부었지만, 거북이 등껍질처럼 굳게 뭉친 방패는 그 모든 걸 튕겨내서 방어를 벗겨낼 수가 없었다.

"잔재주를…… 에에잇. 희롱해서 죽이는 건 관두자. 발도—!"

부대장의 지휘에 맞춰서 기병들이 허리춤의 곡도를 일제히 뽑았다. 방패 틈새를 노려서 내려치려는 그 칼에 맞춰서.

퍼엉!

갑자기 진형에서 뛰쳐나온 전사 한 명이 이구아나 뒷다리를 절단했다. 기병은 비명을 지르며 쓰러졌고, 이구아나 밑에 깔려서 성대하게 피를 뿜어냈다.

"염화진·2번으로 전환! 적의 움직임에 맞춰서 『꽃잎』을 날려라!"

""오오!""

"에에—잇. 노예 놈들이—!"

수라도 기병대의 위신을 망칠 수는 없다는 듯이 이구아나들이 마구잡이로 덮쳐왔지만, 시시가 가진 왕의 기술, 그 용병술은 훌륭해서 방어하는 자와 공격하는 자를 교묘하게 나눠서 명백하게 장비기 앞서는 적군을 압도하고 있었다.

'베니비시는 인간은 베지 못하더라도, 동물은 달라. 적이 기병이라서 다행이야!'

"……이런. 시시 님, 저걸!"

베테랑 베니비시가 속삭이자, 방패 틈새에서 낌새를 엿본 시시는 스타디움 입장구에서 폭 4미터는 되는 거대한 전차가 달려오는 걸 봤다.

"하—하! 방문하신 여러분, 안심하시길. 지금 이건 여흥, 진짜는 지금부터입니다!"

부대장이 얼굴을 새빨갛게 물들이면서 전차 위에서 외쳤다. 고대 로마의 전차를 의식한 듯한 그 전차는 쓰러진 이구아나를 캐터필러로 짓뭉개면서 흙먼지를 일으키며 베니비시들에게 돌진했다.

"시시 님. 이젠 여기까지. 당신만이라도 도망치십시오!"

"포기하지 말라고! 말했을 텐데! ……가라아아!"

시시는 동포들이 지켜보는 앞에서 몸의 덩굴을 순간 반짝이고는 양손을 지면에 타앙! 후려쳤다. 시시의 태양 덩굴이 땅을 기면서 전차를 향해 뻗어갔지만, 그 두꺼운 캐터필러는 덩굴을 한꺼번에 찢어버려서 스피드를 줄일 수가 없었다.

"커, 헉……! 끄으으윽!"

""시시 님!""

덩굴이 찢겨서 대미지가 본체로 돌아온 시시가 얼굴을 찌푸리며 토혈했다. 그래도 시시는 이를 악물고 덩굴을 계속 뻗었고, 그 눈에는 더한 결의의 불꽃이 깃들었다.

"……다들! 시시 님에게 우리의 생명을 주입하자!"

"시시 님. 부디 제 생명을 사용해주세요!"

"저의 힘도!"

"시시 님, 부디……!"

베니비시 전사들은 시시에게 몰려와 몸에 손을 대서 모든 힘을 쥐어짜 시시에게 주입했다.

"다, 다들……!"

아직 진화의 힘에 눈뜨지 못한 민초들에게서 쏟아지는 필사적인 기도는 떨어져 가던 시시의 화력을 증가시키고 용기를 주기에는 충분했다.

'할 수 있어, 이거라면…… 모두의 힘이 있다면!'

"깔려버려라, 노예들아—!"

"우우우우오오오오오오오—!"

눈앞으로 다가온 거대 전차를 노려본 시시와 베니비시들이 일제히 외쳤다.

""발화!""

퍼어어어엉!!

"오옷?! 우, 우오오—!"

퍼엉, 퍼엉!!

시시가 캐터필러에 휘감아둔 덩굴을 매개로 삼아서, 거대한 겨울 동백꽃이 지면을 향해 연속해서 피어나며 그 기세로 중

전차를 높이 들었다.
"우, 우와아아악—!"
전차는 그대로 옆으로 쓰러져서 굉음을 일으켰고, 스타디움 안에 흙먼지가 피어올랐다. 손님은 어떠냐면, 심상치 않은 정황에 우왕좌왕할 뿐 도저히 환성을 내지를 상황이 아니었다.
"으, 으으, 제, 젠장. 어째서 이런……."
가까스로 중상을 피한 부대장은 질질 기어서 전차 위를 나와 모래 위로 떨어지고는 투기장 출구를 향해 기어갔다.
그 눈앞에서.
푸욱!
"히익!"
곡도 한 자루가 모래 위에 박혔다. 모래먼지 속에서 얼굴을 완전히 검댕으로 더럽힌 시시가 무표정하게 부대장을 내려다보고 있었다.
"뭐, 뭐, 뭐냐, 이 자식……?!"
"뽑아."
"……엥?"
"안심해. 죽인 건 이구아나뿐이야. 룰에 따라서 다시 결판을 내자고. 나와 너의 일대 일 결투. 이거면 불만 없겠지."
"…………. 크, 크큭…… 꼬마 한 명이 무슨 소리를 하나 했더니만……."
부대장은 얼굴에 건방진 미소를 되찾고는 방심하지 않고 일어나서 눈앞의 곡도를 뽑았고, 덩굴 검을 축 내린 시시를 거만하게 내려다봤다.

"기고만장하는구나, 아앙? 병사들 다루는 법이 다소 능숙하다고 해도, 베니비시 꼬마인 건 변함이 없나. 눈 뜨고 내게 목을 내밀다니……."

"이제, 된 거냐?"

"아앙?"

"언제 시작되는지 물은 거다. 검을 뽑고 나서가 시작이라면, 벌써 열 번은 죽였어."

"……얕보지, 말란 말이다. 꼬마 주제에——!!"

부우웅! 양팔로 힘껏 내려친 곡도는 시시의 안면 아슬아슬한 위치에서 허공을 갈랐다.

부대장이 간격을 실수할 리가 없다. 이미 그 곡도는 중간 부근에서 깔끔하게 잘려버렸고, 허공을 날아서 빙글빙글 돌던 칼날이 바로 옆 모래사장에 꽂혔다.

"……아, 아……!"

"이제 베니비시에게 손대지 마라. 다음에 만나면, 죽인다."

곡도를 부러뜨린 덩굴 검을 스르륵 손목으로 되돌린 시시가 등을 돌려 걸었다. 부대장은 잠시 멍하니 부러진 검을 바라보다가, 갑자기 이판사판이라는 듯이 그걸 들고는 시시를 향해 맹렬하게 내달렸다.

"죽어라아, 망할 꼬마아아아!"

"바보 같은 녀석……."

넘쳐나는 살기를 느낀 시시가 어이없어하며 몸을 돌린, 그 옆에서.

퍼엉!

푸른 덩굴 창이 뻗어 부대장의 목을 옆에서 꿰뚫었다. 그것이 쑤욱 뽑히자, 절명한 부대장이 모래 위에 풀썩 쓰러지며 목덜미에서 분수처럼 피가 뿜어져 나왔다.

"시시 님에게 무례한 짓은 용서할 수 없다. 저세상에서 괴로워해라, 인간 놈……."

"너, 너…… 무, 무슨 짓을!"

시시가 바로 새파래져서 그 베니비시 전사에게 달려갔다. 전사는 공손히 고개를 숙이면서 인간의 피로 시시를 더럽힐 수 없다는 듯이 덩굴 창을 풀었다.

"이런 짓을 하면 왕의 분노를 사. 죽일 것까지는 없었어! ……아니, 애초에 어째서 너희가 인간을 죽일 수 있는 거지?!"

"시시 님의 꽃에서 받은 이 덩굴의 힘 덕분일 겁니다."

전사의 말을 듣고 다시금 몸을 살피자, 그 몸에 푸른 덩굴이 둘러싸고 있었다. 얼마 전의 시시와 마찬가지로 화력에 눈을 뜬 전조, 진화한 베니비시의 모습이었다.

"너, 너희에게도, 덩굴이……."

"네. 아까 시시 님과 함께 싸운 자들, 모두 발현했습니다."

"모두, 에게……? 설마!"

서서히 연기가 걷히자, 시시가 우려하던 참담한 광경이 드러났다. 손에 덩굴 무기를 든 베니비시 전사들이 지면에 쓰러진 인간들에게 차례차례 마무리 일격을 가하고 있었다.

"히, 히이이익! 그, 그만, 그만둬. 살려줘."

"내 친구도 너희에게 그렇게 부탁했지."

"가족이 있어어. 아내가, 딸이이이……."

"친구에게도 있었지. 그 가족도 살해당했지만……."

"꺼, 허어억, 꺼어어억."

전사들은 각각 냉혈하기 그지없는 얼굴에 피를 흠뻑 묻히고는 병사들을 살해했다. 그뿐만이 아니라, 그 살의는 스타디움에서 보고 있던 관객들에게도 미쳐서 이미 수라도는 아비규환의 현장이었다.

"그, 그만둬—! 다들 죽이지 마! 너희, 죽을죄에 해당한단 말이다!"

"지금까지 쌓인 베니비시들의 원한을 생각하면 저 한 명의 목숨 따위는 사소한 것. 게다가……. 이 힘과 자유를 주신 건 시시 님 자신이지 않습니까."

"뭐, 뭐라고……."

"그렇게 활짝 피어난 훌륭한 겨울 동백꽃. …… 시시 님의 꽃. 꽃가루를 들이쉴수록 힘이 솟구칩니다."

그 말을 듣고 시시가 몸을 돌리자, 스타디움 중앙에 피어나 조금 전 전차를 날려버린 커다란 겨울 동백꽃에서 태양처럼 빛나는 꽃가루가 반짝반짝 퍼지고 있었다.

베니비시들을 진화시키고 노예의 사슬을 부순 건 바로 이것, 시시가 가진 진화의 힘에 의한 것이었다.

"다시 태어난 기분입니다…… 자신의 의지로 움직인다는 건 이렇게나 기분 좋은 일이었군요."

중얼거리는 전사의 말을 들은 시시는 오싹한 오한을 느꼈고…… 문득 스타디움 관객석, 두려움에 잠겨 웅크리고 있는 유복한 차림새의 아이를 발견했다. 그곳에서는 베니비시 한 명이 유령처럼 천천히 그곳으로 걸어가고 있었다.

"앗!! 그만둬…… 그만둬—!"

곧장 내달린 시시의 목소리도 그곳에는 닿지 않았다. 인간의 피에 흠뻑 젖은 베니비시가 손에 든 덩굴 도끼를 움켜쥐고는, 눈을 꽉 감은 아이를 향해 들어서…….

화아악!

갑자기 스타디움 안에 불어온 돌풍이 부드러운 향기를 동반하며 베니비시들의 몸을 지나갔다. 베니비시들은 어안이 벙벙해져서 눈을 크게 뜨며 굳어졌고, 이윽고 멍하니 무기를 덩굴 형태로 되돌렸다. 또한, 거대하게 피어난 겨울 동백꽃도 돌풍에 닿자 스르륵 봉오리로 돌아와서 꽃가루를 뿌리는 걸 멈췄다.

"……으, 으……? 나는, 대체……?"

근처에 있던 베니비시가 조금 전까지의 냉철한 표정에서 돌변했다. 시시는 울면서 도망치는 인간 아이를 지켜보면서 안도의 한숨을 내쉬었다.

"슬픈 일이다."

쿵! 몸속부터 얼어붙는 듯한 무거운 목소리가 시시의 귀에 꽂혔다. 주변 베니비시도 본능적으로 그렇게 느꼈는지, 이해하기도 전에 그곳에 엎드렸다.

"아버……님……!"

스타디움에서 가장 높은 관람석에서, 호화로운 가운이 펄럭였다.

베니비시의 왕 호센. 지금 그 표정은 미로에게 보이던 것과는 다르게 엄격한, 왕다운 모습이었다.

호센이 20미터 정도 높이에서 뛰어내리자, 발밑에서 봉숭아가 『퐁』 하고 피어나서 착지의 기세를 줄였다. 호센은 그대로 발밑에 꽃을 『퐁』, 『퐁』 피우면서 모래사장에 있는 시시를 향해 걸어왔다.

'아…… 으아…….'

부왕이 발하는 얼음 같은 오라에 닿아서 움직이지 못하는 시시를 감싸기 위해, 앞으로 나온 베니비시 몇 명이 왕에게 엎드렸다. 호센은 감정을 읽을 수 없는 표정으로 엎드린 동포들을 내려다보고는, 어쩔 수 없다는 듯 멀리 있는 자식을 향해 조금 목청을 높였다.

"오랜만이구나, 시시."

"아, 아버님……."

"건강하게 지냈느냐? ……아니, 물어볼 것도 없나. 멀리서는 몰라볼 정도였으니."

"…………."

"좋은 스승을 찾았구나. 그렇지?"

"네……."

"잘됐구나."

"…………."

염원이었던 아버지 앞에 있건만, 해야 할 말이 나오지 않았다. 시시는 그래도 어떻게든 쥐어 짜내서, 힘껏 목소리를 토해냈다.

"아버님! 저는……."

"아무 말 마라. 알고 있으니."

"하지만!"

"백성의 명운에 관해서는 염려하지 마라. ……지금은 너를 심판해야 하니."

호센의 말이 나오자, 베니비시들의 고리가 화악 좁혀졌다. 시시를 지키려 하는 마음 때문이었지만, 호센이 그런 것에 마음이 바뀔 리가 없었다.

"죽였구나, 시시."

"……윽!"

"호센 왕! 인간을 죽인 건 저희입니다!"

"벌하시려면 저희를. 시시 님 자신은 한 명도……."

"닥쳐라아!"

베니비시 몇 명이 필사적인 마음으로 항변했지만, 호센의 일갈이 날려버렸다. 그 압력은 베니비시를 통과한 뒤에도 어마어마해서, 말만으로도 스타디움 벽에 봉숭아가 퍼어엉 피어났다.

"짐은, 그걸 꾸짖는 것이다. 그 무시무시한 화력. 민초를 법의 금제에서 풀어내, 무저항인 자를 죽이게 하다니…… 네가 가진 진화의 힘이 가져온, 소행이다."

"…………."

"아직 그 능력의 세부가 어떤지는 모르나…… 왕자가 각성한 것이 백성을 수라로 바꾸는 꽃이라니. 왕의 길을 피로 칠하는 행위. 이의는, 있는가."

"……없습, 니다. 아버님……."

시시는 눈물을 펑펑 쏟으면서 한 발, 한 발 걸어왔다. 베니비시들은 당혹스러워하면서 길을 열었고, 시시는 호센 앞으로 걸어와 무릎을 꿇었다.

"줄곧. 어엿한, 후계자가, 되고 싶었습니다……."

"…………시시."

"하지만, 저의 화력이 민초의 안에 잠든 수라를 풀어버린 것도 사실입니다. 저의 꽃은, 저의 길은 피로 물들었어요. 살려두면 이 수라의 본성이 반드시 아버님의 길을 막을 겁니다."

"…………."

"모든 건 저의 본성이 한 일. 백성에게 죄는 없습니다. 베니비시의 평화를 위해. 부디 아버님의 손으로! ……제 목을, 베어주세요……!"

"시시 님, 그런!"

"아아. 호센 왕, 용서를……!"

"…………."

"…………."

무수한 베니비시가 침을 삼키며 지켜보는 가운데, 기나긴 침묵이 수라도를 감쌌다.

"……백성을 선도하여 인간을 살해했다. 이것이 왕족이 행한 일이라면, 네가 결심한 대로…… 죽을죄에, 해당하지."

"……네."

"그러니, 시시."

"…………."

"지금을 기해 너에게서 왕위 계승권을 박탈하고, 앞으로는 단순한 민초로 대하겠다."

"네?! 아버님, 그건!"

성난 기색으로 일어나려는 시시의 어깨를 호센이 천천히 눌렀다.

"백성이 스스로 몸을 지키기 위해 단결했다면, 그건 이 호센의 비호가 미치지 못했다는 뜻이니 죄는 짐에게 있다. 네가 일개 민초라면, 목을 벨 이유도 없게 되지."

"안 됩니다!"

시시가 호센에게 거세게 외쳤다.

"왕도(王道)에 등을 돌리고, 수라의 꽃을 내버려 두실 셈입니까! 여, 여기서…… 여기서 목을 베지 않는다면 베니비시에게 안녕은 없습니다. 백성의 행복을 위해 올바른 일을 하는 것이 왕의 길이 아니었던 겁니까!!"

"민초가 왕도를 역설하는 건 마음에 와닿지 않는구나."

호센은 시시의 필사적인 호소도 가볍게 무시하고는 지금까지의 엄격한 얼굴에서 껄렁한 태도로 돌아와 스타디움 천장을 가리켰다.

"그리고 아까부터 무서운 눈이 네 개, 짐을 노려보고 있어서 말이다. 이 이상 너를 괴롭히면 덤벼들 것 같아서 무섭구나."

시시가 그 방향을 올려다보자, 붉은 머리와 푸른 머리의 버섯지기가 거미처럼 천장에 붙어서 꿰뚫는 듯한 안광으로 호센을 노려보고 있었다.

"저런 눈으로 사람을 보는 녀석이 어디 있단 말이냐? 너의 스승도 참으로 무서운 녀석이구나."

"형……님……."

호센은 웃으면서 발을 돌려 동포에게 살짝 손짓을 보냈다. 베니비시들은 매우 재빠른 움직임으로 왕을 지키려는 듯이 모여들었고, 그리고 몇 명이 걱정스럽게 시시를 바라봤지만 역시 호센의 등을 지키려는 듯이 정렬했다.

"정말 잘난 척하는 아저씨잖아. 나라면 두들겨 팼을 거야."

자기 옆에 내려선 비스코를 보자, 눈물이 맺힌 시시의 얼굴에서 살짝 미소가 떠올랐다. 비스코의 몸에는 여전히 벚꽃 문신이 남아있었지만, 미로의 의술 덕분에 꽤 회복한 모양이었다.

"너의 힘이 없었다면 저 녀석들은 몰살당했을 거라고! 그런데 감사 한 마디도……."

"괜찮아요, 형님. 제 꽃의 힘은 피로 물들었어요……. 원래부터 아버님의 길을 이어받을 수는 없었던 거예요."

시시의 목소리는 최선을 다해 기운찬 것처럼 가장했지만,

딱할 정도로 떨리고 있었다. 비스코에게서 쏟아지는 연민의 시선을 받자, 시시는 저도 모르게 참고 있던 눈물과 함께 본심을 입에서 토해냈다.

"……안 됐어요. 어울리지, 않았어요……. 아버님의 등을 쫓아서 여기까지 왔는데. 아버님이 쌓아 올린 길에서, 떨어지고 말았어요……."

"뭐가 왕의 길이야. 이것도 안 되고 저것도 안 된다면 여기의 죄수 규칙하고 다르지 않잖아. 그런 건 버려버려! 앞으로 너의 룰은 스스로 정하는 거야. 시시!"

"훌쩍…… 그래도…… 그래도, 형님!"

"그래도, 가, 아니라고!"

번뜩이는 비취색 두 눈이 시시의 시선을 끌어당기면서 찬란하게 빛났다.

"잘 들어. 너는 올발랐어. 네가 그렇게 정했으니까! 너의 길에 누군가의 발자국 같은 건 필요 없어. 앞으로는 태양이 비치는 방향으로 그냥 걸어가면 된다고."

"형, 님……!"

"괜찮아. 나와 미로가 있잖아. 세상의 어떤 룰이 너를 꾸짖더라도 내가 무조건 긍정해줄게. 잘했다, 대단한 녀석이라고 말해줄게! 그러니까 움츠러들지 마……. 너에게 싹튼 마음은, 네가 인정해줄 수밖에 없다고!"

"……으, 으으, 으으……."

막혀있던 시시의 두 눈에서 굵은 눈물이 펑펑 쏟아져서 투기장의 모래를 적셨다.

"형, 님. 형니이이이이임…………."

계속 딸꾹질을 하던 시시가 비스코의 몸에 매달렸다. 이번만큼은 비스코도 그걸 뿌리치지 않았다. 시시의 뜨거운 눈물이 가슴팍을 적시는 걸 느끼면서 그 윤기 나는 보라색 머리카락을 헝클어줬고…… 소녀의 마음에 뚫린 구멍의 크기가 얼마나 클지 한동안 걱정했다.

"…………."

"…………."

"뭔가, 하고 싶은 말이 있는 것 같구나? 판다여."

"뭔가 말하고 싶은 건 임금님 쪽 아닌가요?"

수라도와 인간도를 잇는, 골짜기 밑바닥에 만들어진 길.

몸에 덩굴을 가진, 진화한 베니비시들을 이끌고 선두를 걷는 건 베니비시의 왕 호센. 그 옆에 서서 태연한 표정으로 걷고 있는 건 네코야나기 미로다.

"베니비시 왕의 결정에 인간이 의문으로 여기는 점이 있겠지. 하지만 그 자리에서는……."

"『왕이 된 자, 자신을 죽이고 백성의 행복을 위해서만 꽃을 바쳐야 한다』."

"…………."

"그 말이 사실이라면, 시시는 철두철미할 정도로 올발랐어요."

미로는 별 같은 눈동자로 앞을 똑바로 바라보면서 청량한 목소리로 말했다.

"자신의 목숨을 바쳐서 베니비시 백성을 지키고, 자신의 꽃이 수라의 것이라는 걸 알자 백성의 평온을 위해 스스로 죽기를 바랐으니까요. 모든 것을 희생해서라도 백성을 생각한다. 왕으로서 이상적인, 마음가짐 그대로 따른 행동이에요."

"…………흐으음. 이거야 원."

"하지만, 그 자리에서 당신은……."

"시시가 올바르다는 것을 인정할 수는 없었다, 그거냐?"

"…………."

"그래. 너의 말대로, 시시가 올바르다는 것을 인정하면 그것의 목을 베어야만 했다. 그래서 제 자식을 소중히 여겨서 지켜야 할 왕의 길을 꺾었다……."

"백성의 평온을, 희생한 건가요?"

"흠. 엄한 녀석이로다."

호센은 그렇게 말하며 조금 떨어져서 따라오는 베니비시 전사들을 돌아봤다. 모두가 왕의 왕다운 모습을 믿어 의심치 않는 충실한 백성들이다.

"……그래. 마음가짐에서 등을 돌리고, 시시를 지켰다. 왕으로서 있을 수 없는 행위라고 책망할 테냐?"

"확실히 임금님으로서는 0점이네요. 하지만……."

미로는 태연한 표정에서 살짝 미소를 짓고는 호센의 얼굴을 올려다봤다.

"저는 책망하지 않아요. 아버지로서는 합격점이니까요."

"……. 하하하."

호센은 미로의 말을 듣자 천천히 웃고는 눈을 들어 어딘가 먼 곳을 바라봤다.

"너무 훌륭하게 자랐다. 시시는 짐보다도 왕에 어울려…… 아니, 지나치게 어울린다. 왕이란 불행한 법. 규칙에 얽매이고, 제 자식조차 마음대로 안아줄 수 없고…… 여차하면 목조차 베어야만 한다. 그런 슬픈 인생은 또 없지."

"그래서 후계자에서 추방했다, 그런 건가요? 옥좌에 묶어서 시시의 행복을 빼앗고 싶지 않다고요? 하지만 임금님, 시시는……."

"시시한 말을 늘어놓았구나. 이 이야기는 끝이다. 잊어버리거라, 판다."

"어—이. 야! 기다려, 꽃 아저씨!!"

"아저……."

온화한 표정을 되찾아가던 호센의 얼굴이 빠직 굳어졌다. 눈초리 험악한 소년이 붉은 머리를 화려하게 휙휙 휘날리면서 멈춰 선 호센을 향해 성큼성큼 걸어왔다.

"비스코!"

"멀리서도 알 수 있는 거창한 옷이나 입고서. 할 말만 다 하고 작별이냐!"

"몇 번이나 말하지만, 짐은『아저씨』가 아니다."

비스코에게서 왕을 지키고자 앞으로 나온 전사 몇 명을 물린 호센이 헛기침을 했다.

"더러운 말이다. 불쾌하구나. 적어도『미장부』……."

"호칭이 마음에 안 드는 거냐? 꽃 피우는 영감이라고 불러줄까? 아앙?!"

"잠깐, 비스코!! 위, 위험하잖아. 이 사람 임금님이라고!!"

뒤에서 대기하는 베니비시들에게서 찌릿찌릿 적의를 느낀 미로가 식은땀을 흘리며 맹견처럼 살기등등한 파트너를 필사적으로 달랬다. 한편 비스코는 어떻게든 호센에게 따지지 않으면 직성이 풀리지 않는 모양이었다.

"흠. 초대면일 텐데…… 지인 중에 짐승은 없으니. 그렇다면 어째서 그렇게까지 짐에게 화가 난 거냐?"

"올바른 일을 꺾어버렸는데, 화가 나지 않을 녀석이 있겠냐!!"

"시시는 어디 있느냐. 두고 온 거냐?"

"힘의 반동으로 열이 나서 누워있어. 아버지를 구하겠다는 마음으로 지금까지 무리해왔다고……! 너를 한 방 두들겨 패고 그 녀석에게 고개를 숙이게 하지 않으면 내 직성이 풀리지 않아."

"무례한 놈! 인간은 모른다. 호센 왕께서 어떤 마음으로……!"

"됐다. 물러나라."

호센은 붉은 머리 맹수가 내뱉은 예상 밖의 올곧은 말에 기분을 고쳤는지 부하를 만류하고 비스코 앞으로 나왔다. 걱정스러워하며 웅성대는 베니비시들 옆에서, 호센은 비스코를 이리저리 바라보고는…… 그 비취처럼 반짝이는 눈동자와 시선을 맞췄다.

고피스의 채찍에 맞은 상처가 아직 낫지 않아서 한쪽 눈을 감고 있지만, 그 안광은 「하나면 충분하다」는 감상을 호센에게 줄 만큼 생명력으로 가득했다.

"흐으음. 그렇군. 네가 그것의 스승. ……시시에게 꽃을 달아준 괘씸한 녀석이로구나."

"조금 피를 나눠줬을 뿐이야. 꽃은 그 녀석이 스스로……."

"이거야 원, 이런 광견 같은 남자에게 딸을 빼앗길 줄이야. 그렇지만 규정은 규정이니, 시시와 이 녀석의 혼인을 인정해야겠구나."

"""……뭐어어?!"""

붉은색과 푸른색 버섯지기가 동시에 얼빠진 소리를 내질렀다. 호센은 손가락에 몇 개에 끼워진 반지 중 하나를 비스코에게 넘기고는 「그때까지 가지고 있거라」 같은 말을 아무렇지도 않게 늘어놓았다.

"무, 무슨 소리예요! 임금님, 비스코는 기혼자예요! 유부남이에요. 바지런하고 E컵이고, 조금 힘이 센 아내가 제대로 있다니까요!!"

"그것이 뭐가 문제냐? 베니비시의 관습은 다부다처다. 두 번째 아내로 삼으면 되지."

"머, 멋대로 지껄이지 마, 아저씨! 인간에게는 인간의……."

"아저씨가 아니다. 장인어른이라 불러라."

"부르게 할 줄 알고—! 안 돼 안 돼 안 돼! 저어얼대, 안 돼!"

허억허억, 핏발선 눈으로 비스코를 감싸는 미로를 본 호센과 베니비시들은 얼굴을 마주 봤다.

"기묘한 녀석들이군. 본인이라면 몰라도 어째서 판다가 이렇게까지…… 뭐, 됐다. 일이 끝나면 마음이 바뀌기도 하겠지."

"안 바뀌어!!"

"뭐든 됐으니 빨리 용건을 마치거라. 뭐라고 했었지? 짐을 그 주먹으로 패주겠다고 했나."

가운을 펄럭 나부낀 베니비시의 왕, 호센이 비스코에게 미소를 지었다. 왕에게서 나오는 오라를 느낀 베니비시들은 저도 모르게 물러났고, 이 자리는 왕과 버섯지기 두 사람을 베니비시들이 빙 둘러싸는 구도가 되었다.

"그럼 마음대로 하거라. 걷어차도 좋다. 사양할 필요 없어."

"이 자식. 무저항으로 맞겠다는 거냐?"

"후후. 짐도 사위의 힘에는 흥미가 있으니 말이지."

"그럼, 마음껏 먹어봐라아!"

미로가 제지할 새도 없이 지면을 박차고 탄환처럼 도약한 비스코가 그대로 호센의 콧등을 향해 주먹을 휘둘렀고…….

후왓, 주먹에 닿는 예상 밖의 감촉에 균형을 잃고 그대로 지면을 미끄러지다가 돌이 튕기듯이 몇 번이고 뛰면서 낙법을 잡았다.

'앗?! 사라졌다!'

"하하하. 인드라인가, 스사노오인가. 터무니없는 박력이구나! 짐의 젊은 시절이 떠오르는군."

"……이 자식. 무슨 짓을 한 거야!"

호센의 목소리를 들은 비스코가 즉시 뒤를 돌아봤다. 조금 전 확실히 호센의 모습을 포착했건만, 지금 그는 봉숭아 꽃잎 무리에 휩싸여서 하늘하늘 지면에 떨어지고 있었다.

"이것 참. 우아한 꽃을 짐의 모습으로 잘못 보았나? 이거 영광스러운 일이구나."

"마술쇼 하나 보여줬다고 기고만장하지 말라고오오!!"

비스코는 송곳니를 드러내며 울부짖고는 유유하게 머무는 호센을 향해 다시 덤벼들었고…….

그 눈앞에서, 급브레이크를 밟듯이 지면을 내디뎠다.

"음."

"거기냐아앗—!!"

비스코는 앞선 공방에서 순식간에 사고를 전환하여 시야에 의존하는 걸 그만뒀다. 호센의 존재가 내뿜는 기척을 감각으로 붙잡은 비스코는 순간적으로 몸을 틀어 언뜻 봐서는 아무것도 없는 공간을 있는 힘껏 걷어찼다.

화악!

다시 봉숭아꽃이 팔랑팔랑 흩어졌다.

"뭣이이!"

조준에서 빗나가 바닥에 쓰러진 비스코의 목덜미에 싸늘한 것이 닿았다.

"흠. 훌륭하다, 아카보시 비스코. 하지만 여흥은 여기까지."

비스코는 천천히 몸을 돌려 하얀 칼날을 뽑은 호센을 날카롭게 노려봤다.

"대단한 녀석이구나. 눈에 의지하지 않고 기척을 느껴 짐의 은신을 포착할 줄이야……. 그 소년의 몸으로 과연 얼마나 많은 수라장을 헤쳐나왔는지."

"……이 자식. 은신 쪽을 미끼로 삼은 거냐……!"

"짐을 걷어차서 네 마음이 풀린다면 그래도 괜찮다고 생각했지만. 아무리 그래도 그걸 간파한 녀석에게 걷어차인다면 짐도 무사히 넘어갈 수 없을 것 같아서 말이다."

호센은 조용한 미소를 지으며 검을 거둬 칼집에 넣었다. 침을 삼키며 지켜보던 베니비시들은 그제야 겨우 한숨을 내쉬었고, 지금의 공방에 입을 모아 감탄한 목소리를 냈다.

"아카보시, 판다. 너희가 어느 정도의 역량이 있는지 알게 된 이상, 육도의 분쟁에 이 이상 개입을 허락하지는 않겠다. 쓸데없이 개입한다면 적이라고 볼 테니 명심하라. 지금부터는 베니비시의 문제…… 나아가서는 짐과 사타하바키 소메요시의 문제다."

"손가락이나 물고 지켜보라는 거냐? 바보 같은 소리 하지 마. 버섯지기의 문제이기도 하다고! 그 염라대왕님을 쓰러뜨리지 않으면 다들 그 문신을 떼어낼 수 없단 말이다!"

"걱정할 것 없다. 짐이 대화로 그 화력을 풀게 할 것이다. 베니비시끼리의 분쟁에서 무기는 무용. 반드시, 법과 왕도 아래에서 무혈로 결판을 내겠다."

"신념이 두 개 맞부딪치는데! 코피 한 방울도 없이 결판이 나겠냐!"

올려다보는 비스코의 잡아먹을 듯한 시선을 바라본 호센의 눈썹이 꿈틀 움직였다.

"무사안일주의도 작작 하라고, 감옥 밖에서 그런 건 통하지 않아! 먹느냐 먹히느냐의 세상에서, 흙투성이가 된 결정 사항을 질질 끌고 가겠다는 거냐!!"

"짐의 왕정(王政)에 경종을 울리겠다는 것이냐."

"이 자식, 나는 진지하게……!!"

"됐다. 아카보시, 그러면 됐다. 짐의 왕정에 녹이 슨다면, 뻗어나가는 생명의 힘이 그것을 부수고 새로운 왕정이 일어서겠지. 자연스러운 일이다. 그걸 이해하고 있기에, 짐은 왕인 것이다."

"…………."

"오래된 왕이 새로운 왕의 검에 쓰러지는 것은 각오한 바다. 그러나 딸은 마음에 걸리는구나. 짐이 죽은 뒤, 왕위를 빼앗은 자에게서 시시를 지켜낼 걸물이 필요하다. 그래서 스승으로 강한 남자를 고르라고 말했지…… 결국 데려온 것은 이런 맹견이었지만."

"……아앗. 이 자식, 그런 속셈으로 시시에게!!"

"남의 딸에게 꽃을 달아준 이상, 반드시 지켜주도록 해라. 이것은 왕명이다."

"누가 네놈 마음대로……!"

"알겠습니다, 호센 왕. 시시는 맡겨주세요. 사타하바키를 부탁합니다."

"야, 미로 너!"

"하하하. 좋구나. 인간 중에도 좋은 이들이 있다. ……반드시, 함께 걸어갈 날이 오겠지."

호센은 중얼거리듯이 말하고는 화려한 가운을 한 번 펄럭이면서 골짜기 밑바닥 길을 유유히 걸어갔다. 대략 100명 정도의 베니비시들도 대열을 흐트러뜨리지 않은 채 왕의 뒤를 따라갔다.

"……야, 미로! 진심으로 저 아저씨에게 전부 맡길 셈이냐?!"

"그럴 리가 없잖아. 부딪쳐봤자 손해니까 그렇게 말했을 뿐이야."

"너……."

"내가 수락하더라도 비스코가 말을 들을 리가 없으니까아."

천연덕스럽게 거짓말을 하고도 태연한 표정을 지은 파트너 앞에서 비스코는 눈을 실룩거렸고…… 그 너머에서 철컹철컹 소리를 내며 달려오는 붉은 거인을 봤다.

"아앗, 1호!"

"메파오샤 씨에게 축생도의 골탄 창고를 열어달라고 했어. 거기까지는 예비 전력으로 가서 스스로 배를 가득 채우라고 했지."

"그 여자가? 용케 솔직하게 털어놨네."

"뭐. 슬슬 한계 직전이었던 것 같아서."

"응? 뭐가?"

"1호~! 이 주변에 숨어있을 것 같은데. 찾을 수 있어?"

미로가 달려오는 1호를 부르자, 1호는 거기서 멈춰서 머리를 360도 돌리며 마치 경광등처럼 비취색 라이트를 깜빡깜빡 켰다. 비취색 라이트는 너무 눈부셔서 무심코 눈을 꽉 감은 두 사람의 맞은편 벽을 특히 진하게 비췄다.

"와오. 주변이 아니라 바로 코앞이었네."

"야, 미로. 너 아까부터 뭘 찾는 거야?"

"무기고야."

미로가 비취색으로 빛나는 암벽을 똑똑 두드리면서 의아해하는 비스코에게 답했다.

"간수실에 실례해서 지도를 봤거든. 우리의 활이나 버섯독도 거기에 보관되어 있어. 누구랑 싸운다고 치더라도, 우선은 버섯지기의 장비를 되찾아야지."

"그건 동의야. 활하고 버섯이 있으면 그런 시시한 적에게 고전할 일도 없었어."

『바르르—!』

쿠웅, 쿠웅 땅을 울리며 걸어온 1호가 미로를 잡아서 옆으로 치우고는, 그 통나무 같은 강철의 다리로 비취색으로 빛나는 암벽을 힘껏 걷어찼다.

와장차아앙!

1호가 찌그러트린 암벽은 사실 교묘하게 위장한 기계장치였고, 문의 파괴와 맞춰서 바위로 의태했던 카드 리더기가 펑! 하고 연기를 뿜어냈다.

"좋아. ……무기고에는 꽤 많은 수의 호위가 있을 거야. 탐지기를 일일이 보낼 수 없으니까, 1호랑 같이 쳐들어갈게."

"알았어. 가자!"

"잠~깐. 비스코, 스톱. 비스코 앉아."

"조련하지 마!"

"세 사람은 전력 과잉이야. 너는 호센 왕한테 가."

"……으응? 그 아저씨한테 가세하라고? 대화로 어떻게 한다면서?"

미로는 건방진 표정으로 살짝 웃으면서 귀를 긁적였다.

"물론 잘 풀리면 그래도 되겠지. 하지만 자기 자신한테도 100년 실형을 선고하는 사람이 상대가 왕이라고 해서 정의를 꺾을 것 같아? 분명 비스코의 말대로, 코피 한 방울도 없이 원만하게 해결될 수는 없어. 비스코의 힘이 꼭 필요할 거야."

"언제나 나오는, 판다의 직감이라는 거냐."

"나는 비스코의 감각을 믿어. 비스코는 임금님과 나, 어느 쪽을 믿을래? 맡기겠습니다."

"핫!"

1호의 등을 가볍게 치며 내달리는 비스코에게 미로가 외쳤다.

"비스코! 손을 대라는 뜻이 아니야. 네 쪽에서 싸움을 걸면 안 돼!!"

"그 정도는 알아! 너야말로 빨리 활 들고 쫓아오라고!"

인간도 방향으로 달려가는 파트너의 등을 바라보던 미로는 살짝 웃었고…… 이윽고 전사의 안광을 푸르게 빛냈다.

"빨리 쫓아오라네. 저기, 1호. 누가 먼저 활을 찾을지 경쟁할까?"

『바! 바르—!』

"아하하! 좋아, 안 질 거야. 선배다운 모습을 보여주겠어!"

기합을 넣어 외친 1호는 버니어를 최대로 열고 어깨에 미로를 태운 뒤 무기고로 이어지는 숨겨진 길로 날아갔다.

13

『죽마고우였던 너에게…….』

『…….』

『설마 이런 무거운 운명을 짊어지라고 하게 될 줄이야……. 짐이 부족한 탓에.』

『어울리지 않는 말씀. 호센 왕, 마음을 굳게 먹으시지요!』

『…….』

『본관, 왕께서 반드시 베니비시의 평화, 마음의 평온을 쟁취하리라 믿습니다. 그 주춧돌이 될 수 있다면, 본관은 강철의 천칭을 들고 육도옥의 오니가 되도록 하지요.』

『……소메요시. 그 말, 확실히 받았다. 이곳에 무릎을 꿇어라.』

『예!』

『지금부터 짐이 가진 봉숭아의 힘으로 너에게 진화의 힘을 부여한다. 그 훌륭한 정신에 화력을 맡기게 된 것을 믿음직하게 생각한다.』

『예엣……!』

『……분명, 아름답고 듬직한 꽃이 피어나겠지. 언젠가 우리가 했던 맹세처럼……. 분명 그럴 거다. 소메요시. 그렇겠지? 소메요시여…….』

"호센 왕. 몸이 안 좋으십니까."

"음."

생각에 잠겼던 호센은 측근 전사의 말을 듣고 정신을 차렸다. 이미 인간도를 나와 천도…… 육도수옥 정문 현관으로 향하던 베니비시 일행은 왕 호센 아래에서 지금까지 없던 활력과 기합으로 가득했다.

"아니, 아무것도 아니다. 너무 신경 쓰지 말거라."

"실례했습니다. ……하지만 아무래도 낌새가 이상합니다. 천도 쪽에서 간수들이 차례차례 도망치고 있는 모양입니다."

측근의 말대로, 검은 로브를 입은 간수가 100명의 베니비시가 전진하는 대열 옆을 한 명, 또 한 명 지나가는 모습이 보였다. 「히익!」, 「와아악!」 등등 쥐어짜는 비명을 내지르는 그들은 공포로 좀처럼 움직이지 않는 다리로 넘어지면서도 필사적으로 도망쳤다.

"정문에서 무슨 일이 일어난 것 같습니다. 호센 왕, 잠시 기다리시길. 정예를 보내 낌새를 엿보고 오겠습니다."

"필요 없다. 무슨 일이 일어났는지는 대충 예상이 가능하니."

"그렇게 말씀하셔도. 저희 베니비시, 왕에게 만일의 사태가 벌어진다면……!"

"백성에게 만일의 사태가 벌어지는 걸 두고 봐선 안 되는 건 오히려 짐이다. 됐으니 묵직하게 걸어가거라."

호센의 부드러우면서도 위엄으로 가득한 목소리를 듣자, 측근은 저도 모르게 고개를 숙이며 물러났고, 그 이상 물고 늘어지지 않았다.

'……소메요시……!'

그러나 측근들은 호센의 홍색 눈동자 안쪽에서 조용히 타오르는 불꽃의 기척을 전혀 눈치채지 못했다. 베니비시의 대열은 그대로 도망치는 간수들은 아랑곳하지 않은 채 정문 현관으로 나아갔다.

육도수옥 정문 현관.

현재 그 칠흑의 대문에는 앞쪽을 완전히 덮어 가릴 만큼 커다란, 벚나무를 격자 형태로 조립한 거대한 우리가 놓여있다.

그리고 그 중앙에는…….

거구를 푸른 갑옷으로 감싼 지옥의 법무관 사타하바키가 자신을 심판하기 위해 들어간 감옥 안에서 어마어마한 위압감을 발하며 앉아 있었다. 밥도 먹지 않고, 말도 하지 않고, 두꺼운 갑옷을 입은 채 억지로 한 좌선도 감옥에 들어간 뒤부터 전혀 무너지지 않고 있다.

감옥 쪽에서 한시도 떨어지지 않고, 때때로 「푸르릉」 우는 건 사타하바키의 애마, 칸히다. 녀석도 주인에게 어울리는 훌륭한 거대함을 자랑했지만, 주홍색 털은 약간 윤기를 잃고, 그 자세도 기분 탓인지 쓸쓸해 보인다.

"……카아앗—!"

사타하바키의 하얀 기둥처럼 멋들어진 이빨이 노출된 입에서 작열의 숨이 새어 나왔다. 그러자 그곳에서 바로 투웅!! 하고 훌륭한 벚나무 줄기가 어깨를 뚫고 튀어나왔다.

"……화력이 넘쳐나 억누를 수가 없구나. 이미 내 목숨이 끝나는 날도 가깝다!"

두꺼운 목소리를 내뱉은 사타하바키는 그럼에도 냉정하게 팔짱을 다시 꼈다.

"본관이 삶을 끝내고, 이 화력을 억누르는 몸이 없어진다면…… 벚꽃은 순식간에 육도옥 전체를 뒤덮어 모든 베니비시를 빨아들여 죽이겠지. 그리고 카소 전체에 1년 내내 마르지 않는 벚꽃이 피어난다."

도전적으로 죽음과 마주하는 주인을 향해 칸히가 「히힝」 울었다.

"염려하지 마라, 칸히. 벚꽃의 힘은 법에 충실, 베니비시 이외에는 손대지 않는다. 너는 반드시 살아남아 다음 옥장을 위해…… 으흠."

갑자기 뭔가 기척을 느낀 사타하바키가 좌선을 풀었다.

"사, 사타하바키 님—!!"

밧꽃 감옥에 매달리듯이 붙어서 지면에 엎드린 간수 한 명.

"인간도의 문이 열렸습니다! 반란입니다. 베니비시의 왕 호센을 필두로 해서 그 숫자, 대략 100명!"

"왔나."

투웅! 목덜미에서 피어난 벚꽃을 뜯은 사타하바키가 낮게 외쳤다.

"때는 왔다. 넘겨준 열쇠로 이 우리를 열어라."

"오, 옥장님. 녀석들 베니비시인 주제에 인간에게 겁먹지 않습니다. 명령을 듣지 않아요. 아까도 간수 몇 명이 덤볐다가 검이 부러졌다는 보고가……."

"당장, 이 감옥을 열지 못할까——!!"

사타하바키가 포효와 함께 일어나자 벚꽃 우리가 투구에 닿아 빠직빠직 꺾였고, 휘두르는 손의 힘 때문에 우리를 이루던 나무도 순식간에 휩쓸려버렸다.

"아, 으아와와와……! 저 우리를 직접……."

"……음. 실패작이었나? 뭐, 됐다. 본관의 죄상에 탈옥 미수 20년을 추가해놔라."

"법을 준수하는 건 좋지만, 너무 서툴구나. 소메요시!"

"음!"

날아가듯이 도망친 간수 너머에서, 가운이 두둥실 펄럭였다.

육도옥, 인간도로 이어지는 가느다란 길을 나와…….

하얀 피부를 태양빛에 반짝이며 나타난 것은 베니비시의 왕 호센이었다.

그 뒤를 지키듯이 덩굴을 단 다부진 베니비시 전사들이 덩굴 무기를 양손에 들고, 간수들의 접근을 막겠다는 듯이 압도적인 오라를 발했다.

"소메요시! 건강히 지냈느냐?!"

호센 왕의 태평한 목소리가 들리자, 사타하바키의 거구가 쿵, 쿵 움직여 그쪽을 돌아봤다. 법무관 사타하바키는 그대로 직접 만든 우리를 빠직빠직빠직! 짓뭉개면서 호센 앞으로 성큼성큼 걸어왔다.

"저, 저런 모습이라니…… 저 박력, 예전과는 비교도 안 돼."

"호센 님. 물러나십시오!"

필사적으로 호센을 지키려 하는 베니비시들 앞에 우뚝 선 사타하바키는…….

그대로 쿠우우웅! 대지를 흔들며 한쪽 무릎을 꿇었다.

"호센 왕. 오랫동안 얼굴을 보이지 못한 무례, 용서하시길."

"그랬었나? 하하. 임팩트가 강한 녀석이라 오랜만이라는 기분이 안 드는군."

"호센 왕의 혈색도 좋으시군요. 건강해 보이셔서 다행입니다."

"네가 베푼 대접이 너무 지나쳐서 조금 군살이 붙었지만 말이지. 지금까지 바깥 세계로부터 베니비시를 잘 지켜주었다. 감사하마. 그래그래. 지금 여기 들어와 있는 아카보시와 네코야나기라는 녀석. 그게 꽤 유쾌한 소년들이라……."

"잡담은 여기까지!"

사타하바키의 거구가 철컹, 하고 위압적인 소리를 내자, 베니비시 전사들이 왕을 지키고자 앞으로 나섰다. 그러나 호센이 「됐다」 하고 한마디 하자 전사들은 인사하며 뒤로 물러났다.

"휘하를 이끌고 탈옥이라니, 대담하기 그지없는 만행. 어찌 된 영문인지 묻지요."

"용건은 짐작하고 있을 텐데. 소메요시."

"이 자리는 이미 법정입니다. 왕께서 직접 말로 하시지요."

애마 칸히가 물고 있던 거대한 자를 손에 든 사타하바키가 말을 이었다.

"육도옥장 사타하바키, 상황에 따라서는――! 상응하는 처벌을 내려야만 합니다!"

퍼어엉! 벚꽃을 피우며 위협하는 사타하바키의 패기는 어마어마해서, 그 외침만으로도 베니비시 몇 명이 날아갈 정도였다.

한편, 호센 왕은 그립다는 듯이 입가에 부드러운 미소를 짓고는 사타하바키의 패기를 받아내면서 기분 좋다는 듯 머리카락을 흔들었다.

"소메요시. 여기 베니비시 백성들이 보이는가?"

"……으음. 이자들의 몸은!"

"그렇다. 다들 짐의 화력을 받지 않았는데도 자신의 의지력으로 『덩굴』을 얻어냈다. 베니비시는 진화의 때를 맞이한 거다. 우리에게 이미 노예의 시간은 지나간 거다."

"그 힘으로 인간과 맞설 테니, 이 감옥을 깨뜨리겠다는 것입니까!"

"그러고 싶지는 않다. 그러니 문을 열어달라고 부탁하는 거다."

사타하바키가 작열의 숨을 내쉴 때마다 호센의 아름다운 머리카락이 흔들렸다.

"지금 베니비시 백성들은 아직 『덩굴』 상태. 여기서 『진화』의 힘에 눈을 뜬다면 사소한 계기로도 인간과 전쟁이 벌어질 수 있지. 그 전에 민족 상호 불가침 조약을 맺고자 교토 정부에 직소하러 가려는 거다. 평온을 위한 최선의 길은 이것 말고는 없다."

"평온을 위해서라는 번드르르한 말은 어떻게든 할 수 있습니다! 덩굴을 단 베니비시 100인, 그건 이미 군대라 부를 수 있는 것. 그런, 위험, 한……? 문을, 연, 다니……."

"자자, 진정해라. 소메요시…… 함께 베니비시의 평온을 바라던 사이 아닌가. 잠시 화력을 거두거라…… 진정하고 짐의 눈을 봐라……."

"으, 음, 으으……오……."

점점 말을 더듬거리며 자를 놓치면서 덜덜 떠는 사타하바키의 모습을 본 베니비시 전사들이 감탄하며 목소리를 높였다. 그리고 측근 몇 명은 호센의 손에서 반짝반짝 나오는 꽃가루의 존재를 깨달았다.

꽃가루는 흥분한 사타하바키의 지각을 잽싸게 파고들어서 투구 사이에 스르륵 들어가 요사한 향기로 사타하바키의 뇌에 작용했다.

'봉숭아의 환술. 이 녀석의 코가 막히지 않아서 다행이군…… 친구에게 환술을 거는 건 왕의 행동이 아니나, 너의 손에서 벗어나기 위함이다. 용서해라, 소메요시.'

호센은…….

애초부터 화력에 의해 폭주하는 사타하바키를 말로 설득할 생각은 없었다.

그렇다고 왕이든 뭐든 법 앞에서는 주저하지 않고 뭉개버리려는 이 폭주기관차를 무력으로 멈추려면 백성이 자신을 지키기 위해 희생되는 건 필연적.

'그러니, 잠시 꽃의 최면에 걸려줘야겠다.'

"……그, 그랬, 었지. 우리, 는. 베, 베니비시의…… 안녕을 위해……."

"그렇고말고, 소메요시. 여기까지 말했으니 이해하겠지? 자, 문을 열어다오."

"……알, 겠, 습……."

사타하바키가 덜덜 떨리는 몸을 움직여 육도수옥의 대문에 손을 댔다. 호센의 얼굴에 약간 안도가 떠오른 그 직후.

쾅, 쾅. 지면을 박차고 뛰어오른 거대한 붉은 털의 말 칸히가 그 앞다리로 주인 사타하바키의 얼굴을 힘껏 걷어찼다.

퍼억!!

"윽!! 아니 이런!"

호센이 즉시 꽃가루의 출력을 올린, 그 눈앞에서.

투우웅!

굵은 벚나무 줄기가 사타하바키의 투구, 뒷머리를 뚫고 피어났다. 벚나무 줄기는 뇌에 파고들어 그 의식에서 환술을 쫓아냈고, 덜덜 떨리던 사타하바키의 움직임이 우뚝 멈췄다.

잠시 뒤…….

"카아아아앗—!"

기나긴 숨을 내쉰 뒤, 하얀 기둥 같은 이빨이 딱딱 부딪쳤다.

"……위험하도다. ……위험하도다!! 세상의 법을, 이리도 흐트러뜨리는 화력. 나의 몸으로, 체험했다."

"이 녀석, 충의의 말이로다. 앞으로 한 발짝이었건만!"

"베니비시 모두가, 이 힘을 가지고 일본에 풀려난다면. 이 사타하바키, 무슨 짓을 해서라도오오오, 이 자리에서! 그 싹을 뽑아내야만 한다!"

사타하바키가 거구를 벌떡 일으키면서 호센과 베니비시들을 그림자로 뒤덮었다. 뛰쳐나온 베니비시들이 이번에야말로 왕 주변에서 물러나지 않고 목숨을 바쳐서라도 왕을 지키고자 혈안을 드러냈다.

"우리의 왕에게 무슨 참담한 말을!"

"명색이 너도 베니비시 아닌가. 동족의 길을 막을 셈이냐?! 물러나라, 사타하바키!"

"가소롭다—!"

최면으로 얼어붙었던 사타하바키의 거구가 빠직빠직빠직 삐걱거리면서 신경에 걸린 사슬을 찢어버리며 벚꽃을 펴엉, 펴엉! 꽃피웠다.

"이 사타하바키의 천칭 앞에서 권력, 핏줄, 신앙 따위는 먼지만큼의 무게도 갖지 못한다. 그대 역시 심판에서는 벗어날 수 없다. 베니비시 왕 호센!"

'으~음. 곤란해진 걸지도 모르겠군.'

살짝 웃은 호센의 목덜미를 한 줄기 땀이 지나갔다.

'소메요시의 힘이 늘어난 것은 알고 있었지만. 설마 짐의 화

술(花術)조차도 깨뜨릴 줄이야…….'

"판결을 내리겠다—!"

"왕, 위험합니다!"

호센은 베니비시 전사의 말을 듣고 그 자리에서 물러났다. 눈앞의 거대한 자가 콰아앙! 소리를 내며 떨어져서 그 충격으로 전사들이 날아갔다.

"민족 베니비시는, 평범한 세상에서는 과분한 힘을 개화했기에, 전원의 처형을 앞당긴다! 오늘 이 자리에서 얌전히, 이 자의 녹이 되어라—!"

"그 판결, 취소할 생각이 없다면."

호센은 마침내 표정을 굳히고는 허리춤의 칼집에 손을 댔다.

"짐도, 너를 베지 않을 수 없다. 소메요시!"

"왕 호센. 너는 그러지 못한다. 아니, 너만은 그럴 수 없다!"

하얀 기둥 같은 이빨이 번뜩 빛났다.

"민초를 짓누르려는 자가 앞에 있거늘, 어째서 그 칼날이 아직도 칼집 안에 있는가. 『동포를 직접 죽여서는 안 된다』! 그것이 왕족에게 부과된 법이기 때문이지 않은가!"

"왕! 부디 물러나 주십시오. 녀석의 말대로 뽑아서는 안 됩니다!"

"우리가 몇 명이 희생되더라도, 왕을 지키겠습니다!"

부우웅! 자가 높이 올라가서, 엎어진 채 신음하는 베니비시 전사들에게 떨어졌다.

"법 앞에, 굴복하라—!!"

'이놈!'

호센이 눈동자를 크게 뜨고 마침내 그 하얀 칼날을 뽑으려는 직전.

콰앙! 붉은 운석 같은 것이 어마어마한 스피드로 사타하바키 앞에 떨어졌고, 휘두른 자를 한 팔만 들어서 「파앙!!」 받아냈다.

"으기익!"

"으음?!"

삐걱! 소리를 내며 지면에 거미집 모양 균열이 갔다. 죽음을 각오하던 베니비시 전사들은 자신의 몸이 무사하다는 것…… 그리고 자를 받아낸 소년의 모습을 보고 경악했다.

"다, 다, 당신은……!"

"어…… 언제까지 자고 있을 거야! 당장 비켜—!"

베니비시 전사들이 그곳에서 물러난 동시에 붉은 머리 그림자도 물러났고, 자는 허공을 가르며 지면에 강하게 부딪쳤다.

"놀랍군. 아카보시……! 소메요시의 힘을 팔 하나로 막아내다니!"

"이봐, 임금님!"

비스코가 이마의 땀을 닦으면서 호센에게 고함쳤다.

"염라대왕님의 말이 맞아. 그 칼은 장식이냐!"

"왕의 입장도 모르고 간단히 말하는구나. 소메요시는 크나큰 공이 있는 동족. 동족에게 검을 휘두를 수는 없다."

"그럼 저 녀석을 어떻게든 해봐. 염라대왕님은 내가 맡을 테니까!"

"저 녀석……?"

호센이 비스코의 말을 듣고 돌아보자, 옆에서 베니비시 전사들을 걷어차고 날려버리며 날뛰는 주인 없는 거대 말의 모습이 눈에 들어왔다.

"명마 칸히!"

칸히는 호센의 모습을 눈으로 확인하자, 다른 병사들에게는 눈길도 주지 않고 일직선으로 대장을 향해 덮쳐왔다.

"그렇군. 말이 상대라면……."

호센의 하얀 칼날이 칼집에서 스르륵 뽑혀 나와 태양빛을 받으며 반짝였다.

"사양할 필요가 없지. 나쁘게 생각하지 마라, 소메요시!"

"어째서냐, 아카보시."

간수, 칸히, 베니비시들이 뒤섞인 난전 중, 현관 광장 중앙에서 비스코와 사타하바키가 마주 봤다.

"네놈의 삶과 베니비시의 존재는 상관이 없을 터. 어째서 호센 왕의 편을 드는가."

"딱히 임금님의 편을 드는 건 아니야. 베니비시가 어떻게 되든 나하고는 상관없어."

"뭐라……?"

"나는 그저, 네놈이 죽으면 곤란할 뿐이라고."

비스코의 눈이 번쩍 빛나면서 사타하바키의 투구 속을 내다봤다. 한편, 사타하바키는 눈앞의 소년이 발하는 강렬하고도 순수한 패기에 맞닥뜨려 움직일 수 없었다.

"동료와 함께 자해한다고 직접 말했잖냐. 그러면 곤란해. 이 저주를 풀 녀석이 없어지니까. 당장 너를 쓰러뜨리고 버섯지기 모두의……."

"……본관을, 죽이지 못하게 하겠다고? 본관이 동족 베니비시를 죽이고 그 후에 회한 속에서 자해하는 것을 막겠다고…… 그래서 본관에게 맞서겠다는 것이냐! 아카보시 비스코!"

"……너 말이야. 뭘 들은 거야?! 나는 그저 이 문신을!"

"훌륭하다!! 대륜 개화아아—!!"

자를 들어 올린 사타하바키의 온몸에서 퍼어엉, 퍼어엉! 벚꽃이 피며 주변에 벚꽃 눈보라를 일으켰다.

『딱딱딱』 울리는 잇소리가 한층 시끄러워졌다. 아무래도 지금 비스코의 외침이 사타하바키를 크게 기쁘게 한 모양이었다.

"인생의 최후에, 참된 무인과 만나게 된 것…… 행운이었다."

"……."

"아카보시! 본관은 동족의 피로 물들어 죽어가는 몸. 그러나! 앞선 네놈의 말은 세상을 떠날 때 확실하게 떠올릴 것이다—!"

"그러니까 죽으면 곤란하다고 말했잖아. 좀 들으라고 이 바보 자식아아아!"

"압살! 염라척(閻羅尺)—!"

"웃기지 말라고오!!"

사타하바키가 내려친 자와 비스코의 섬광 같은 발차기가

공중에서 맞부딪쳤다. 자는 크게 튕겨나 사타하바키는 몸을 젖혔고, 비스코도 지면에 부딪혀서 데굴데굴 굴렀다.

"차기 옥장 후보라 해도, 패해서 죽으면 그뿐인 남자. 죽일 생각으로 가겠다, 아카보시!"

"키가 좀 크다고 해서 잘난 척하지 말라고오!"

다시 떨어진 자 위로 훌쩍 올라탄 비스코는 그대로 사타하바키의 몸을 타고 올라서 품에 숨긴 비와 물소의 뿔을 들었다.

"으음!"

태양빛에 반짝이는 그 뿔은 축생도에서 비스코가 자신의 가슴에 꽂아 피로 물들어 있다. 눈을 뜬 녹식 포자가 핏속에서 반짝이며 발아의 예감에 떨었다.

"시잇!"

좌악, 좌악!

단도의 요령으로 휘두른 비와 물소의 뿔이 사타하바키의 흉부 갑옷에 가위표 각인을 새겼다. 파우가 가르친 기술, 필살의 십자 베기였다.

"으오옷—! ……고작 물소 뿔이 어째서 본관의 예복을 벨 수 있는 것이냐!"

"내가 벨 수 있다고 생각했기 때문이지. 얼간아!"

비스코는 그대로 가위표 중심을 힘껏 걷어차서 사타하바키에게서 물러났다. 스며든 녹식 균사가 발차기의 충격과 함께 일제히 눈을 떴고…….

퐁!

작은 소리를 내며 작렬하여 사타하바키의 대형 갑옷의 가슴 부분을 날려버렸다.

"크으읍—!"

'오래된 피라서 발아는 약하지만…… 딱 노리던 그대로야!'

비스코는 버섯을 양분으로 삼는『꽃』의 특질을 잊어버린 게 아니었다. 녹식을 사용한 공격은 사타하바키에게 더한 힘을 줄 수도 있지만, 선천적인 버섯지기의 감으로 발아 상태를 조절하여 멋지게 갑옷만을 벗겨내는 데 성공한 것이다.

그렇지만.

"자~ 그럼. 지금부터라고……!"

비스코의 눈앞에는 녹식의 충격을 받았는데도 여전히 움츠러들지 않은 지옥의 법무관, 사타하바키의 위용이 우뚝 서 있었다.

"느으, 으, 오오오—!"

퍼엉, 퍼엉!!

사타하바키가 전신에 힘을 주자, 갑옷 어깨의 장갑이 터지면서 그 거구에 훌륭한 벚나무가 두 그루 피었다.

"벚꽃 문신이 기능하지 않는 건 어째서냐. 어째서 움직일 수 있나. 어째서 괴로워하지 않나!"

"전속 돌팔이 의사가 있거든. 대증요법이지만, 너를 두들겨 팰 때까지는 버틸 수 있다고."

"그렇다면. 다음은 문답무용, 그 전신을 벚꽃 눈보라로 뒤덮어주마!"

부우웅! 휘두른 자가 마주 보는 전사 두 사람 사이에 꽃잎을 휘날렸다.

"이제부터는 봐주지 않겠다, 아카보시! 이 사타하바키의 벚꽃 눈보라. 흩어버릴 수 있다면, 어디 흩어, 보아라아아아—!"

"아까까지는 봐주고 있었다는 말투구만!"

"화력 발현! 발화·처진 가지의 춤—!!"

포효와 함께 사타하바키가 전신에 힘을 끌어올리자, 비스코에게 깨진 갑옷의 노출된 흉부에서 벚꽃 눈보라 문신이 꿈틀대더니, 마치 그 그림이 실체화된 듯 거대한 수양벚나무 가지 몇 개가 흉근에서 생성되었다.

"우오옷?!"

그 수양벚나무 가지가 마치 채찍처럼 변환자재로 움직이더니 오른쪽, 왼쪽에서 비스코를 덮쳤다. 꽃의 힘이 늘어났기 때문인지 처음 마주했을 때보다도 명백하게 재빠르고 강한 연격. 비스코는 본디 가진 경이로운 반사신경으로 피했지만, 발을 걸기 위해 날아온 가지 하나를 피하며 도약한 순간…….

"단! 죄—!"

"아차……!"

퍼어억!

사타하바키의 거대한 자가 비스코에게 비스듬히 직격해서 그 몸을 지면에 강하게 내리꽂았다. 비스코의 몸은 지면에 균열을 일으키면서도 즉시 낙법을 취했고, 문자 그대로 벚꽃의 마왕이 되어버린 사타하바키의 위용을 노려봤다.

'양손은 비어있는 거냐! 더, 더러운 기술이야!'

"덤벼봐라, 아카보시! 아니면 용맹함은 입뿐이었던 거냐?!"

"그런 애들 눈속임에 누가 쫀다는 거야!"

떨어진 자를 옆으로 피한 비스코는 덮쳐오는 수양벚나무 가지 채찍을 하나, 둘 뛰어넘어서 필살의 섬광 돌려차기를 사타하바키의 머리에 날렸다.

"먹어라, 짜샤아아아!"

빠키이잉!!

비스코의 발차기는 확실히 사타하바키의 투구를 후려쳤고, 측두부에 커다란 금이 갔다.

그러나 약간 비틀거리면서도 쩌억, 벌어진 노출된 이빨을 본 비스코는 오싹한 오한에 휩싸였다.

"하아앗—!"

'……이 녀석, 진짜는 이쪽이었나! 일부러 발차기에 맞았어!'

"단! 죄—!"

빠직!

으득, 으득으득!

"으, 오…… 끄오오오아—!!"

상상을 초월하는 격통이 덮쳐오자, 비스코의 입에서 절규가 새어 나왔다.

사타하바키는 비스코의 날개라고 할 수 있는 한쪽 다리의 정강이 부분을 커다란 입으로 물었고, 지금 막 그 하얀 기둥 같은 이빨로 드득드득 부수고 있었다.

"히흐하하. 허기해하, 하카보시!"

"시끄, 러, 워……!"

"흠!"

빠각! 깡, 빠킹!

"크학, 끄아악!"

그야말로 하얀 감옥 같은 이빨에 사로잡혀 공중에 매달린 비스코의 몸을 사타하바키의 통나무 같은 양팔이 교대로 후려쳤다.

빠킹, 으득! 그야말로 한 방 한 방이 마치 중장비인 항타기(杭打機) 같은 위력. 그럼에도 기절하지 않는 비스코의 의지력은 범상치 않지만, 앞으로 몇 초만 더 받아냈다가는 의식을 잃고 그대로 끝장날 것이다.

'이렇게 되면, 다리를 잘라내서……!'

코피를 흩뿌리면서도, 비취색 안광은 위기 앞에서 더더욱 광채를 발했다.

"주거라! 단! 죄—!"

사타하바키는 자신의 양팔을 크게 벌리고는, 양쪽에서 짓뭉개려는 듯이 비스코를 향해 주먹을 날렸다. 비스코는 손에 든 비와 물소 뿔을 곧장 자기 다리에 내려치려고 했고…….

반짝! 태양빛을 받아 빛나는 새빨간 동백꽃 꽃잎을 보고는 순간 손을 멈췄다.

'저건……!'

"형님을……!"

보라색 머리카락이 태양빛을 등지며 휘날렸고, 팔에서 뻗은 덩굴 검이 오렌지색으로 반짝였다.

"놔, 라——!!"

"……으읍?!"

힘차게 울려 퍼지는 목소리를 들은 사타하바키가 몸을 돌렸다.

"시시!"

"발화! 사자호오옹거어엄(獅子紅劍)!!"

콰아앙!!

시시가 뛰어내리면서 날린 일격은 사타하바키의 등, 갑옷의 사각에 해당하는 목덜미를 깊이 꿰뚫었고, 그 즉시 퍼엉, 퍼엉! 동백꽃이 피어나 벚꽃을 휩쓸어버렸다.

"끄, 아아아아오오오오—!"

사타하바키가 지금까지 내지른 것 중에서 최고로 비통한 외침이었다. 입을 크게 벌렸기에 비스코는 이빨의 속박에서 벗어나 지면에 콰앙 쓰러졌다.

"말도 안 된다. 이런 엄청난 화력…… 이건, 그야말로 왕의. 왕의 혈족이 가진 힘!"

"형님을, 베니비시를! 당하게 내버려 둘 것 같으냐! 육도옥장 사타하바키, 이 내가 상대하겠다!"

비스코를 감싸기 위해 사타하바키에게서 내려온 시시는 경악한 사타하바키에게 빛나는 칼끝을 내밀었고, 열풍이 불어와 앞머리를 팔랑팔랑 넘겼다.

"커헉! ……왕녀 시시! 참으로 훌륭한 검. 그러나 그 만행은 용서할 수 없다!"

사타하바키는 그 입에서 폭포수 같은 피를 흘리면서 외쳤다.

"『왕족은 동포에게 손을 대서는 안 된다』…… 베니비시 왕가의 철칙. 호센 왕의 후계자인 네가 왕도에 먹칠을 할 셈인가!"

"어리석은 질문! 왕가의 규칙은! 지금의 나를 얽매는 사슬이 되지 못한다!!"

시시가 내지른 혼신의 외침이 먼지를 휘감으며 이 자리에 있는 전원을 찌릿찌릿 떨게 했다.

"나는 이미 왕자가 아니야. 그저 『시시』로서 여기에 있다! 늑대 한 마리가 마음 가는 대로…… 동포의 미래를 구하기 위해 너를 물어뜯었을 뿐이다!"

"으으음—!"

"얕보지 마라……. 족쇄가 없는, 나는! 빠르다!!"

뛰쳐나가면서 작열로 반짝이는 덩굴 검을 스치듯이 올려치자, 잔월의 섬광이 공중을 내달리며 사타하바키의 어깻죽지를 베었다. 좌아악! 뿜어져 나오는 피에 물든 시시는 전신을 용수철처럼 튕겨서 몸을 젖힌 사타하바키에게 뛰어들어 목을 향해 검을 옆으로 휘둘렀다.

"크오아아."

"잡았다—!!"

좌아악!! 시시가 휘두른 사자홍검은 확실히 사타하바키의 목을 후려쳐서 엄청난 선혈을 흩뿌렸다.

"끄, 호오오―!"

지금 시시의 덩굴 검이 가진 예리함은 진검을 아득히 능가한다.

그러나…….

사타하바키의 두꺼운 목도 범상치 않은 근육을 가져서, 치사량의 출혈을 막아냈다.

"크호오오오…… 콜록. 이 정도의, 콜록. 힘으로는, 본관을 쓰러뜨릴 수 없다. 애송이―!"

'……지금의 일격에 쓰러지지 않아?! 뭐 이런 녀석이 다 있어!'

"고작, 스친 상처! 한두 개쯔으음―!!"

곧바로 사타하바키의 어깨를 박차며 도망치려던 시시를 손으로 꽉 붙잡은 사타하바키가 그 가느다란 몸을 눈앞의 지면에 콰아아앙! 내리쳤다.

"카학! 커흑, 카학! 젠장. 그거로도 쓰러뜨릴 수 없다니……!"

"시시! 무리하지…… 아니, 살았어. 고맙다. 마침 다리 하나 날려버릴 생각이었으니까. 이득 봤어."

"형님. 저의 검은 첫 공격에 녀석의 허파까지 관통했고…… 2격에서 경동맥도 잘랐어요. 벚꽃의 힘이 깃들어 있다고는 해도…… 사타하바키의 저 생명력은 범상치 않아요!"

"그럴지도. 하지만 범상치 않은 건 피차일반이야."

두 사람이 서로를 부축하며 일어나자, 사타하바키는 다시 자를 들었고…….

"크하악!"

그걸 내려치지 못한 채 커다란 입에서 피를 뿜으며 하얀 이빨과 눈앞의 두 사람을 붉게 물들였다. 한쪽 무릎을 꿇은 사타하바키는 자를 지팡이 삼아서 「카악……」 하고 깊은 숨을 내쉬었다.

"너의 말대로 저 녀석의 재생력은 이상해. 내버려 두면 다시 회복되겠지. 몰아붙이자, 시시!"

"잠깐만요, 무모해요. 형님! 그런 부상으로 움직였다가는 몸이 산산이 부서질 거예요!"

"그래서 어쨌다고, 바보야! 이 기회를 놓치면 그때야말로 우리의 패배라고!"

"형님."

시시는 용감하게 나서려는 비스코의 손을 당겨서 손바닥을 맞대고 꽉 움켜쥐고는, 비스코의 어깨에 이마를 대며 깊게 숨을 내쉬었다.

"……저를 믿고. 잠시만 몸을 맡겨주세요……."

너 갑자기 무슨 소리를, 이라고 항의하려던 비스코의 몸에서 뭔가 정체 모를, 타오르는 에너지가 흘러 들어왔다.

그것은 비스코를 지금까지 고무해온 녹식의 맹렬함과는 다른, 부드럽고 따스한 힘의 흐름이었다.

"역시나. 저의 꽃은 형님의 피를 부모로 인식하고 있네요……이거라면……!"

"너 말이야! 나한테 뭔가 할 때는 먼저 설명부터 하라고!!"

"괜찮아요. 따개비 때처럼 무례한 짓은 안 해요!"

말이 끝나자마자 맞잡은 시시의 손에서 태양처럼 빛나는 덩굴이 어마어마한 기세로 뻗어서 비스코의 몸을 휘감았다.

"우, 우와앗!"

태양 덩굴은 비명을 지르는 비스코를 아랑곳하지 않은 채, 우선 씹혀서 부서진 다리에 휘감기며 상처를 치유하고 뼈를 교정했다. 또한, 사타하바키의 망치 같은 주먹을 막을 때 심한 대미지를 입은 양팔에도 마찬가지로 덩굴이 휘감겼다.

"형님의 몸을 저의 화력으로 보강했어요. 교정 기구라고 생각해주세요!"

"……덩굴이 내 상처를! 너 어느새 이런 걸 익혔어?!"

"처음이에요. ……그래도 할 수 있을 것 같아서요!"

비스코는 시시의 터질 듯한 미소를 멍하니 바라봤다. 그런 두 사람에게 다시 거대한 그림자가 그림자를 드리웠고, 「카아악!」 하고 크게 숨을 내쉬면서 두 사람의 머리를 팔랑팔랑 흔들었다.

"겁먹었느냐! 덤벼보아라, 두 번이나 기습을 당할 카소노카미가 아니다아아—!"

"저 가슴에 있는 벚나무 가지는 제가 맡을게요. 형님은 팔을!"

"알았어!"

뛰어오른 비스코를 후려치려 하는 수양벚나무를 시시의 빛나는 검이 빠킹! 튕겨냈고, 이어지는 2격, 3격도 맞받아쳤다.

"그 작은 몸으로 본관의 수양벚나무를 받아낼 수 있겠느냐!"

"몸은 상관없어. 받아내는 건 나의 영혼이다. 사타하바키!"

시시가 가진 소녀의 몸이, 홍색의 눈동자가 용맹하게 반짝였다.

"발화! 처진 가시의 춤!"

"수무, 4, 5보! 물러나면서 염무, 4보, 3, 2보!"

반짝이는 검의 춤은 회전과 공격을 동시에 실행하는 완벽한 형태로 가지 채찍을 쳐냈고, 놀랍게도 체구에서 압도적으로 뛰어난 사타하바키를 밀어내 버렸다.

"으으읏— 네 이노—옴!"

"형님!"

"그래!"

시시의 재빠르고 훌륭한 춤에 조바심을 내며 주먹을 내려치려던 사타하바키에 맞춰서 비스코가 뛰어올랐다. 덩굴 스프링으로 다리를 보강한 그 도약력은 어마어마해서 비스코 본인조차 온전히 다루지 못할 정도였다.

"아카보시! 본관의 철권을 받아라!"

"네놈이 내 걸 받으라고!"

비스코와 사타하바키, 두 사람의 주먹이 공중에서 격돌했다. 비스코의 오른손은 덩굴 장갑에 뒤덮여 있었지만, 그럼에도 사타하바키의 거대한 주먹의 위용은 압도적이었다.

"크으으, 윽……!!"

비스코의 표정이 약간 고통에 일그러졌고, 덩굴 장갑에 빠직, 빠직빠직! 금이 가기 시작했다. 사타하바키가 승리를 확신하며 하얀 이빨을 딱딱 울린 직후.

퍼엉, 퍼엉, 퍼엉!

"으음, 오, 으오오옷―?!"

사타하바키의 거대한 장갑을 뚫고 새빨간 겨울 동백꽃이 연속해서 피어나 손바닥에서 팔까지의 푸른 장갑을 통째로 터뜨려버렸다.

"말도 안 된다! 이건 시시의 겨울 동백꽃. 아카보시에게 화력을 맡겼다고……!"

"시시, 여기다!"

"네, 형님!"

시시는 비스코의 말을 듣자마자 움츠러든 사타하바키의 빈틈을 틈타 춤의 스텝을 공격적으로 바꿨다.

"뇌무·5보, 6보, 수의 7, 염 8보, 9, 10, 11, 12, 13!"

기세를 늘림에 따라 시시의 몸이 눈부시게 빛났고, 그 홍색의 눈동자가 빛의 꼬리를 끌면서 순속의 춤은 잔상을 남길 정도가 되었다.

"여기다아! 왕무(王舞)·18보!"

노성 일섬, 언월처럼 번뜩인 시시의 덩굴 검이 두껍고 강인한 수양벚나무를 통째로 휩쓸어서, 사타하바키의 가슴에서 벚나무를 뜯어서 벗겨내 버렸다.

'18보까지 완전히 들어갔어. 여기밖에 없어!'

시시의 몸은 이미 사력을 다한 춤으로 한계였지만, 그럼에도 솟아나는 무한한 의지력으로 텅텅 빈 사타하바키의 흉부로 뛰어들었다.

“잡았다. 사타하바키—!!”

“어린애 몸뚱이 하나! 이 힘으로 튕겨내주마!”

“그건 내가 할 말이다아!”

사타하바키가 바위 같은 주먹으로 시시를 후려치려고 했지만, 비스코는 그 움직임을 미리 읽고 있었다. 즉시 덩굴에 묶인 발차기를 날려 그 주먹을 받아쳤고, 파아앙! 꽃이 피어나자 사타하바키는 고통스러운 목소리를 내며 크게 몸을 젖혔다.

한편, 사타하바키의 괴력을 통째로 받아낸 비스코도 무사하지 못해서 지면에 격돌하여 흙먼지를 일으켰다.

“형님!”

“지금이다! 가라, 시시!”

지면을 뒹군 비스코에게서 격려가 날아오자 시시의 몸에서는 더더욱 힘이 늘어났고, 귀에 피어난 동백꽃의 광채는 마치 유성처럼 꼬리를 이었다.

“발화! 사자호오옹거어어어엄!”

촤아아악!!

시시가 날린 혼신의 검은 빈틈을 드러낸 사타하바키의 노출된 가슴에 그 끄트머리를 꽂았고…….

그리고, 그곳에서 칼날이 우뚝 멈춰버렸다.

“……카앗—!”

경이로운 절삭력을 자랑하는 사자홍검이었지만, 그 칼날이 내장까지 도달하지는 못했다. 사타하바키가 흉근에 담은 벚꽃의 힘이 시시의 칼날을 바이스로 조이듯이 막아내고 있었다. 왕의 춤에 전력을 쏟아낸 시시는, 그걸 관통할 힘이 아주 조금 부족했던 것이다.

"훌륭하다, 왕자 시시…… 아니, 베니비시 시시. 멋진, 춤이었다."

"젠, 장…… 앞으로 한 발짝인데……!"

"하지만, 마지막 마무리를 그르쳐서는, 아직……."

겨울 동백꽃에 장갑이 부서진 사타하바키의 양팔이 확 올라갔다.

"8할 개화다, 애송이—!"

퍼, 억!

사타하바키의 무겁고 거대한 양팔이 가느다란 시시의 몸을 어마어마한 기세로 후려쳤다.

빠각빠각빠각! 뼈가 부러지는 감촉이 시시에게 생생하게 전해졌다. 덩굴 검은 팔뼈와 함께 자루가 꺾였고, 시시의 몸은 그대로 지면에 부딪힌 반동으로 공처럼 튕겼다.

"커……헉, ……악……!"

"시시—!!"

격통으로 인한 실신을 종이 한 장 차이로 견뎌낸 시시의 곁에 비스코의 목소리가 날아왔다.

'형……님!!'

그러나, 시시는 자신을 구하려는 비스코를 향해 눈을 확 부릅뜨며 답했다. 이미 목소리도 내지 못하는 시시의, 근성을 쥐어짠 메시지였다.

"……큽!!"

시선을 받은 비스코가 움직임을 멈췄다. 비스코는 시시의 목숨을 건 메시지를 확실히 받았다.

"발…… 카, 커헉!"

"검사, 꽃이 되어 무너져라! 단, 죄애애—!!"

"발화아! 사자, 동백—!"

퍼어엉! 시시의 외침에 응하여 비스코의 발을 묶은 덩굴에서 새빨간 동백꽃이 피었다. 비스코는 그 기세에 맞춰서 뛰어올라 시시를 향해 떨어지려던 사타하바키의 팔을 통과해, 그 가슴에 꽂힌 사자홍검을 붙잡아서 양손으로 움켜쥐었다.

빠꿈!

"오옷!"

곧바로 대형 동백꽃이 사타하바키의 어깨에서 피어났다. 자에 맞아 뭉개질 뻔한 시시는 직전에 조준이 빗나가서 목숨을 건졌다.

퍼엉, 퍼엉!

"크오오오! 아카보시, 네놈. 정말이지 바닥을 모를 녀석이구나!"

"실감, 했다고……! 염라대왕님, 세상에는 말이야."

비스코의 손은 칼날을 꽉 움켜쥐고 있었고, 어마어마한 태양색 피가 손에 흘렀다. 연속해서 피어나는 동백꽃의 비밀은, 비스코의 핏속에 있는 녹식 포자를 시시의 검이 먹어치우고는 생명력으로 바꿔 사타하바키의 몸에 주입하고 있었기 때문이다.

"아직도 재미있는 녀석이 많네. 시시나 당신 같은 녀석이 분명 앞으로도…… 어딘가에서 우리와 만나겠지!"

"만나는, 게, 아니다. 아카보시!"

퍼어엉! 피어나는 동백꽃에 몸을 젖히던 사타하바키가 외쳤다.

"네가 끌어들이는 거다. 강한 것, 강한 생명이, 선도 악도 관계없이 너에게 모인다! 죽였어야 했다. 너야말로, 육도의 천칭을 깨부수는 자였다!"

펑, 펑, 펑. 빛나는 덩굴 검에서 새빨간 동백꽃이 피는 걸 지켜본 비스코는 때가 왔다는 걸 깨닫고, 사타하바키의 두꺼운 흉판을 걷어차서 빙글빙글 공중에 도약했다.

"뚜껑을 덮어도 버섯은 자란다는 걸 깨달았냐!"

"지옥에서 기다리마, 아카보시! 네놈의 죄, 본관이 아닌 자가! 심판하게 두지는 않겠다—!"

비스코는 사타하바키의 외침을 들으면서 공중에서 2회전, 3회전 회오리처럼 기세를 늘리며 반짝반짝 태양의 가루를 흩뿌렸다.

"이걸로오오오! 역 전 무 죄 다아—!!"

즈파아앙! 터질 듯한 소리를 내며 6회전에서 날린 발차기가 사자홍검의 칼날을 힘껏 걷어차서 이번에야말로 사타하바키의 가슴에 깊이 박혔다.

"……크, 하하…… 크와하하하하하……."

퍼어엉!

"훌륭하도다, 아카보시……!"

"시시! 도망치자!"

퍼어엉, 퍼어엉!

"훌륭함·천 냥 개화이니라아—!!"

퍼어어, 퍼어엉, 퍼어엉!!

사타하바키의 마지막 포효가 울려 퍼졌다. 마치 폭발처럼 차례차례로 피어나는 동백꽃을 굴러서 피한 비스코는 시시를 안고 간발의 차이로 빠져나왔지만, 그래도 커다란 한 송이의 충격에 날아가서 지면을 데굴데굴 굴렀다.

"커헉, 콜록. 왜 저렇게까지 피는 거야. 대체 저 녀석은 얼마나 영양이 많은 거냐고?!"

"형, 님……."

"이겼어, 시시. ……앗, 아직 움직이지 마. 몸이 너덜너덜해."

"저희. 해낸, 거죠…… 저, 사타하바키를……!"

"응."

비스코는 피로 물든 얼굴로 씨익 웃으면서 눈앞에 펼쳐진 동백꽃 화원을 바라봤다.

"그래도 죽이지는 않았어. 저 녀석은 아직 할 일이 남았으니까. 모두의 문신을 풀어줘야지."

"…………저주를 푼 뒤에도 마무리를 짓지는 않을 생각이시죠? 형님에게 그렇게나 제멋대로 굴었던 녀석이에요. 밉지는,

않으신가요?"

"괜찮아. 마음은 풀렸어. 실컷 두들겨 팼으니까……. 게다가 난 저 녀석 제법 마음에 들거든. 저렇게 알기 쉬운 녀석, 요즘에는 드무니까."

비스코는 씨익 웃으면서 역할을 마치고 힘을 잃은 손발의 덩굴을 벗겨냈다. 그 모습을 지켜보던 시시가 눈을 깜빡였다.

"저 녀석, 원래는 명봉행이었다면서? 꽃의 힘이 약해지면 조금은 머리도 식겠지…… 앞으로의 재판은 조금 처벌이 달라질 거야."

조금 전까지의 귀신과도 같은 싸움에서는 상상도 못할 만큼 순진한 소년으로 돌아간 비스코의 눈을 보고, 시시는 말문이 막히고 말았다. 의아한 듯이 들여다본 비스코에게는 말이 아니라, 조용한 미소로 답했다.

"이거. 훌륭한 사자두(獅子頭)가 피었구나."

"응?"

비스코가 앉은 채로 돌아보자, 호센 왕이 가운을 바람에 휘날리며 조금 멀리서 겨울 동백꽃 화원을 바라보고 있었다.

"무사하셨군요……."

아버님, 이라는 말을 삼킨 시시가 고개를 숙였다.

호센의 뒤편에는 봉숭아꽃에 자유를 빼앗긴 거대 말 칸히가 베니비시 전사들의 덩굴에 칭칭 휘감겨서 거친 콧김을 내뿜으며 분한 듯이 신음하고 있었다.

베니비시 왕 호센의 교묘한 군략은 병사 한 명의 손해도 내지 않았던 모양이다.

"당연히 무사하다. 훌륭한 춤을 보게 되었건만, 이 난폭한 말은 짐에게 전혀 넘어가지 않더구나. 마이동풍(馬耳東風)이라는 말처럼, 참으로 우아함을 모르는 생물인 모양이야."

"춤 실력이라면 시시도 굉장했다고. 저 염라대왕님을 밀어붙였다니까."

"물론 보고 있었다. 춤을 추면서."

시시는 그 말을 듣자 천천히 일어나서 다가오는 호셴 앞에 무릎을 꿇었다.

"……어째서 왔느냐, 시시. 너는 이미……."

"저는 그저 한 명의 민초로서, 베니비시를 지키기 위해 왔을 뿐입니다."

"……."

"호셴 님의 검은 피로 더러워져선 안 됩니다. 그러니 저의 검을 더럽혔고, 그리고 지켰습니다. 제가 할 수 있는 일을 했다…… 그저 그것뿐입니다, 호셴 님."

시시가 얼굴을 천천히 들었고, 부녀는 홍색의 눈동자로 한동안 서로를 응시했다.

비스코는 입을 열어서 뭔가를 말하려다가 그만뒀다. 호셴은 자신 안의 수라를 받아들이고서도 여전히 아버지를 지키려 하는 딸의 모습을 보고 조용히, 그러나 확실하게 통곡했다.

"……그런가. ……훌륭히, 완수했구나. 베니비시 시시여."

"황공하신, 말씀입니다……."

단호하고, 강하게…… 그러나 어딘가 멀리 가버린 듯한 딸의 목소리를 들은 아버지는 저도 모르게 손을 내밀었다. 시시는 순간 당황했지만, 그래도 천천히 아버지에게 손을 뻗었다…… 그 순간.

"……음! 잡아라, 시시!"

가운을 확 펄럭이며 다가온 호센이 딸 시시의 팔을 잡고 흙을 박차며 뛰었다. 즉시 뒤로 물러난 비스코의 발밑에 콰아아앙! 하고 두꺼운 뿌리 같은 것이 떨어졌다.

"야! 도와줄 거면 나도 도와줘, 바보 킹!"

"으음…… 어떻게 이런 일이!"

베니비시 전사들이 정렬한 곳까지 물러난 호센이 눈앞의 광경에 신음했다.

땅을 기는 거대한 가지가 지금까지 아름답게 피어났던 동백꽃을 차례차례 삼키고는 으적으적 씹어서 자신의 양분으로 바꿨다.

꿈틀대는 거대한 가지는 마치 펌프처럼 맥동하며 양분을 뿌리로 보내서 동백꽃밭을 차례차례 침식했다.

그리고, 양분을 보내는 중심에 있는, 그것은…….

『흐 으 으 으 으 으 음.』

"사타하바키!! ……형님, 사타하바키가 움직여요!"

"뭐라고오오?! 그렇게나 했는데도 아직 의식이 있는 거냐?!"

"아니. 소메요시는 완전히 의식을 잃었다. 녀석이 기절했기에, 너무 강해진 벚꽃의 힘이 폭주해서…… 무의식인 녀석을 강제로 움직이고 있는 거다."

"뭐야 그게?! 그렇게 될 걸 알고 있었으면 좀 더 빨리 말했어야지!!"

"짐도 처음 봤다. 그리고 지금 이것도 대충 늘어놓은 말이다."

그러는 사이에 벚나무 가지는 동백꽃밭을 완전히 먹어치우고 용감하게 덤벼든 전사들을 차례차례 튕겨냈다. 무수한 가지는 사타하바키의 등에서 뻗어 나왔고, 성실하게 문양을 형성하는 모습은 마치 신불의 후광 같았다.

『지 나 갈 수 없 다』

『이 문 은 누 구 도』

『지 나 갈 수 없 느 니 라 아 아 !』

고고고고고, 대지를 뒤흔드는 목소리와 함께 사타하바키가 다시 일어났다.

그 모습은 이미 벚꽃의 신인가, 아니면 괴수인가…… 성장을 계속하는 벚나무는 가뜩이나 거대한 몸을 완전히 감싸서 원래 체구의 세 배 정도 부풀어 올랐다. 유일하게 노출된 하얀 기둥 같은 이빨만이 예전의 흔적을 남기고 있었다.

"왕의 방패가 되어라!"

"호셴 님을 지켜라!"

베니비시 전사들이 진형을 짜서 방패를 들었다.

그러나 사타하바키의 화력은 조금 전과는 비교도 되지 않았다. 등에서 뻗어 나와 채찍처럼 휘두르는 벚나무 가지는 이미 가지라고 부를 수 없는, 그것 자체가 거목과도 같은 두께를 가지고 있었다. 광장 어디에서나 닿는 장대한 가지를 휘두르자 네다섯 명의 전사가 일제히 날아갔고, 기둥이나 바위 뒤에 몸을 숨겨도 숨은 곳과 함께 분쇄되었다.

『베 니 비 시』

『베 니 비 시 , 멸 망 해 야 한 다』

『질 서 의 본 보 기 가 되 어 라 아 아』

"이제는 들을 생각도 없는 것인가……! 소메요시, 어디까지고 사명에 충실한 남자로다!"

"……아앗, 저 바보!!"

"형님?!"

호센의 말이 끝나기도 전에 비스코가 내달렸다.

그 방향에는, 덩굴에 묶여서 날뛰는 거대 말 칸히의 모습이 있었다. 이미 의식을 잃고 마구잡이로 날뛰게 된 사타하바키는 지금 자신의 애마를 향해 거대한 채찍을 내려치고 있었다.

"바보 자식! 네놈의 말까지 죽일 셈이냐!"

"그런 상처로……! 무모해요, 형님—!!"

칸히 앞에 우뚝 선 비스코의 바로 위에서 거대한 채찍이 떨어졌고…….

"무모한 짓 100개 200개가 뭐 어쨌다고. 와라!"

빠킹!!

"……우오오……오, 오?"

『바오우—!』

"1호!"

비스코 바로 뒤에서 거대한 채찍을 받아낸 것은 새빨간 장갑의 목인 아카보시 1호였다. 등의 버니어를 활짝 열고 사타하바키의 압도적인 힘을 홀로 받아냈다.

1호와 비스코 사이에 있는 지면에 곧바로 화살 하나가 콱! 꽂혔다.

"……캑!"

그 화살의 의미를 순간적으로 알아챈 비스코가 1호와 호흡을 맞춰서 그 자리에서 물러났다. 그 직후.

빠꿈!!

힘차게 발아한 새송이버섯이 사타하바키의 거대한 채찍을 튕겨냈고, 그 기세를 그대로 밀어붙여서 부러뜨려버렸다. 예상 밖의 대미지를 입은 사타하바키는 살짝 비틀거리면서 이를 으드득 갈았다.

『방 해 를 하 느 냐 !』

"섭섭하네요. 애마를 구한 거잖아요? 법무관."

사타하바키의 시선 너머, 태양빛을 받은 하늘색 머리가 반짝 빛났다.

"제정신을 차리면 여러모로 감사의 말을 들어야겠어요."

"미로, 이 자식아—!"

새송이버섯의 충격으로 쓰러진 1호의 밑에 깔려 비스코가 외쳤다.

"새송이버섯 날릴 거면 신호를 보내, 신호를! 너 요즘 거칠다고!"

"무모한 짓 100개나 200개, 괜찮다고 아까 막 그랬잖아."

"너. 그건 구령 같은 거라서……!"

"무모한 짓 하나 더 할 거야. 준비해, 비스코!"

그렇게 말한 미로의 손에서 남색으로 빛나는 단궁과 화살통이 비스코에게 날아갔다. 비스코는 1호에게서 빠져나와 그걸 받고, 손에 익은 활의 감촉을 느끼며 두 눈을 번뜩였다.

도술과 봉숭아의 힘으로 베니비시 백성들을 지키던 호센이 옆에서 외쳤다.

"잊었느냐, 판다! 그대의 활이 아무리 강하더라도, 소메요시에게 버섯은 통하지 않는다!"

"중요한 건, 일단 의심해보는 거예요. 호센 왕."

자기에게 떨어진 채찍을 뛰어서 피한 미로가 태연한 목소리로 답했다.

"정말로 우리의 버섯이 통하지 않는가? 잘 보고, 믿고, 잠깐 고민해보면…… 승리의 줄거리는 의외로 손이 닿는 곳에 있는 법이죠."

"말은 제법 하는구나. 어디에서 그런 자신감이 나오는 거냐?!"

"학력이죠."

미로는 그렇게 말하고는 비스코 옆에 착지했다. 두 소년은 함께 사타하바키를 노려보면서 서로에게 속삭였다.

"정말로 녀석에게 버섯을 먹여줄 계산이 있는 거지?"

"응. 지금부터 그걸 실행하러 갈게. 내가 사타하바키에게 접근할 때까지 비스코는 나를 공격에서 지켜줘."

"저 요새 같은 녀석의 품에 파고든다는 거냐!"

"비스코가 실수하면 나, 죽으니까. 갔다 올게!"

대답을 기다리지 않고 질풍처럼 달려간 미로를 배웅한 비스코는 불만 가득한 표정으로 화살 세 개를 동시에 메겼다.

"……내가 지원이라니! 역할이 반대잖아, 판다 너 이 자식아!"

푸슝!

펑, 펑! 연속해서 발아한 만가닥버섯이 미로 바로 앞까지 다가온 거대한 채찍을 튕겨냈다. 계속해서 좌우를 덮친 거목도 마찬가지로 비스코의 연발 화살이 튕겨냈다. 미로는 회피도 방어도 하려고 하지 않은 채, 일직선으로 사타하바키의 본체를 향해 나아갔다.

"굉장해……! 형님의 화살은 벼락이야! 저 거목의 연격을 모두 튕겨내고 있어!"

"하지만 버섯 기술로는 소메요시의 힘이 늘어날 뿐이다. 판다 녀석, 무슨 방책이 있다는 거냐?!"

비스코의 어마어마한 속도의 화살에 보호받은 미로는 드디어 사타하바키 본체를 사거리 안에 넣었다. 푸른색 눈동자를 번뜩이고, 입에서 어두컴컴한 진언이 흘러나왔다.

온 울 악샤 비비키 스네우
"won/ul/axya/viviki/snew!(권리자에게 대형 무기를 부여한다!)"

진언의 언령은 미로에게서 나온 숨결에서 응고되어 녹색 큐브를 형성했고, 휘두른 손 주변을 초고속으로 회전하면서 그 손에 에메랄드색으로 빛나는 대형도끼를 만들어냈다.

"다 됐다! 프레지던트 액스…… 우왓, 무거워!"

쿠웅! 도끼는 어마어마한 중량으로 지면에 파고들었고, 그에 이끌린 미로의 자세가 무너졌다.

"……저건, 미로가 만든 건……!"

시시의 몸이 저도 모르게 부르르 떨렸다.

"녹이야. 녹을 응고해서 만든 대형도끼! 저런 마법을 어디에서?!"

"법무관님! 미국 초대 대통령은 벚나무를 도끼로 자른 걸 솔직하게 말해서 아버지의 용서를 받았다는 판례가 있어요."

『판 례 , 라 고 오 오 』

"지금부터 당신을 베겠다고, 선고하죠! 이러면 면죄겠죠?!"

"바보 자식아아아! 당장 해, 미로―!!"

"조지 토마호오오오―크으!"

미로의 가벼운 몸이 지면에 파고든 도끼를 번쩍 들어서 공중에 날아올랐다. 미로는 도끼의 무게를 이용해 터무니없는 스피드로 공중을 빙글빙글 돌다가 에메랄드색 도끼를 그 어깨에 콰악! 힘차게 후려쳤다.

『윽 ?! 으 , 으 , 오 , 오 ―― ? ! 』

그걸 계기로, 사타하바키의 움직임이 급격하게 둔해졌다. 지금까지 왕뱀처럼 휘두르던 거대한 채찍이 자기 무게를 이기지 못하고 소리를 내며 부러지더니, 지면에서 산산이 부서졌다.

『무 슨 짓 , 을 한 거 냐 , 애 송 이 이 ! 』

"버섯은 좋아해도, 진언은 싫으신 것 같네요. 법무관!"

미로는 진언의 힘을 대도끼로 보내서 사타하바키의 힘을 없애고 있었다. 그 강력한 녹의 반작용으로, 미로 자신의 양팔도 쩌적쩌적 녹에 뒤덮여갔다.

서로의 생명의 깎아내는 극한 상황임에도, 미로는 그 아름다운 소년의 얼굴로 사냥꾼 같은 날카로운 미소를 지었다.

“원래는 녹바람이 한 번만 휩쓸고 지나가도 시들어버리는 『꽃』에…… 대질량의 도끼를 꽂아 넣으면! 아무리 당신의 벚꽃 눈보라라도 흐트러뜨릴 자신이 있다고요!”

도끼가 파고든 사타하바키의 상처에 녹색의 강렬한 빛이 발생했다. 사방팔방 공격을 퍼붓던 거목들은 차례차례 힘을 잃고 부러지더니 지면에 떨어져 부서졌다. 흩날리던 꽃잎은 공중에서 하늘하늘 춤추다가 녹에 먹혀서 가루로 사라졌다.

“말도 안 되는군. 소메요시를, 『메마르게』 만들다니.”

호센 왕이 평소보다 진지한 표정으로 중얼거렸다.

“꽃이 녹에 약한 것은 사실이지만. 판다 녀석, 대체 얼마나 많은 주력을 가진 것이냐?!”

『크 으 오 오 오 오』

“……지금이야! 비스코—! 녹식으로 끝장내!”

“좋았어. 알았다고!”

사타하바키와 힘겨루기를 하는 미로의 목소리에 응한 비스코가 화살통에서 스르륵 화살 하나를 꺼냈다. 활을 당기며 깊이 숨을 내쉬자 그 의식은 단번에 집중의 극한에 도달했고, 체내의 녹식 포자가 각성했다.

"앞으로 4초 필요해…… 3……!"

"비스코! 서둘러! 이제 못 버텨!"

이미 목덜미까지 녹에 침식된 미로가 괴로운 듯이 신음했다. 그 잠깐 약해진 빈틈을 놓치지 않은 사타하바키가 움직였다.

『카 아 — 아 악 ! 』

거목으로 이루어진 양팔을 크게 들었다. 즉시 방어 진언을 외운 미로의 예상을 배신하고, 사타하바키는 자신의 나무 팔을 하나 뜯어서 그걸 비스코를 향해 던졌다.

"아차. 비스코를 노리고!"

녹식의 각성에 의식을 집중하던 비스코는 사타하바키의 자기 몸을 버린 공격에 반응하는 게 약간 늦어졌다. 크게 열린 나무 손바닥은 그대로 비스코의 몸을 힘껏 움켜쥐기 위해 맹렬한 스피드로 다가왔다.

"……우왓, 이 녀석!"

『바우!』

"크왁!"

1호가 즉시 태클해서 비스코는 가까스로 손가락에서 벗어났지만, 손바닥에서 뻗어 나온 가지가 뱀처럼 꿈틀대며 비스코의 활을 옭아매 손에서 빼앗아버렸다.

"앗! 아뿔싸!"

사타하바키의 손바닥이 마치 압착기처럼 손을 움켜쥐자 비스코의 활은 산산이 분쇄되어 조각이 여기저기로 흩어졌다. 손바닥은 그대로 지면을 깎으며 날아가서 정면 벽에 부딪혀

먼지를 피워올렸다.

"활이 당했어. 이렇게 되면 직접……."

"형님!"

달려가려던 비스코에게 시시가 달라붙었다. 돌아본 비스코의 눈앞에는, 만개한 동백꽃을 붉게 빛내는 시시의 예리한 얼굴이 있었다.

"활은 제가 만들게요! 눈을 감고 가장 강한 활의 형태를 이미지하세요!"

"……알았어!"

비스코는 이제 시시의 힘을 의심하지 않았다. 시시의 몸에서 비스코의 팔을 향해 빛나는 덩굴이 차례차례 휘감기며 엄청난 속도로 활을 형성했다.

'……크, 으윽! 안 돼. 형님의 힘이 너무 강해서 나의 화력으로는 강도를 따라잡을 수가 없어. 전력으로 당겼다가는 활이 부러져버려……!'

"인간에게 화력을 넘겨주다니, 생각지도 못했다. 대단하구나, 시시."

"……아버님! 아, 아니, 왕……."

"바보 녀석. 집중하거라. 힘을 빌려주마……. 가진 화력을 모두, 너에게!"

호센이 시시의 등에 손을 대고 왕의 화력을 주입하자, 갑자기 비스코를 휘감은 덩굴이 기세를 늘리더니 이윽고 푸르게 빛나는 식물의 대궁이 되어 나타났다.

활시위에서 강렬한 손맛을 느낀 비스코는 그 위력을 확신하고 눈을 확 부릅떴다. 그에 맞춰서 녹식 포자가 두둥실 날아오르며 비스코의 머리를 태양의 색으로 빛냈다.

"이건 진언궁 이상이잖아……! 미로—! 쏜다!"

"6초 지각! 좋아, 쏴!"

미로의 말과 함께, 비스코의 비취색 두 눈이 번뜩였다. 으득으득으득, 인외(人外)의 완력으로 당긴 덩굴 대궁은 흩날리는 녹식 포자에 닿아 차례차례 꽃을 피우더니, 이윽고 스스로도 태양의 색으로 물들어서 반짝이며 비스코의 손에 태양빛의 아치를 그렸다.

"가라아, 비스코—!"

"먹어라아아아아——!!"

투웅!! 활에서 발사된 전차포 같은 충격이 시시와 호센의 몸을 날려버렸다. 정확한 타이밍에 물러난 미로의 외투를 펄럭이며, 태양의 화살이 녹의 대도끼를 부수고 칼날 안쪽의 균열에 깊숙이 박혔다.

잠시, 시간이 흐르자…….

빠꿈.

빠꿈.

빠꿈!!

진언의 도끼를 먹고 기세를 늘린 녹식은 순식간에 거대한 벚나무를 먹어치우며 연속해서 발아했다.

『크 오 오 오 오 』

"직격이다! 해냈어요, 형님!"

"……크, 큰일 났다."

"네?"

"독이 너무 강하게 들어갔어! 도망쳐, 미로!"

비스코의 말대로, 녹식은 빠꿈, 빠꿈!! 터무니없는 속도로 끊임없이 발아하며 사타하바키의 나무 갑옷을 차례차례 터트렸다.

『지 나 갈 수 없 다 . 육 도 의 문 은 누 구 도 』

『 지 나 』

빠꿈! 한층 커다란 녹식이 발아하면서 거대한 나무 괴물을 뚫고 나왔고, 그 뜨거운 나무껍질 안쪽에서 기절한 사타하바키 본체의 몸을『퍼엉』하고 튕겨냈다.

녹식은 벚꽃이 뿌리를 내린 지면에서 연쇄적으로 차례차례 발아하며 빠꿈! 빠꿈! 힘차게 피어났다.

"우와앗—!"

타이밍이 너무 좋아서 거리를 벌리지 못했던 미로가 그 충격에 날아갔다. 회전하면서 날아가던 동료를 비스코가 뛰어서 받아냈고, 그대로 광장 지면을 데굴데굴 굴렀다.

"위험하잖아—. 조절 좀 하라고! 버섯 초보자처럼 죽을 뻔했잖아!"

"……바보 자식. 무모한 술법이나 쓰기는. 이렇게……"

비스코는 드러누운 채로, 앞선 진언으로 녹슬어버린 미로의 얼굴 절반을 손으로 어루만졌다. 그 모습은 일찍이 이미하마에서 처음 싸웠을 때의 파우를 방불케 했다.

"괜찮아. 지금은 아무리 녹슬어도 앰플이 있으니까."

"그런 게 아니라고! 조금만 잘못돼서 허파라도 당했다가는 뒈져버리잖아!"

"아하하! 파트너를 뒤에서 보고 있으면 걱정되지?"

미로는 검댕투성이 얼굴로 명랑하게 웃으면서 자기를 들여다보는 파트너의 피투성이 얼굴을 손으로 닦아서 오른눈에 있는 전사의 문신을 보이게 했다.

"조금은 몸에 스며들었어? 나의 마음이 말이야."

"캑!"

"봐봐, 비스코! 굉장히 아름다운 벚꽃이야……."

미로의 말을 들은 비스코가 돌아보자, 그곳에는 박혀있던 녹식의 힘을 흡수해서 다시 싹튼 벚나무의 모습이 있었다.

사타하바키에게서 퍼진 나무 조각이 지면에 떨어져, 그곳에서 급격하게 성장하여 새로운 벚나무를 형성한 것이다.

녹식의 힘을 흡수하여 반짝이는 선명한 꽃잎은 지금까지의 폭력적인 위용과는 정반대인, 순수한 생명의 빛을 발했다.

"……응. 아름답네. ……염라대왕님의 힘도 얌전히 있으면 귀엽다니까."

"법무관도 죽이지 않을 수 있었잖아. 바라던 그대로의 결과지?"

"뭐, 그렇지."

"그럼, 자. 감사의 말 해줘."

"……. 고맙다, 1호!"

『바우.』

"나한테 해야지! ……잠깐만, 비스코. 문신이!"

미로가 저도 모르게 일어나서 비스코의 피를 닦고 피부를 확인했다. 두 사람이 바라보는 가운데, 비스코에게 새겨져 있던 벚꽃 문신이 가루가 되어 공기 중에 녹았고, 이윽고 피부는 태어난 그대로의 살색을 되찾았다.

"오오!"

"소메요시의 명령이 없었는데도 벚꽃 문신이 사라졌나."

갑자기 호센의 목소리가 들리자, 두 사람이 일제히 고개를 들었다.

"벚꽃의 화력이 바닥을 드러낸 증거겠지. 이걸로 너만이 아니라 모든 버섯지기의 벚꽃 눈보라가 사라졌을 거다."

두 사람 앞으로 걸어온 호센을 따라서 베니비시 전사들이 모여들어, 한 명, 또 한 명 경의를 표하며 무릎을 꿇기 시작했다. 100명의 베니비시가 고개를 숙이자 움츠러든 두 사람 앞에서, 호센은 유쾌한 듯이 말을 이었다.

"짐도 나름대로 긴 시간을 살았지만, 설마 소메요시를…… 아니, 그런 화력의 화신과도 같던 것을 쓰러뜨리는 인간이 있을 줄은 몰랐다."

"이런 좁은 곳에서 계속 살았으니 그럴지도 모르지."

"야, 비스코. 무례하잖아!"

"게다가, 후후…… 살려두기까지 하다니. 꽤나 바보 같은 생각을 하는구나."

"시끄럽네. 잘 풀렸으니까 불평하지 마!"

불만스럽게 뺨을 부풀린 비스코에게서 시선을 돌린 호센은 대자로 쓰러진 사타하바키를 멀리서 바라보고는 눈을 살짝 가늘게 뜨며 웃었다.

"그래. 해냈지…… 참으로, 바보 같고…… 훌륭한 이야기였다."

사타하바키의 거구를 덮고 있던 갑옷은 투구만 남긴 채 부서졌지만, 놀랍게도 몸은 매우 건강했고, 때때로 「크거거거거거걱」 하는 어마어마한 코골이까지 들려왔다.

"소메요시는, 짐에게는 마음을 터놓을 수 있는 유일한 친구였다. 만약 녀석을 직접 처단했다면, 짐이 걸어가던 왕으로서의 길도 더러워지고, 망설임이 생겨났겠지. 짐…… 아니, 베니비시 일족은 충의를 가지고 그대들에게 감사를 표하마."

호센 왕의 장신이 처음으로 두 사람과 한 대에게 고개를 숙였다. 그에 호응해서 베니비시 전사들도 다시 고개를 깊이 숙였다.

명색이 왕인 자가 백성 앞에서 일개 버섯지기에게 고개를 숙이는 것은 대단한 일이다. 미로는 무척이나 움츠러들면서 황급히 말을 이었다.

"천만에요! 괜찮아요, 호센 왕. 저희는 그저 어쩌다 보니……!"

"그게 감사 인사의 각도냐, 응? 좀 더 허리 굽혀."

『바우.』

"으오오오오오오비스코—!! 1호! 이 녀석들아—!!"

비스코와 1호가 호센 왕 주변을 빙글빙글 돌면서 인사법을 세밀하게 체크하며 때때로 무릎으로 툭툭 치고 있었다. 호센 왕은 스스로 꺼낸 말이라 그런지 비스코의 만행을 그대로 허용하며 부들부들 떨었다.

"좋아. 허리는 그대로 두라고. 다음은 턱을 당기고, 비스코 씨 고맙습니다, 라고……."

"그만 좀 해! 민족 간 투쟁으로 발전해버리니까!!"

곧바로 발끈해버린 베니비시들의 기척을 느낀 미로가 황급히 비스코를 제지했다. 호센은 땀에 젖은 머리카락으로 약간 거친 숨을 내쉬고는 헛기침을 한 번 했다.

"어흠. 이런 짐승 같은 녀석에게 고개를 숙이게 될 줄이야. 이 호센, 오늘 일을 잊지 않겠다."

"꼭 좋은 추억으로 삼아달라고!"

"노력하지. 아무튼 지금부터는 너의 장인이 될 테니까."

"또—오 그 이야기야! 안 된다면 안 돼!!"

아무튼, 조용해질 줄을 모르는 일행이 와글와글 소란을 부리는 가운데, 미로는 문득 몸을 돌려서 벚꽃이 핀 광장을 다시 바라봤다.

조금 떨어진 곳에서, 다친 베니비시들을 열심히 치료하는 보라색 머리 소녀가 보였다. 소녀가 부상자에게 몇 마디 격려를 보내자, 그 베니비시의 눈에 활력의 불이 들어오면서 굳게 끄덕이고는 시시가 내민 손을 잡았다.

'……시시, 다행이네…….'

시시의 눈동자는 이윽고 자신을 바라보는 미로를 알아채고는 서로 시선을 나눴다. 두 사람은 말없이 서로를 응시했고, 이윽고 시시 쪽에서.

방긋.

처음 만났을 때보다 훨씬 어른스러운 미소를 미로에게 보여줬다.

미로는 검댕에 더러워진 소녀의 그 요염한 아름다움에 조금 놀라서, 그만 평소의 미소를 돌려줄 수가 없었다. 미로가 평정심을 되찾을 무렵에는 이미 시시의 의식은 다음 부상자에게 향하고 있었다.

'……왜, 왠지, 굉장히…… 예뻐? 졌네. 시시.'

그녀가 강하고 아름답게 변한 것이 비스코와의 짧은 여행에 있다는 건 명백했고, 그렇게 생각하니 뭔가 정리가 되지 않고 활활 타오르는 감정이 미로의 마음속에 들끓었다.

끄응, 하고 인상을 찌푸리던 미로는 부상자를 간병하는 시시를 다시 바라보다가 「헉!」 하고 의사의 본분을 깨달았고, 얼굴을 붉히며 시시를 돕기 위해 달려갔다.

The world blows the wind erodes life.
A boy with a bow running
through the world like a wind.
녹을 먹는 비스코
SABIKUI BISCO
4
업화(業花)의 제관(帝冠), 꽃다발의 검
코부쿠보 신지
SHINJI COBKUBO PRESENTS

[일러스트] 아카기시K
[세계관 일러스트] mocha (@mocha708)
DESIGNED BY AFTERGLOW

14

묵직하게 닫힌 흑철의 문에 호센 왕이 조용히 손바닥을 올렸다. 호화로운 가운에서 꽃이 『퐁, 퐁』 피어나자 호센의 손바닥이 더욱 광채를 발했고, 이윽고 거대한 철문 이곳저곳에 금이 가기 시작했다.

빠직! 하는 굉음이 일어나면서 문에 거미집 같은 금이 가면서 이곳저곳에 파릇파릇한 덩굴이 얽혔다. 베니비시들이 침을 삼키는 가운데, 호센은 한마디…… 「발화」라고 말했다.

펴어엉, 펴어엉! 연쇄적인 봉숭아의 작렬이 철문을 깨부수고, 광장에 커다란 바람을 불렀다.

"굉장한 화력! 역시 임금님이네."

"내 버섯이 더 세."

"알고 있으니까! 서로를 인정하는 마음을 가지자."

속삭이는 두 소년 옆에서 왕 호센은 엎드린 백성들을 돌아보며 엄숙하게 말했다.

"지금부터 우리가 육도에 숨어있던 시간은 끝났다. 지금, 베니비시에게 진화의 때가 찾아왔다는 것은 모두가 알고 있겠지. 새로운 힘은 이른바 뽑혀 나온 칼. 항상 마음에 칼집을 가지고, 법의 아래에서 칼을 집어넣어야 한다는 것을 명심하라. 우리는 지금부터 교토 정부로 가서 인류와 공존하는 길을 모색할 것이다."

베니비시들은 왕의 말과 함께 일제히 고개를 깊이 숙였다.

호센은 그걸 보며 고개를 끄덕이고는…… 잠시 뒤에 말을 이었다.

"……마지막으로. 이제부터 하는 말은, 짐의 어리광이다."

'저 아저씨는 항상 어리광부리잖아.'

'쉬잇!'

"베니비시 시시. 여기로."

베니비시 백성들은 그 말을 듣고 고개를 홱 들었다가 황급히 다시 숙였다. 왕의 말에서 몇 초 뒤, 보라색 머리가 흔들리면서 시시가 조용히 민중들 가운데서 일어났다. 모세가 바다를 가른 것처럼 베니비시들이 길을 만들자, 시시는 뚜벅뚜벅 걸어왔다.

"…………."

"…………."

활짝 열린 육도 대문 앞에서 부녀는 조용히 서로를 응시했고, 이윽고 시시가 왕 앞에 무릎을 꿇었다.

"이자, 시시는…… 왕의 규정을 위반했기에 짐이 후계자의 자리에서 추방했다. 그러나 이번 일에서 아무런 보답을 요구하지 않고 몸뚱이 하나, 자신의 신념만으로 짐과 그대들을 지켰다."

시시는 그저 무릎을 꿇고 있었다.

"아직 젊고, 화력의 제어도 뜻대로 하지 못하는 건 어쩔 수 없으나…… 이번 파옥의 은사를 내려, 이자를 다시 후계자로 맞이하려 한다. 백성들의 허락이 필요하다. 다들, 어떤가?"

움찔! 시시의 몸이 떨렸다. 그 입이 뭔가 말을 하기도 전에.

"이의 없습니다."

베니비시 한 명이 힘차게 대답했다.

"시시 님은 베니비시를 이끌기에 충분하고도 남는 그릇…… 후계자로 돌아오신다면 목숨을 바칠 각오입니다."

"저희도 시시 님을 부디!"

"시시 님을 다시 후계자로 맞이해 주십시오!"

호센은 민초들에게서 날아오는 찬성의 목소리를 듣고 크게 끄덕이고는 다시 시시를 내려다봤다.

"시시. 백성들은 너를 후계자로 바라고 있다."

"……그, 그런……."

"너의 무예 재능, 지켜보고 잘 알게 되었다. 진화해가는 베니비시를 이끌려면 강한 왕이 필요하다. 한 번은 남들 같은 행복을 누리기를 바랐지만…… 역시 왕자로 돌아오너라, 시시. 너라면 그 화력의 진정한 힘도 해명하여 곧 제어할 수 있을 것이다. 언젠가 짐의 왕관도 너에게 이어지겠지."

"안 됩, 니다. 그런……."

시시가 고개를 숙이면서 곤혹스러운 목소리로 말했다.

"저는…… 규칙을 깼습니다. 백성들에게 인간을 죽이게 했습니다. 왕은 될 수 없어요. 모범이 되지 않습니다."

"시시. 너무 골똘히 고민하지 말거라……."

호센은 무릎을 꿇은 시시에게 쪼그려 앉아 귓가에 속삭였다.

"베니비시 백성들은 어차피 자아가 흐릿한 이들. 너에게 다소 문제가 있다고 한들, 이렇게…… 왕의 한마디만 있으면 바로 없었던 일이 된다."

"—."

"규칙이 어쩌고, 왕도가 어쩌고, 너무 염려하지 말거라. 백성들에게는 그저 떠받들 이만 있으면 된다. 옥좌에 있기만 한다면, 민초의 마음을 다루는 건 손쉬운 일이다."

그때.

두둥실, 바람이 춤췄고…… 시시의 앞머리를 띄우며 두 눈에 새빨간 불꽃을 지폈다.

"…………. 알, 겠, 습니다……."

"받아주겠느냐, 시시. 좋은 일이다. 용감하구나…… 백성들도 기뻐하겠지."

"하지만, 먼저. 그 옥좌를."

"자, 일어서서 모두에게 얼굴을 보여주거라…… 다들, 지금부터."

"칠해야만 해."

휘잉.

바람을 가르며, 시시의 조그만 체구가 공중을 날았다.

"낡은 것의, 피로—."

서걱!!

시시의 몸이 번갯불처럼 번쩍였고, 빛나는 덩굴 검을 콤마 1초 만에 생성하여 일어나려던 호센의 몸을 일섬과 함께 베어 버렸다.

『푸샤아아아아아아아아아아아아아아아아아아아아아아아아아아아아아아.』

호센의 장신은 우두커니 선 채로 엄청난 선혈을 분수처럼 뿜어냈다.

피의, 비가 내렸다.

시시는 쏟아지는 그것을 맞으면서 미지근한 온기를 전신으로 느꼈고, 아버지의 피, 목숨, 죽음 자체를 받아내듯이 자기 몸을 끌어안으며 홀로 떨었다.

'……'

'안녕히, 가시길…….'

시시는 입 안에서 짧게 중얼거리고는, 다시 조그만 몸을 날려 떨어지는 호센의 목을 한 손에 잡고 모래바람을 휘감으며 지면에 착지했다. 이미 눈을 감은 호센의 목은 광장의 모래 위에서도 여전히 새것처럼 피를 흩뿌렸다.

"낡은 왕은, 죽었다."

나지막하게 중얼거리자.

털썩, 왕이었던 자의 유해가 쓰러졌고—.

시시는 천천히, 그 목을 높이 들었다.

"백성을 짓밟던 거짓된 왕 역적 호센은, 죽었다!"

소녀를 본뜬 라신(羅神)이 눈을 크게 뜨고는 하늘을 향해 외쳤다.

둥실둥실 떠오른 앞머리에서 홍색의 눈을 불태우며, 이 자리에 있는 모든 이들을 움츠러들게 만드는 패기를 온몸에서 계속 뿜어냈다. 그 패기의 위력은 번쩍 든 호센의 머리조차도 아름답게 휘날리게 해서, 마치 신화의 한 장면을 보는 것 같았다.

백성이…….

공포에 질렸다.

절규하고, 울고 있다.

그러나 그 아비규환의 모습은 시시에게는 어딘가 먼 것처럼 보여서, 귀에 들어오지 않았다.

피의 온도만을…….

자신을 감싸는 피의 따스함만을 느끼고 있었다.

핏속에 남은 봉숭아 향기를 허파에 가득 들이쉬었다. 그러자 크게 피어난 귀의 동백꽃 옆에 차례차례 새로운 동백이 피어났고…… 이윽고 시시의 머리에 위광을 칭송하는 왕관처럼 피어나 보라색 머리카락을 아름답게 채색했다.

"……기나긴 겨울은, 끝나고…… 싹이 트는, 봄이 온 거다."

시시의 위광 앞에서 모든 백성이 흠칫하며 움츠러들었다.

비명도 뚝 멎었다. 모두가 숨을 삼키고 시시의 다음 말을 기다렸다.

"그대들, 베니비시."

"이제부터, 낡은 법과 예속된 자아를 모조리 버려라."

"그대들은 땅속에 숨은 씨앗이 아니라, 지표를 물어뜯고 피어나는 자이니."

"흐드러지게 피어나는 꽃의 힘으로 마음껏 저항하고, 죽이고, 지배하라."

"내가, 그 인도자가 되겠다."

"나는……."

"짐은!"

"짐은 베니비시의 왕, 시시! 이 대지에 영원한 화원을 세울 자이다!!"

창을 내지르는 듯한 일갈이 이 자리에 있던 모두를 꿰뚫었다.

자신의 목소리에 백성이 한 명, 또 한 명 엎드렸다. 발밑에 느껴지는 기척으로 알고는 있었지만, 그건 이미 아무래도 좋은 일이었다. 시시는 그저 눈을 살짝 가늘게 뜨고, 태양빛이 쏟아지는 천공만을 올려다봤다.

'나의 길은, 피로 물들어 있어.'

'하지만.'

'피로 물들었을 뿐, 잘못되지는 않았어.'

'태어나서부터 가진 운명이라면…….'

'해내겠어.'

'명부마도에 떨어진다 해도. 반드시 백성들의 자유를 쟁취해 보이겠어…….'

'그러니, 부디…….'

'부디…….'

'울지 마세요, 아버님…….'

"……발화."

시시의 입술에서 목소리가 새어 나오자, 그 순간 호센의 목은 봉숭아 꽃다발이 되어 따스한 바람을 타고 공중으로 높이 날아갔다.

■작가 후기

"코부쿠보 씨. 이 기회에 감옥 지도도 그려보시지 않을래요?"

"하하하."

"하하하라고 하지 말라고!! 이쪽은 목숨 걸고 있단 말이다!!"

이런 경위에 따라 담당님의 추천을 받아서 육도옥 내부 지도를 작가가 담당하게 되었습니다. 잘 나왔으면 좋겠네요.

자, 그럼. 이번에는 『룰』을 테마로 한 이야기였습니다.

오래된 가치관은 시들고, 새로운 것이 싹튼다. 새로운 꽃 시시가 내린 결단, 그녀가 제창하는 새로운 룰은 세기말에 어떤 바람을 일으키는가?

기대해주세요.

응? 묘하게 빠른 감이 있는 후기잖아? 라는 말을 들을 것 같지만 이번에는 1페이지밖에 여유가 없어서 이건 어쩔 수 없는 일입니다. 벌써 끝이야!

다음 권, 스케일을 크게 키운 활극을 전해드릴 수 있도록 노력하겠습니다.

그럼, 또 뵙겠습니다.

코부쿠보 신지

■역자 후기

안녕하세요. 불초 역자입니다.

이번에도 여전히 비스코와 미로는 괴이한 사건과 괴이한 인물들 사이에서 날뜁니다. 매번 독특한 설정들이 튀어나와서 저를 놀라게 하는데, 그래도 이번에는 나름 얌전(?)한 인조인간이었네요. 그래도 버섯을 먹고 피어나는 꽃이라는 건 나름대로 파워 밸런스를 맞추려는 것 같기도 해서 나쁘지 않은 것 같습니다. 얘네들은 안 그래도 너무 세서 이런 상성 유불리 아니면 위기를 만들기 힘드니까요. 콤비 플레이를 못하게 따로 떨어뜨려 놓기도 하고, 여러모로 고민하고 있구나 싶습니다.

이번에는 마지막에 대단히 충격적인 전개로 막을 내렸는데, 과연 다음 권에서 어떻게 전개될지 몹시 궁금하네요. 그럼 후기는 이쯤 하고, 다음 권에서 뵙겠습니다.

녹을 먹는 비스코 4

초판 1쇄 발행 2022년 2월 10일

지은이_ Shinji Cobkubo
일러스트_ AkagishiK, mocha
옮긴이_ 이경인

발행인_ 신현호
편집장_ 김승신
편집진행_ 권세라 · 최혁수 · 김경민 · 최정민
편집디자인_ 양우연
관리 · 영업_ 김민원

펴낸곳_ (주)디앤씨미디어
등록_ 2002년 4월 25일 제20-260호
주소_ 서울시 구로구 디지털로 26길 111 JnK디지털타워 503호
전화_ 02-333-2513(대표)
팩시밀리_ 02-333-2514
이메일_ lnovellove@naver.com
L노벨 공식 카페_ http://cafe.naver.com/lnovel11

ISBN 979-11-278-6333-3 04830
ISBN 979-11-278-4991-7 (세트)

값 7,800원